新版 韓國語

還沒學就會

중국어와 뜻이 就會 같은 한자어

4000字

隨時學，隨時牛！

和**中文**
意思一模一樣的
韓文漢字大全！

附贈 朗讀
QR Code

金龍範、林賢敬 合著

樂團 簡單

人格

家族 佳人 家庭 假定

山田社
Shan Tian She

你知道嗎？韓語的「文化（문화 munhwa）」其實就是中文的「文化」嗎？漢字一樣、意思相同，連發音都像是親戚。
難道韓語和中文真的有血緣關係？

聽到韓語的「感覺（감각 gamgak）」，台語瞬間上線：「乾瘦」，難道台語在韓國嘛ㄟ通？
韓語這麼熟悉，
搞不好學起來比你想的還要簡單！

還沒學就會 4000 字？
你沒聽錯，這是真的！

**學韓語，
我們天生自帶開掛技能！**

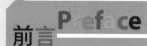

前言 **Preface**

　　事實是這樣的：漢武帝當年東征朝鮮半島，還設立了漢四郡，這讓韓國在文化上與我們「打成一片」。所以，當你第一次接觸韓語時，總會有一種既陌生又熟悉的感覺，像是跟老朋友重逢。尤其是看到那些韓文漢字，有些和中文一模一樣，有些稍微動動腦筋就能秒懂。來來來，看看這些神奇例子：

▲ 韓文字「**達人（달인 darin）**」＝中文的「**達人**」，沒錯！在韓國，達人還是那個達人，專業就是專業。

▲ 韓文字「**鬼才（귀재 gwijae）**」＝中文的「**鬼才**」，鬼才果然是鬼才，天才們的語言都是共通的！

　　這些和中文字意思完全一致的韓文漢字多到讓你懷疑人生！韓語學起來簡直太有優勢，不信你試試看，保證讓你「心花怒放」！

學韓語？新手也能秒懂，韓檢更是手到擒來！

中文、韓文大 PK，看完保證秒懂！

透過這本書精選的 4000 個韓文漢字，你將會發現：

新手自學、韓檢輔助就靠這一本！
中文、韓文比一比，看完保證秒懂。

透過本書精選的漢字，您將體會到：

★ 我早就會
這 4000 字」，自信心爆棚！

★ 這些韓字
竟然這麼像中文，學習變得超有趣！

★ 韓國街頭
指示牌，隨便看隨便懂」，出國再也不迷路！

★ 中韓文漢字
寫法一比，這手韓字寫得真漂亮！

★ 韓檢、韓文
相關工作隨時查詢」，釐清詞意 so easy ！

本書特色

▶ **《隨時學，隨時牛！新版 韓國語還沒學就會 4000 字》** ◀

讓你秒愛韓國！

本學會了這 4000 字，你的韓語之路將會變得順暢無比。不管是模仿韓國人的擬聲擬態語「ㅋㅋ」（呵呵〈k-k〉）、「ㅎㅎ」（哈哈〈h-h〉），還是輕鬆看懂韓綜、韓劇，甚至掌握韓語裡那些跟英文很像的外來語「카푸치노（卡布奇諾）〈Ka-Pu-Chi-No〉」…等等，這本書讓你秒懂韓語，語言障礙一掃而光，分分鐘變身韓語達人！是時候秀出你的韓語超能力了！

▸ 100% 趣味 ◂

韓中漢字比一比，您猜對了嗎？

這些韓文單字長得跟哪些中文字相近呢？知道中文的唸法後，發現韓文也有幾分相似！不同的地方以及寫法的差異又在哪裡呢？本書讓您整本讀起來就像在玩遊戲，每學一個字都有一些新發現，學起來不僅樂趣十足，還能增加自信，一點也不像在背單字！例如：

▲ 中文的「**冬至**」＝韓文的「**冬至**」（**동지** dongji），不僅寫法一樣，就連發音也很像！

▲ 中文的「**萬不得已**」＝韓文的「**萬不得已**」（**만부득이** manbudeugi），令西洋人頭痛的成語，不論是字形還是發音，都和中文像極了呢！

▸ 100% 實用 ◂

依照 40 音順排序，隨翻隨到

不管是看到人名、地名、文章想查詢字義，還是準備韓檢想一次擴充單字量，本書以 40 音順排列，方便您需要時立刻查找，就像一本辭典不放過您任何學習的黃金時間，讓記憶更深入。由於書中收錄豐富且詳盡的詞意解釋，也不妨將它當作一本實用的工具書，使用在教學或翻譯等各種工作上。

　　本書邀請專業韓籍老師錄製標準發音光碟，為您示範最正確的發音。反覆聆聽有助於將短期記憶轉換為長期記憶，深深烙印在腦海裡。

　　從完全不懂韓文零基礎的人，到韓文初學者、韓檢考生、進修人員以及韓文工作者，不論是未入門、初階還是進階，都可以看懂本書，讓您學習如虎添翼。

　　看過《韓國語還沒學就會 4000 字》之後，您一定會對韓國感興趣了。接下來但能是讓您講話更像韓國人，看懂韓綜、韓劇，生動您的韓語表現的擬聲擬態語「ㅋㅋ」（〈陰險的笑〉呵呵〈k-k〉）或「ㅎㅎ」（〈憨憨的笑〉哈哈〈h-h〉），及發音跟英文很像的外來語「카푸치노（卡布奇諾〈Ka-Pu-Chi-No〉）」…等，都能更快上手了。

ㄱ 行
g/k

주국어와 뜻이 같은 한자어

Track 01

가（歌）／韓文＋漢字　‧歌／中文字
ga

配合曲調演唱詞句的謠樂。

▶韓文	▶韓文漢字	▶中文字	▶意思
가격 gagyeog	가 격 價格	價格	以貨幣所表現的商品價值。
가경 gagyeong	가 경 佳境	佳境	美好的境界；風景好的地方。
가계 gagae	가 계 家計	家計	家中生活的收支狀態。
가곡 gagog	가 곡 歌曲	歌曲	結合詩歌和樂曲，供人歌唱的作品。
가공 gagong	가 공 加工	加工	將成品或半成品再加以施工，使它成為新的或更精美的產品。
가공 gagong	가 공 架空	架空	凌空。房屋、棧、橋等下面用柱子等支撐而離開地面。比喻憑空捏造，沒有事實根據。
가교 gagyo	가 교 架橋	架橋	架設橋樑。
가구 gagoo	가 구 家具	傢俱	家中所擺設的器具。如沙發、桌椅、櫥櫃等類。
가능 ganeung	가 능 可能	可能	或許，也許；表示能成為事實的。
가두 gadoo	가 두 街頭	街頭	街上。
가맹 gamaeng	가 맹 加盟	加盟	加入同盟團體，聯盟或連鎖企業。

6

韓文	韓文漢字	中文字	意思
가면 gamyeon	가 면 **假面**	假面	仿照人物臉形制成的面具；比喻偽裝的外表。
가묘 gamyo	가 묘 **家廟**	家廟	私家所設立、供奉祖先神主的祠廟。
가무 gamoo	가 무 **歌舞**	歌舞	歌唱與舞蹈。
가문 gamoon	가 문 **家門**	家門	家庭；門第，家世。
가발 gabal	가 발 **假髮**	假髮	用尼龍絲線或真髮加工製成的人造頭髮。
가부 gaboo	가 부 **可否**	可否	可不可以，能不能。贊成與反對。
가사 gasa	가 사 **家事**	家事	家中的日常事務；家庭情況。
가사 gasa	가 사 **假死**	假死	裝死；人體因觸電、癲癇、溺水、中毒或呼吸道堵塞，而引起呼吸停止，心跳微弱，面色蒼白，四肢冰冷，從外表看來已處於死亡狀態。
가사 gasa	가 사 **歌詞**	歌詞	歌曲中的文詞部分。
가산 gasan	가 산 **家產**	家產	家庭成員所共同擁有的財產。
가상 gasang	가 상 **假想**	假想	指假設、想像出來的。
가속 gasog	가 속 **加速**	加速	加快速度。

韓文	韓文漢字	中文字	意思
가수 gasoo	가 수 歌手	歌手	以唱歌為業的人。
가신 gasin	가 신 家臣	家臣	泛指諸侯、王公的私臣。
가업 gaeop	가 업 家業	家業	家傳的事業與門望。
가열 gayeol	가 열 加熱	加熱	使溫度增高。
가옥 gaok	가 옥 家屋	家屋	居住的房屋。
가요 gayo	가 요 歌謠	歌謠	音樂、歌曲、民歌、民謠、兒歌、流行歌等的總稱。
가운 gawoon	가 운 家運	家運	家運就是全家人的身體健康、事業工作運、財運好壞、婚姻狀況、功課學業…等。也就是家財、感情、子嗣繁衍、社會地位等統稱。
가위 gawi	가 위 可謂	可謂	可以稱為；可以說是。
가인 gain	가 인 佳人	佳人	美人、才貌出眾的女子。
가일 gail	가 일 佳日	佳日	美好的日子。
가입 gaip	가 입 加入	加入	進入、參加、加入團體等。
가작 gajak	가 작 佳作	佳作	優良的作品；入選以外的好作品。

韓文	韓文漢字	中文字	意思
가장 gajang	^{가 장} 家長	家長	一家之主。泛指父母親。
가재 gajae	^{가 재} 家財	家財	家庭所有的財物。
가절 gajeol	^{가 절} 佳節	佳節	美好歡樂愉快的節日。
가정 gajeong	^{가 정} 家政	家政	家庭事務的治理工作。
가정 gajeong	^{가 정} 家庭	家庭	一種以婚姻、血緣、收養或同居等關係為基礎而形成的共同生活單位；也指其生活的場所。
가정 gajeong	^{가 정} 假定	假定	不管事實如何，姑且認定。如果；科學研究上對尚待證明之客觀事物的假設。
가족 gajok	^{가 족} 家族	家族	指基於血緣、婚姻、生命共同體構成的群體。
가중 gajoong	^{가 중} 加重	加重	增加分量或程度。
가증 gajeung	^{가 증} 可憎	可憎	令人惱恨、厭惡。
가창 gachang	^{가 창} 歌唱	歌唱	發聲唱歌。
가책 gachaek	^{가 책} 呵責	呵責	大聲斥責。
가축 gachook	^{가 축} 家畜	家畜	人類為生活需要而在家裡飼養的牲畜。如貓、狗、豬、牛、羊等。
가치 gachi	^{가 치} 價值	價值	泛稱物品的價格、代價；意義、作用。

韓文	韓文漢字	中文字	意思
가택 gataek	_{가 택} 家宅	家宅	私人住宅。
가풍 gapoong	_{가 풍} 家風	家風	家族世傳的作風習慣或傳統典範。
가해 gahae	_{가 해} 加害	加害	對他人加以傷害、殺害。
가호 gaho	_{가 호} 加護	加護	（神佛的）保佑；加意愛護，保護。
가혹 gahok	_{가 혹} 苛酷	苛酷	苛刻殘酷。
가화 gahwa	_{가 화} 佳話	佳話	美談、流傳一時的美事。
가훈 gahoon	_{가 훈} 家訓	家訓	治家立身，用以垂訓子孫之言。
각계 gakggae	_{각 계} 各界	各界	各階層、各層面、各行各業。
각광 gakggwang	_{각 광} 脚光	腳光	從腳下地面的高度向上照射的燈光。尤指在舞臺前端臺板上安放的排燈中的一個燈。
각국 gakggook	_{각 국} 各國	各國	各個不同的國家。
각도 gakddo	_{각 도} 角度	角度	數學上指兩直線或兩平面相交所形成的夾角的大小；觀察事物的方向或觀點、立場。
각료 ganglyo	_{각 료} 閣僚	閣僚	內閣，部長們。
각막 gangmak	_{각 막} 角膜	角膜	眼球表面的薄膜、外殼。由纖維組織構成，沒有血管分佈。具有保護及使光線折射入眼球的功能。

韓文	韓文漢字	中文字	意思
각박 gakbbak	각 박 **刻薄**	**刻薄**	（待人、說話）冷酷無情，過分苛求。
각방면 gagbbangmyeon	각 방 면 **各方面**	**各方面**	各個方面。
각본 gakbbon	각 본 **脚本**	**腳本**	戲劇或電影的底稿。
각색 gakssaek	각 색 **各色**	**各色**	各式，各樣。
각색 gakssaek	각 색 **脚色**	**腳色**	戲劇或電影中扮演各種人物的演員；喻指個人在群體中所擁有的身分、地位。
각성 gaksseong	각 성 **覺醒**	**覺醒**	從睡夢中醒來；醒悟。
각양 gagyang	각 양 **各樣**	**各樣**	各不相同的樣式、種類。
각오 gago	각 오 **覺悟**	**覺悟**	由困惑或迷失中醒悟。由迷惑而明白。由模糊而認清。也指對道理的認識；佛教語。謂領悟佛教的真理。
각위 gagwi	각 위 **各位**	**各位**	諸位，每一位。
각의 gagi	각 의 **閣議**	**閣議**	內閣會議。
각인 gagin	각 인 **各人**	**各人**	各人。每個人。所有的人。
각자 gakjja	각 자 **各自**	**各自**	各人自己。
각종 gakjjong	각 종 **各種**	**各種**	每種，每類。形形色色的種類。

ㄱ

韓文	韓文漢字	中文字	意思
각지 gakjji	각 지 各地	各地	各個地方。到處。
각처 gakcheo	각 처 各處	各處	各地。
각축 gakchook	각 축 角逐	角逐	競求勝利。
각하 gaka	각 하 閣下	閣下	本為對顯貴者的敬稱，後廣泛用為對人的敬稱。
간장 ganjang	간 장 肝臟	肝臟	是負責新陳代謝的主要器官，分左右兩主葉，貼於橫膈膜下，呈赤褐色。
간 gan	간 刊	刊	定期出版的讀物。
간격 gangyeok	간 격 間隔	間隔	事物相互間在時間或空間的距離。
간결 gangyeol	간 결 簡潔	簡潔	（說話、行為等）簡明扼要，沒有多餘的內容。
간극 gangeuk	간 극 間隙	間隙	是指兩個事物之間的空間或時間的距離；隔閡。不和。
간단 ganddan	간 단 簡單	簡單	單純，清楚，不複雜；容易理解、使用或處理。
간략 galyak	간 략 簡略	簡略	指（言語、文章的內容省掉細節）簡單、簡約。不詳細。
간부 ganboo	간 부 幹部	幹部	擔任一定的領導工作或管理工作的組織中的中心人員。

韓文	韓文漢字	中文字	意思
간사 gansa	^{간 사} 奸邪	奸邪	奸詐邪惡；奸詐邪惡的人。
간사 gansa	^{간 사} 奸詐	奸詐	奸偽狡猾，做事刁鑽、詭詐，極其陰險狡猾。
간섭 ganseop	^{간 섭} 干涉	干涉	指過問或制止，多指不應該管的硬管。
간소 ganso	^{간 소} 簡素	簡素	簡約樸素。
간악 ganak	^{간 악} 奸惡	奸惡	指邪惡的人或事。
간암 ganam	^{간 암} 肝癌	肝癌	發生在肝臟的惡性腫瘤。
간약 ganyak	^{간 약} 簡約	簡約	簡要概括。
간언 ganeon	^{간 언} 諫言	諫言	一般用來指下級對上級的規勸和建議。
간여 ganyeo	^{간 여} 干與	干與	干涉。關係。
간염 ganyeom	^{간 염} 肝炎	肝炎	肝臟發炎的現象。
간이 gani	^{간 이} 簡易	簡易	簡單容易；設施簡陋的。
간절 ganjeol	^{간 절} 懇切	懇切	誠懇真摯。
간첩 gancheop	^{간 첩} 間諜	間諜	被派遣或收買來從事刺探機密、情報或進行破壞活動的人員。

ㄱ

韓文	韓文漢字	中文字	意思
간청 gancheong	간 청 懇請	懇請	真誠請求。誠懇地邀請或請求。
간편 ganpyeon	간 편 簡便	簡便	簡單方便。
간행 ganhaeng	간 행 刊行	刊行	書稿刻印發行。
간호 ganho	간 호 看護	看護	護理、照料傷病者或老人。
갈망 galmang	갈 망 渴望	渴望	迫切地盼望，殷切地希望。就像飢渴一樣盼望得到。
갈색 galsaek	갈 색 褐色	褐色	黃黑的茶色。
갈채 galchae	갈 채 喝采	喝采	大聲叫好讚美。
감가 gamgga	감 가 減價	減價	降低價格，比喻購買東西的時候把原來的價格降低就是減價。
감각 gamgak	감 각 感覺	感覺	內心對外界的感受。
감개 gamgae	감 개 感慨	感慨	心靈受到某種感觸而發出慨嘆。
감격 gamgyeok	감 격 感激	感激	深深的感謝，引申指激動，有生氣。
감금 gamgeum	감 금 監禁	監禁	因被收監而喪失自由。
감동 gamdong	감 동 感動	感動	觸動感情，引起同情、支持或嚮慕。

韓文	韓文漢字	中文字	意思
감량 gamlyang	감량 減量	減量	份量減少。
감로 gamno	감로 甘露	甘露	甘美的雨露；比喻天下太平的徵兆。
감면 gammyeon	감면 減免	減免	減輕或免除。
감미 gammi	감미 甘美	甘美	(味道) 甜美；甜蜜美和。
감사 gamsa	감사 感謝	感謝	因對方之好意或幫助等而表示謝意。
감상 gamsang	감상 感想	感想	在跟外界事物的接觸中引起的想法。
감상 gamsang	감상 感傷	感傷	因有所感觸而心傷。
감상 gamsang	감상 鑑賞	鑑賞	對文物、藝術品等的鑑定和欣賞。
감정 gamjeong	감정 感情	感情	受外界刺激而產生的愛、憎、喜、怒、哀、樂等心理反應。
강력 gangnyeok	강력 強力	強力	強大的力量。
강산 gangsan	강산 江山	江山	借指國家的疆土或政權；江和山；泛指自然風光。
강제 gangjae	강제 強制	強制	用某種強迫的力量或行動對付阻力或慣性以壓迫、驅動、達到或影響，使別人服從自己的意志。
강조 gangjo	강조 強調	強調	極力主張。對於某種事物或意念，特別注重或加以鄭重表示。

ㄱ

Track
02

韓文	韓文漢字	中文字	意思
강좌 gangjwa	강좌 講座	講座	泛指學校、機構定期或不定期舉辦的專題講學或演說。
강화 ganghwa	강화 強化	強化	加強，使堅固。加強提高某一性質、程度。
개량 gaeryang	개량 改良	改良	改變事物原有的某些不足，使比原來更好。
개발 gaebal	개발 開發	開發	是指以荒地、礦山、森林、水力等自然資源為對象進行勞動，以達到利用的目的；開拓；發現或發掘人才、技術等供利用；啟發。開導。
개방 gaebang	개방 開放	開放	敞開，允許入內；使關閉著的打開。
개시 gaesi	개시 開始	開始	著手進行；從頭起；從某一點起。
개인 gaein	개인 個人	個人	單獨一人。相對於團體而言。
개정 gaejeong	개정 改正	改正	把錯誤的改成正確的。
개척 gaecheok	개척 開拓	開拓	開創。開發。開闢；開墾。開荒。
개탄 gaetan	개탄 慨嘆	慨嘆	有所感觸而嘆息。
개혁 gaehyeok	개혁 改革	改革	改進革新。
개화 gaehwa	개화 開化	開化	文化水準提高，各種知識發達進步；啟發教化。

韓文	韓文漢字	中文字	意思
갱생 gaengsaeng	_{갱 생} 更生	更生	死而復生，比喻復興；獲釋出獄的囚犯可以重新融入社會活動。
거리 geori	_{거 리} 距離	距離	時間或空間、有形或無形的間隔。
거액 geoaek	_{거 액} 巨額	巨額	很大的數量。多指資財。
거절 geojeol	_{거 절} 拒絕	拒絕	不接受（請求、意見或贈禮等）。
거주 geojoo	_{거 주} 居住	居住	較長期地住在一地。
거처 geocheo	_{거 처} 居處	居處	居住的地方。
거행 geohaeng	_{거 행} 擧行	擧行	進行（儀式、集會、比賽等）。
건강 geongang	_{건 강} 健康	健康	指一個人在身體、精神方面都處於良好的狀態。
건물 geonmool	_{건 물} 建物	建物	附著於土地的建築物。
건배 geonbae	_{건 배} 乾杯	乾杯	表示擧杯祝福或是擧杯表達敬意。飲盡杯中的飲料。
건설 geonseol	_{건 설} 建設	建設	創立新事業；增加新設施。
건전 geonjeon	_{건 전} 健全	健全	生理及心理健康正常無異狀；使事物完善、完備而沒有缺陷、狀態穩固。
건조 geonjo	_{건 조} 乾燥	乾燥	失去水分；缺少水分。

ㄱ

韓文	韓文漢字	中文字	意思
건축 geonchook	건 축 **建築**	建築	定著於土地上或地面下具有頂蓋、樑柱或牆壁，供個人或公眾使用的構造物；土木工程中的建造橋樑等。
걸작 geoljjak	걸 작 **傑作**	傑作	優秀而特出的作品。
검사 geomsa	검 사 **檢查**	檢查	為了發現問題而用心查看，有無異常、有無不正當等。
검토 geomto	검 토 **檢討**	檢討	檢驗探討。
견해 gyeonhae	견 해 **見解**	見解	對事物的理解、看法。
결과 gyeolgwa	결 과 **結果**	結果	用以指人事的最後結局；植物長出果實。
결국 gyeolgook	결 국 **結局**	結局	結果，收場。最後的結果；最終的局面。
결단 gyeolddan	결 단 **決斷**	決斷	做決定、拿主意；判定、斷定；決定事情的魄力，當機立斷。
결론 gyeolon	결 론 **結論**	結論	泛指對某種事物，最後所下的論斷；依據已知的前提或假設的原則，所推得的論斷。也稱為「斷案」。
결석 gyeolsseok	결 석 **缺席**	缺席	聚會或上課時未到。
결실 gyeolssil	결 실 **結實**	結實	植物結成果實或種子。
결심 gyeolssim	결 심 **決心**	決心	拿定主意。堅定不移的意志。
결의 gyeori	결 의 **決議**	決議	對議論做決定；凡議案經主席提付表決者，不論表決結果，都稱為「決議」。

韓文	韓文漢字	中文字	意思
결점 gyeoljjeom	缺點	缺點	指人的短處；欠缺之處，其與優點相對。
결정 gyeoljjeong	決定	決定	對於事情做出判斷與主張。
결함 gyeolham	缺陷	缺陷	瑕疵；欠缺或不夠完備的地方。
결합 gyeolhap	結合	結合	凝結在一起。泛指人或事物之間發生密切聯繫。
결혼 gyeolhon	結婚	結婚	男女雙方經過法定的程式結為夫妻。
겸손 gyeomson	謙遜	謙遜	謙虛，不浮誇，低調，為人低調，不自滿。是一種自我的認識，良好的品德。
경계 gyeonggae	境界	境界	疆界。邊界。
경계 gyeonggae	警戒	警戒	有所警覺而戒備。小心謹慎。
경과 gyeonggwa	經過	經過	經歷，事情發展的過程。
경기 gyeonggi	景氣	景氣	產業界的活躍狀態；指社會經濟繁榮的現象，如生產增長、商業活躍、高就業率等；景象。
경기 gyeonggi	競技	競技	比賽技術。
경력 gyeongnyeok	經歷	經歷	經驗與閱歷。經過。
경사 gyeongsa	傾斜	傾斜	歪斜。偏斜；比喻偏向於某一方。

韓文	韓文漢字	中文字	意思
경솔 gyeongsol	경 솔 輕率	輕率	草率不謹慎。
경어 gyeongeo	경 어 敬語	敬語	就是指對聽話人表示尊敬的語言手段。
경영 gyeongyeong	경 영 經營	經營	運營（營利性事業），從事（營利性的工作）。
경우 gyeongwou	경 우 境遇	境遇	境況與遭遇。
경유 gyeongyu	경 유 經由	經由	通過。經過。是經過某地或某條路線；透過。
경작 gyeongjak	경 작 耕作	耕作	耕種田地，栽種穀類、蔬菜等。
경쟁 gyeongjaeng	경 쟁 競爭	競爭	為某種目的而相互爭勝。
경제 gyeongjae	경 제 經濟	經濟	用於統稱一定範圍（國家、區域等）內，組織生產、分配、流通、消費活動和關係的系統，通常以貨幣為媒介，以商品或服務為結果；節省、不浪費。
경찰 gyeongchal	경 찰 警察	警察	依法以維持公共秩序、保護社會安寧、促進人民福利為主要任務的人。
경치 gyeongchi	경 치 景致	景致	指風景和景物，精緻新奇。
경향 gyeonghyang	경 향 傾向	傾向	趨勢。事物發展的動向；偏向、趨向；指思想觀點所體現的方向。
경험 gyeongheom	경 험 經驗	經驗	親自實踐得來的知識或技能。

韓文	韓文漢字	中文字	意思
계곡 gaegok	계 곡 溪谷	溪谷	溪流的谷道。
계급 gaegeup	계 급 階級	階級	等級，層級；社會成員依職業屬性、經濟收入、生活水準、利益與價值觀相近而形成的不同群體。
계기 gaegi	계 기 契機	契機	轉機，事情轉變的關鍵。
계략 gaeryag	계 략 計略	計略	計劃謀略。
계모 gaemo	계 모 繼母	繼母	前妻的子女稱父親續娶的妻子。
계몽 gaemong	계 몽 啓蒙	啟蒙	開發蒙昧，授與人們新的知識，使明白事理，並教育開導。
계산 gaesan	계 산 計算	計算	根據已知數通過數學方法求得未知數；考慮；籌劃。
계속 gaesok	계 속 繼續	繼續	連續下去；不中斷進程。
계약 gaeyak	계 약 契約	契約	是雙方當事人基於意思表示合致而成立的法律行為，為私法自治的主要表現。
계절 gaejeol	계 절 季節	季節	一年中，具有某種特點而區分出來的時期。
계층 gaecheung	계 층 階層	階層	因某種共通性而形成的社會群體；結構中的某一層次。
계통 gaetong	계 통 系統	系統	同類事物按照一定的秩序或關係，而組成的整體。
계획 gaehwek	계 획 計畫	計畫	事先擬定的具體方案或辦法。

ㄱ

韓文	韓文漢字	中文字	意思
고교 gogyo	高校	高校	高等學校的簡稱。
고국 gogook	故國	故國	祖國；故鄉。
고금 gogeum	古今	古今	古代與現代。
고급 gogeup	高級	高級	（階級、地位等）達到一定高度的；（程度、品質等）超過一般的。
고대 godae	古代	古代	距離現代較遠的時代（區別於近代、現代）。
고도 godo	高度	高度	從基部至某一任選高處的距離；整個事物垂直的距離或範圍；程度很高的。
고독 godok	孤獨	孤獨	單獨一人；幼而無父和老而無子的人。
고등 godeung	高等	高等	等級、品位等高級、高深。
고려 goryeo	考慮	考慮	思索問題，以便作出決定。
고립 gorip	孤立	孤立	孤獨無助，得不到同情或援助；獨立，無所依傍和聯繫。
고민 gomin	苦悶	苦悶	肉體上或精神上痛苦煩惱，心情鬱悶。
고백 gobaek	告白	告白	原意為向他人坦誠陳述自己內心的秘密或想法，韓文中，向心儀的對象表達愛意的行動亦稱為「告白」；對公眾的告示、廣告等。

韓文	韓文漢字	中文字	意思
고속 gosok	고 속 **高速**	高速	指高級速度,是比較於中速和低速。
고심 gosim	고 심 **苦心**	苦心	為某事操勞付出的心思和精力;盡心盡力。
고용 goyong	고 용 **雇用**	雇用	出錢讓人為自己做事。
고유 goyu	고 유 **固有**	固有	指本來有的,不是外來的。
고장 gojang	고 장 **故障**	故障	(機械、儀器等)發生不能順利運轉的情況;阻礙進展或影響效率的紊亂狀況。
고정 gojeong	고 정 **固定**	固定	堅持不從一個場所變動或移動;使不改變。
고집 gojip	고 집 **固執**	固執	形容堅持自己的意見、態度,不肯變通。
고찰 gochal	고 찰 **考察**	考察	實地觀察調查。細緻深刻地觀察。
고층 gocheung	고 층 **高層**	高層	高空。高氣層。處於或出現在地球表面較高處;很高的建築物。
고통 gotong	고 통 **苦痛**	苦痛	精神或肉體痛苦的感受。
고향 gohyang	고 향 **故鄉**	故鄉	出生、成長的地方。家鄉。老家。
곡 gok	곡 **曲**	曲	曲子,曲調;不公正,不合理。
곡선 goksseon	곡 선 **曲線**	曲線	平滑彎曲的線段。

ㄱ

韓文	韓文漢字	中文字	意思
곡절 gokjjeol	곡 절 **曲折**	**曲折**	彎曲不直;情況、情節等錯綜複雜。
곡조 gokjjo	곡 조 **曲調**	**曲調**	樂曲的調子。
곤란 golan	곤 란 **困難**	**困難**	指處境艱難、生活窮困,亦指事情複雜、阻礙多。
곤충 gonchoong	곤 충 **昆蟲**	**昆蟲**	蟲類的總稱。多指身體由頭、胸、腹 3 部分組成,以氣管呼吸的節足動物。如螞蟻、蜻蜓等。
공간 gonggan	공 간 **空間**	**空間**	物質存在的一種客觀形式,由長度、寬度、高度表現;數學上指凡質點可存在的處所或討論的範疇。
공갈 gonggal	공 갈 **恐喝**	**恐嚇**	恫嚇威脅。
공개 gonggae	공 개 **公開**	**公開**	指面向大家或全球(世界),不加隱蔽。
공경 gonggyeong	공 경 **恭敬**	**恭敬**	對尊長貴賓謙恭而有禮的。
공급 gonggeup	공 급 **供給**	**供給**	以物資、錢財等給人而供其所需。
공기 gonggi	공 기 **空氣**	**空氣**	指地球大氣層中的氣體混合。它主要由 78% 的氮氣、21% 氧氣、還有 1% 的稀有氣體和雜質組成的混合物;氣氛、環境情形。
공동 gongdong	공 동 **共同**	**共同**	兩個人以上一起、一同合力辦事。
공로 gongno	공 로 **功勞**	**功勞**	指(人)對事業等做出了突出的貢獻,超越了平凡的勞動稱其為「功勞」。

韓文	韓文漢字	中文字	意思
공무 gongmoo	공 무 公務	公務	公事，關於國家或集體的事務。狹義是指國家機關的事務性工作；廣義是指黨政機關、群眾團體、企事業單位等的事務性工作。
공사 gongsa	공 사 工事	工事	從事土木、建造等作業的總稱。
공업 gongeob	공 업 工業	工業	指採掘自然資源和對工業原料及農產品原料進行加工、再加工的行業。
공연 gongyeon	공 연 公演	公演	表演團體公開的在眾多觀眾前進行演出。
공원 gongwon	공 원 公園	公園	經過造園處理或保留其自然狀態，以作為公眾戶外遊憩及享受大自然的特定場所。
공장 gongjang	공 장 工場	工場	手工業者集合在一起從事生產的場所；現代工廠中的一級組織，通常由若干車間組成。
공주 gongjoo	공 주 公主	公主	天子的女兒。是中國古代對皇女、王女、宗女的稱謂。
공중 gongjoong	공 중 公眾	公眾	泛指一般民眾。社會上大多數的人。
공중 gongjoong	공 중 空中	空中	天空中。離地面較高的空間。
공통 gongtong	공 통 共通	共通	通行於或適用於各方面的。
공평 gongpyeong	공 평 公平	公平	所有利益相關者在同一事件、同一範圍內，都得到公正對等的待遇。
공포 gongpo	공 포 恐怖	恐怖	使人感到恐怖的手段和氣氛。

韓文	韓文漢字	中文字	意思
공해 gonghae	공 해 公害	公害	生產、科研和人的其他活動所產生的各種污染源，給社會環境造成的公共災害。
공헌 gongheon	공 헌 貢獻	貢獻	拿出物資、力量或意見、經驗等獻給國家或公眾等；進奉或贈與。
공황 gonghwang	공 황 恐慌	恐慌	因擔憂、害怕而慌張不安。如經濟恐慌。
과거 gwageo	과 거 科擧	科擧	一種通過考試來選拔官吏的制度，源自中國，並傳播至漢字文化圈其他國家。
과거 gwageo	과 거 過去	過去	是指現在我們所處時刻前的任意一個時刻或者時間段，可以是一個時刻，但大多指的是一個時間段。
과부 gwaboo	과 부 寡婦	寡婦	喪夫而沒有再婚的婦人。
과실 gwasil	과 실 果實	果實	植物所結的實；比喻一切努力的成果、收穫。
과연 gwayeon	과 연 果然	果然	表示實際情況與所預料的一樣。
과장 gwajang	과 장 課長	課長	即一課之長，就是部門主管的意思。
과장 gwajang	과 장 誇張	誇張	比實際還要誇大的表現。言過其實。
과정 gwajeong	과 정 過程	過程	事物發展所經過的程式；階段。
과제 gwajae	과 제 課題	課題	正在學習研究或有待解決的問題。
과학 gwahak	과 학 科學	科學	以一定對象為研究範圍，依據實驗與邏輯推理，求得統一、確實的客觀規律和真理。

Track
03

韓文	韓文漢字	中文字	意思
관계 gwangae	^{관 계} **關係**	關係	相關、影響、牽涉；人事物間的關連情形。
관념 gwannyeom	^{관 념} **觀念**	觀念	因文化背景或生活經驗而形成對人事物等的認知與看法。是某者對事物的主觀與客觀認識的系統化之集合體；關於某方面的認識和覺悟。
관련 gwalyeon	^{관 련} **關聯**	關聯	指互相貫連。事物之間有關係。
관리 gwali	^{관 리} **管理**	管理	在特定環境下，對組織的資源進行有效的計劃、組織、領導和控制，以便達成既定目標的過程；照管。
관세 gwansse	^{관 세} **關稅**	關稅	當貨品從境外通過海關進入境內的時候，境內政府透過海關針對貨物所課徵的稅金。
관심 gwansim	^{관 심} **關心**	關心	關懷，掛念；注意，留心。
관점 gwanjjeom	^{관 점} **觀點**	觀點	研究分析或批評問題、事項等所依據的立場。
관중 gwanjoong	^{관 중} **觀眾**	觀眾	觀看表演或比賽等的人。
관측 gwancheug	^{관 측} **觀測**	觀測	指對自然現象進行觀察或測定；對事物的觀察與推測。
괄호 gwalho	^{괄 호} **括弧**	括弧	標點符號，主要表示文中注釋或區別等的部分。
광경 gwanggyeong	^{광 경} **光景**	光景	情形，境況，樣子。
광고 gwanggo	^{광 고} **廣告**	廣告	廣義上指不以營利為目的的廣告，如政府公告；狹義上指以營利為目的的廣告，通常是指商業廣告。

ㄱ

韓文	韓文漢字	中文字	意思
광물 gwangmul	鑛物	礦物	一種經自然作用所形成的無機物。具有固定的化學成分和物理特性，除水銀外，多以固體形態呈現。如銅、鐵、煤等。
광선 gwangseon	光線	光線	表示光的傳播方向的直線。
광장 gwangjang	廣場	廣場	是在傳統城市中的　個廣闊、平坦的開放空間，主要用途是讓民眾聚集，或用作政治用途。在廣場中通常會設有一些銅像、雕塑、紀念碑或噴泉等裝飾。
교과 gyoggwa	教科	教科	教授科目。
교류 gyoryu	交流	交流	彼此間把自己有的提供給對方。相互溝通。相互交換（資訊等）。
교만 gyoman	驕慢	驕慢	指傲慢。自高自大，看不起別人。
교묘 gyomyo	巧妙	巧妙	指聰慧靈敏的才思。精巧美妙。靈巧高妙。
교사 gyosa	教師	教師	教授學生，傳授知識的人。
교수 gyosoo	教授	教授	傳授知識、技藝；在大學及專科以上學校任教的教師中等級最高者。
교실 gyosil	教室	教室	老師傳授知識、技能的場所；學校裡進行教學活動的房間。
교양 gyoyang	教養	教養	教導養育；品德涵養。

韓文	韓文漢字	中文字	意思
교외 gyowae	^{교 외} 郊外	郊外	環繞城市外面的地方。
교육 gyoyoog	^{교 육} 教育	教育	一種有關培植人才，訓練技能，以支應國家建設、社會發展的事業。
교장 gyojang	^{교 장} 校長	校長	主持一校行政事務的最高領導人。
교제 gyojae	^{교 제} 交際	交際	人與人之間彼此往來、聚會應酬。
교체 gyochae	^{교 체} 交替	交替	指替換。
교통 gyotong	^{교 통} 交通	交通	汽車、船舶、飛機等各種運輸工具在陸地、海上或空中的往來；亦指郵電信函等來往。
교포 gyopo	^{교 포} 僑胞	僑胞	本國人稱旅居國外，並取得該國國籍或居留權的同胞。
교환 gyohwan	^{교 환} 交換	交換	雙方各拿出自己的給對方；是指人們在等價基礎上的商品交換，即以物換物。
교회 gyohwae	^{교 회} 教會	教會	天主教、基督教等教派的信徒所組織的團體。
교훈 gyohoon	^{교 훈} 教訓	教訓	從失敗或錯誤中學習到的經驗。
구미 goomi	^{구 미} 歐美	歐美	歐洲與美洲的合稱。
구별 goobyeol	^{구 별} 區別	區別	分別、辨別；差異、不同。
구분 gooboon	^{구 분} 區分	區分	區別劃分。

ㄱ

▶韓文	▶韓文漢字	▶中文字	▶意思
구비 goobi	구 비 口碑	口碑	眾人的口頭傳頌，有如文字鐫刻於碑石。
구비 goobi	구 비 具備	具備	齊全，完備。
구성 gooseong	구 성 構成	構成	造成，組成。結構。
구속 goosog	구 속 拘束	拘束	管束限制。
구식 goosig	구 식 舊式	舊式	舊有的形式或樣式。
구실 goosil	구 실 口實	口實	假託的理由；可以利用的藉口。
구역 gooyeog	구 역 區域	區域	指土地的界劃。地區、範圍。
구월 goowol	구 월 九月	九月	即陽歷每年的第9個月。
구제 goojae	구 제 救濟	救濟	用金錢或物資幫助生活困難的人。
구조 gujo	구 조 救助	救助	指拯救和幫助。
구조 gujo	구 조 構造	構造	事物的組織。各個組成部分的安排、組織和相互關係。
구주 goojoo	구 주 歐洲	歐洲	歐羅巴洲的簡稱。名字源於希臘神話的人物「歐羅巴」。是世界第6大洲。
구체 goochae	구 체 具體	具體	有實體存在，或明確而非抽象、籠統的。

韓文	韓文漢字	中文字	意思
구형 goohyeong	求刑	求刑	請求處刑。
구획 goohwaeg	區劃	區劃	安排、策劃。區分，劃分。
국가 gookgga	國家	國家	是指擁有共同的語言、文化、種族、血統、領土、政府或者歷史的社會群體。
국기 gookggi	國旗	國旗	一個國家的象徵與標誌。
국내 goongnae	國內	國內	在特定的國家的內部。在一國的領土之內。
국력 goongnyeog	國力	國力	國家所具備的力量。包括人口、土地、經濟、軍事、民心士氣等。
국립 goongnib	國立	國立	由國家撥出經費設立的（用於學校、醫院等）。
국민 goongmin	國民	國民	泛指全國的人民。構成國家的成員。
국보 gookbbo	國寶	國寶	國家的寶物，特別是文價值高的建築物、美術工藝品、古文書等；比喻對國家有特殊貢獻的人。
국산 gookssan	國產	國產	指本國生產的東西。
국어 googeo	國語	國語	全國統一使用的標準語；本國特有的語言。
국적 gookjjeog	國籍	國籍	指一個人屬於一個國家國民的法律資格，也是國家實行外交保護的依據。
국제 gookjjae	國際	國際	國與國之間，與各國相關的。

韓文	韓文漢字	中文字	意思
국토 gukto	국 토 **國土**	國土	國家的領土。
국화 gukwa	국 화 **菊花**	菊花	菊所開的花。多年生宿根性草花，生頭狀花序，花冠有舌狀、筒狀、絲狀等，品種極多，花色豐富，有紅、黃、白、紫等。
국회 gukwae	국 회 **國會**	國會	立憲國家代表民意的最高立法機關。
군대 goondae	군 대 **軍隊**	軍隊	國家或政治集團為政治目的而服務的正規武裝組織。
군사 goonsa	군 사 **軍事**	軍事	泛指與軍隊有關的一切事務。戰爭事項。
권력 gwolyeog	권 력 **權力**	權力	可控制、管轄、支配等的職權或力量。
권리 gwoli	권 리 **權利**	權利	人民依法律規定而應享有的利益。
권위 gwonwi	권 위 **權威**	權威	權力和威勢；在某一領域中具有崇高地位和影響力的人。
궤도 gwedo	궤 도 **軌道**	軌道	供火車等交通工具行駛的鐵軌；遵循法度；物質運動時所循的路徑；天體在宇宙間運行的路線。
귀국 gwigoog	귀 국 **歸國**	歸國	返回自己的國家。從國外歸來。
귀재 gwijae	귀 재 **鬼才**	鬼才	指在某方面有奇特才能的人。
귀족 gwijog	귀 족 **貴族**	貴族	貴顯的世族。歐洲古代及中世紀有貴族、平民的分別，貴族為政治上的特權階級，如皇族、領主等。

韓文	韓文漢字	中文字	意思
귀중 gwijoong	귀 중 貴重	貴重	珍貴重要。
규격 gyugyeog	규 격 規格	規格	一定的規範、標準；產品質量的標準，如一定的大小、輕重、精密度、性能等。
규모 gyumo	규 모 規模	規模	形式，格局；範圍。
규범 gyubeom	규 범 規範	規範	典範，規模。
규정 gyujeong	규 정 規定	規定	制定準則；泛稱各種法律或規章的約束。
규칙 gyuchig	규 칙 規則	規則	供大家共同遵守的條文規定；具有一定形式、規律的。
균형 gyunhyeong	균 형 均衡	均衡	均等、平衡。
극복 geukbbog	극 복 克服	克服	戰勝或消除（不利條件或消極現象）。
극장 geukjjang	극 장 劇場	劇場	戲劇等表演藝術的演出場所。
근거 geungeo	근 거 根據	根據	憑靠、依據；來源。
근로 geulo	근 로 勤勞	勤勞	盡心盡力，辛勤勞動。
근본 geunbon	근 본 根本	根本	事物的本源、基礎、根源。
근엄 geuneom	근 엄 謹嚴	謹嚴	慎重嚴肅，一絲不苟。

▲韓文	▲韓文漢字	▲中文字	▲意思
근육 geunyoog	_{근 육} 筋肉	筋肉	高等動物皮膚下，由成束肌纖維與結締組織結合而成的紅色柔軟組織。也作「肌肉」。
근처 geuncheo	_{근 처} 近處	近處	附近、距離不遠的地方。
금년 geumnyeon	_{금 년} 今年	今年	說話時的這一年。
금속 geumsog	_{금 속} 金屬	金屬	黃金及其他能導電及導熱的物質。如金、銀、銅、鐵等。
금액 geumaeg	_{금 액} 金額	金額	在現代指紙幣、硬幣的面值。
금연 geumyeon	_{금 연} 禁煙	禁煙	禁止吸食香菸。
금융 geumyung	_{금 융} 金融	金融	金錢在市面流通的狀態。包括貨幣的發行、流通和回籠，貸款的收發，款項的提存，匯兌的往來等經濟活動。
금지 geumji	_{금 지} 禁止	禁止	制止、不准。命令不准做某事。
급속 geupsog	_{급 속} 急速	急速	事物的進展迅速、很快。
긍정 geungjeong	_{긍 정} 肯定	肯定	表示同意、贊成。表示承認的。
긍지 geungji	_{긍 지} 矜持	矜持	自鳴得意；對自己行事、決定、信念、心態各方面保持正面評價。
기간 gigan	_{기 간} 期間	期間	在某一段時間之內。
기계 gigae	_{기 계} 機械	機械	泛指各種機具、器械。

韓文	韓文漢字	中文字	意思
기관 gigwan	기 관 **機關**	機關	有組織的團體。多指辦理事務的機構；有機件可以操控活動的器械。
기구 gigoo	기 구 **器具**	器具	一種簡單的工具。
기념 ginyeom	기 념 **紀念**	紀念	用來表示紀念的物品；思念，懷念。
기능 gineung	기 능 **技能**	技能	專門的技術和能力。
기대 gidae	기 대 **期待**	期待	預期有好的結果或狀態，而期望等待。
기도 gido	기 도 **企圖**	企圖	圖謀，計劃。
기도 gido	기 도 **祈禱**	祈禱	禱告求福。
기록 girog	기 록 **記錄**	記錄	載錄，記載。
기본 gibon	기 본 **基本**	基本	根本，最基礎的。
기사 gisa	기 사 **技師**	技師	具備專業技能的高級技術人員。
기색 gisaeg	기 색 **氣色**	氣色	指人的神態或臉色的好壞。
기성 giseong	기 성 **既成**	既成	已經成為、已經完成。
기소 giso	기 소 **起訴**	起訴	法律上指向法院提出訴訟。可分為民事訴訟、刑事訴訟、行政訴訟 3 種。

ㄱ

▶韓文	▶韓文漢字	▶中文字	▶意思
기술 gisool	技術	技術	人類在手工或機件的操作過程中所累積下來的經驗或知識。
기술 gisool	記述	記述	記載敘述。用文字記載敘述。
기실 gisil	其實	其實	真實的情況。
기억 gieog	記憶	記憶	指在腦海中存留的一切。
기업 gieob	企業	企業	從事生產、運輸、貿易等各種經濟活動的營利事業。
기온 gion	氣溫	氣溫	大氣的溫度。
기왕 giwang	既往	既往	以往；以往的事。
기원 giwon	祈願	祈願	祈求許願。
기원 giwon	起源	起源	事物發生的根源。
기자 gija	記者	記者	傳播事業中負責採訪新聞與撰稿的外勤人員。有時亦兼指編輯、評論、攝影、播報等新聞從業人員。
기적 gijeog	奇蹟	奇蹟	自然界或人世間異於尋常、令人無法理解的怪異現象或事情。
기준 gijoon	基準	基準	測量的起算標準。泛指原理或規範。法律規定的必須最低限度遵守的條件或狀況。
기초 gicho	基礎	基礎	房屋的基址和柱腳的礎石。引申為事物的根本。

韓文	韓文漢字	中文字	意思
기타 gita	기 타 **其他**	其他	除此之外，別的。
기특 giteug	기 특 **奇特**	奇特	奇異特殊。奇怪而特別；不同尋常
기한 gihan	기 한 **期限**	期限	某一限定的時間；指時限的最後界線。
기회 gihwae	기 회 **機會**	機會	進行某事的適當時機。關鍵性的時機。
기획 gihweg	기 획 **企劃**	企劃	計劃，規劃。
기후 gihoo	기 후 **氣候**	氣候	一個地區長期的平均天氣狀態。
긴급 gingeub	긴 급 **緊急**	緊急	緊急重要，形容情況危急。至關緊要。
긴요 ginyo	긴 요 **緊要**	緊要	緊急重要。
긴장 ginjang	긴 장 **緊張**	緊張	激烈或緊迫，使人精神緊張；精神處於高度準備狀態，興奮不安。

MEMO

나사 (螺絲) /韓文+漢字 · 螺絲/中文字
nasa

具有螺旋狀溝槽的圓柱體及圓孔。

▶韓文	▶韓文漢字	▶中文字	▶意思
나선 naseon	나 선 螺旋	螺旋	曲折迴轉的形狀。
나약 nayak	나 약 懦弱	懦弱	膽怯軟弱。
나열 nayeol	나 열 羅列	羅列	陳列，擺列。
나체 nachae	나 체 裸體	裸體	身上不穿衣物。
나태 natae	나 태 懶怠	懶怠	懶惰；沒興趣；不願意（做某件事）。
나팔 napal	나 팔 喇叭	喇叭	樂器名。屬吹奏樂器。多為銅製。上端小，身細長而漸大，尾端圓敞。
나포 napo	나 포 拿捕	拿捕	捉拿；逮捕。
낙관 nakggwan	낙 관 落款	落款	在書畫上題署姓名、年月、詩句等。
낙관 nakggwan	낙 관 樂觀	樂觀	對人生或一切事物的發展充滿信心的生活態度。
낙농 nangnong	낙 농 酪農	酪農	從事酪農業生產者。
낙방 nakbbang	낙 방 落榜	落榜	考試未獲錄取。

韓文	韓文漢字	中文字	意思
낙석 naksseog	_{낙 석} 落石	落石	從高處掉下的石頭、石塊。
낙선 naksseon	_{낙 선} 落選	落選	沒有被選上。
낙엽 nagyeob	_{낙 엽} 落葉	落葉	掉落的葉片。
낙제 nakjjae	_{낙 제} 落第	落第	應試沒有被錄取。
낙하 naka	_{낙 하} 落下	落下	降落，掉落。
낙후 nakoo	_{낙 후} 落後	落後	居他人之後；能力、水準較低。
난관 nangwan	_{난 관} 難關	難關	不易度過的關頭或具有決定性的重要時期。
난로 nalo	_{난 로} 暖爐	暖爐	取暖禦寒的火爐。
난민 nanmin	_{난 민} 難民	難民	由於天災、戰禍、貧窮、種族和宗教迫害、政治避難等因素流離失所的人。
난세 nansae	_{난 세} 亂世	亂世	秩序混亂、動盪不安的時代。
난처 nancheo	_{난 처} 難處	難處	不容易處理；為難。
난해 nanhae	_{난 해} 難解	難解	難以明瞭。
날조 naljjo	_{날 조} 捏造	捏造	虛構、編造。無中生有。

▶韓文	▶韓文漢字	▶中文字	▶意思
남극 namgeug	南極	南極	地球的最南端，在南緯 90 度上；羅盤上磁針所指向南的一端。
남녀 namnyeo	男女	男女	男性與女性。
남루 namnoo	襤褸	襤褸	衣服破爛的樣子。
남미 nammi	南美	南美	巴拿馬和哥倫比亞二國國界以南的美洲大陸。
남북 namboog	南北	南北	南邊與北邊。南方和北方。
남성 namseong	男性	男性	男子的通稱。
남아 nama	男兒	男兒	男孩子；有大丈夫氣概的人。
남용 namyong	濫用	濫用	胡亂的過度使用。
남자 namja	男子	男子	男人。男性；指剛強有作為的男人。
남한 namhan	南韓	南韓	大韓民國的通稱。位於亞洲東部的朝鮮半島上，在日本海與黃海之間。
낭독 nangdog	朗讀	朗讀	清晰而響亮的誦讀。高聲的誦讀詩文。
낭만 nangman	浪漫	浪漫	富有詩意，充滿感性氣氛的。
낭비 nangbi	浪費	浪費	對財物、人力、時間等使用不當或毫無節制。

韓文	韓文漢字	中文字	意思
내각 naegag	내 각 內閣	內閣	由內閣總理及內閣閣員組成的國家最高行政機關，負責國家政策的擬定及推展。
내과 naeggwa	내 과 內科	內科	醫學上指主要採用藥物來治療內臟疾病的一科。
내년 naenyeon	내 년 來年	來年	次年，明年。
내란 naeran	내 란 內亂	內亂	國家內部發生動亂不安的局面。
내력 naeryeog	내 력 來歷	來歷	來由、原因；經歷。
내방 naebang	내 방 來訪	來訪	前來探訪。
내복약 naebogyag	내 복 약 內服藥	內服藥	供病人口服的藥品。
내부 naeboo	내 부 內部	內部	指裡邊或界線內的地方或空間；指某一範圍以內。
내빈 naebin	내 빈 來賓	來賓	蒞臨的賓客。
내성 naeseong	내 성 耐性	耐性	忍耐能力；承受性。
내수 naesoo	내 수 內需	內需	國內市場的需求。
내심 naesim	내 심 內心	內心	心裡、心中。泛指思想或感情。因為心是思想的主體，二者又都在身體內，故稱為「內心」。
내왕 naewang	내 왕 來往	來往	來去，往返，往來。

韓文	韓文漢字	中文字	意思
내용 naeyong	내 용 **內容**	**內容**	事物內部所包含的東西或意義（跟「形式」相區別）。
내의 naei	내 의 **內衣**	**內衣**	貼身穿的衣物。內衣褲、襯衣等。
내장 naejang	내 장 **內臟**	**內臟**	人或動物的胸腔和腹腔內器官的統稱。內臟包括心、肺、胃、肝、脾、腎、腸等。
내전 naejeon	내 전 **內戰**	**內戰**	內戰是指一個國家內部爆發的戰爭，或是由剛從同一個國家分裂的兩個政治實體之間的戰爭。
내정 naejeong	내 정 **內定**	**內定**	事先內部祕密選定。大多指人事調配。
냉기 naenggi	냉 기 **冷氣**	**冷氣**	冷的氣流。
냉동 naengdong	냉 동 **冷凍**	**冷凍**	將食物保存在低溫狀態，使食物凝固、凍結，以抑制細菌的繁殖、防止有機體的腐敗，達到保藏的效果。
냉면 naengmyeon	냉 면 **冷麵**	**冷麵**	涼麵。
냉수 naengsoo	냉 수 **冷水**	**冷水**	涼水，生水。
냉장고 naengjanggo	냉 장 고 **冷藏庫**	**冷藏庫**	有預冷、急凍及冷藏等設備的倉庫。
냉전 naengjeon	냉 전 **冷戰**	**冷戰**	泛指國際間除武力衝突外的其他一切（如經濟、外交、情報等）緊張、對峙的狀態；比喻人與人間，除肢體、語言的衝突外，任何緊張、對峙的狀態。
냉정 naengjeong	냉 정 **冷靜**	**冷靜**	形容沉著、心平氣和、理智而不感情用事。

韓文	韓文漢字	中文字	意思
냉혹 naenghog	냉 혹 冷酷	冷酷	對人冷漠、苛刻、毫無感情、鐵石心腸。
노고 nogo	노 고 勞苦	勞苦	勞累辛苦。
노골 nogol	노 골 露骨	露骨	說話不含蓄，沒有保留。十分顯露地表示感情或真心。
노기 nogi	노 기 怒氣	怒氣	憤怒的情緒。
노도 nodo	노 도 怒濤	怒濤	形容猛烈洶湧的大浪。
노동 nodong	노 동 勞動	勞働	為了某種目的或在被迫情況下從事體力或腦力工作。
노력 noryeog	노 력 努力	努力	為了實現某目標，把能力盡量使出來，勤奮、認真去做。
노모 nomo	노 모 老母	老母	年老的母親。
노무 nomu	노 무 勞務	勞務	勞動的勤務；勞動、工作。為從雇主取得報酬，而提供勞動。
노변 nobyeon	노 변 路邊	路邊	為靠近大路的長條土地。
노상 nosang	노 상 路上	路上	道路上；路途中，通行的途中。
노선 noseon	노 선 路線	路線	是指從一地到另一地所經過的道路；比喻途徑、方法。
노소 noso	노 소 老少	老少	年老的和年少的。

ㄴ

韓文	韓文漢字	中文字	意思
노약 noyag	^{노 약} 老弱	老弱	年老體弱的婦女和年幼的兒童。指沒有生活能力而需要別人扶持照顧的人。
노예 noyae	^{노 예} 奴隸	奴隸	通常指失去人身自由並被他人（通常是奴隸主）任意驅使的，為他們做事的人。
노인 noin	^{노 인} 老人	老人	指的是上年紀了的人或較老的人。
노처녀 nocheonyeo	^{노 처 녀} 老處女	老處女	已過一般結婚年齡的或者好像不可能要結婚的女子。
노파 nopa	^{노 파} 老婆	老婆	指老年的婦女（我國最初的含義）。
녹두 nokddu	^{녹 두} 綠豆	綠豆	植物名。豆科菜豆屬，一年生草本。高約30公分，莖有毛，葉子呈卵狀菱形，開黃色蝶形花，花謝結線形莢果。莢果內含綠色種子，可供煮湯或磨粉製成食品。
녹색 nokssaeg	^{녹 색} 綠色	綠色	像草和樹葉一般的顏色。
녹차 nokcha	^{녹 차} 綠茶	綠茶	茶葉的一大類，沏出來的茶保持鮮茶葉原有的綠色。
녹화 nokwa	^{녹 화} 綠化	綠化	廣植草木，以美化環境。
논단 nondan	^{논 단} 論壇	論壇	對公眾發表議論的場所或媒體。
논리 noli	^{논 리} 論理	論理	論說道理，邏輯學上指依合理的原理或法則辯證正誤的方法；照道理說。
논문 nonmoon	^{논 문} 論文	論文	用理論性的條理，討論研究某種問題的文章。

韓文	韓文漢字	中文字	意思
논어 noneo	論語	論語	書名。孔子應答弟子、時人及弟子相互問答之言，由孔門後學記錄而成的書。
논의 noni	論議	論議	議論、辯論。對人或事物的好壞、是非等所表示的意見。
논쟁 nonjaeng	論爭	論爭	不同意見的人，各持己見，爭辯是非曲直。
논점 nonjjeom	論點	論點	議論中成為中心的主張或觀點。
논평 nonpyeong	論評	論評	評論。針對於事物的內容、結果等，進行主觀或客觀的自我印象闡述。
농가 nongga	農家	農家	以務農為生計的人家。
농도 nongdo	濃度	濃度	定量的溶液中所含溶質的量。
농락 nongnak	籠絡	籠絡	以權術或手段統禦他人。
농민 nongmin	農民	農民	以務農為業的人民。
농사 nongsa	農事	農事	農業生產有關的事務。如耕種、除草、收穫等。
농산물 nongsanmool	農產物	農產物	農作物、農產品，是泛指在大量培植供人食用或做工業原料的物種。
농약 nongyag	農藥	農藥	在農業生產過程中所使用的藥劑。使用的目的是為了防止農林作物遭受鼠蟲等災害和雜草的侵害，調節農林作物的生長，促進有益昆蟲的繁殖。

韓文	韓文漢字	中文字	意思
농업 nongeob	農業	農業	在土地上從事以栽培作物為主的生產事業。
농작물 nongjangmool	農作物	農作物	栽種在農田的植物。如穀類、蔬菜等。
농장 nongjang	農場	農場	使用機器、大規模栽培農作物的場所。
농촌 nongchon	農村	農村	居民大部分都是農民集居的村落。
뇌 nwae	腦	腦	中樞神經系統的主要部分。位於顱腔內。
뇌우 nwaewoo	雷雨	雷雨	伴隨著閃電及雷聲的雨。常有強風、陣雨，偶爾夾帶冰雹的現象。歷時甚短，通常不超過兩小時。如臺灣地區夏日午後常見的雷陣雨。
누계 noogae	累計	累計	總計。指連以前的數目合併計算。
누범 noobeom	累犯	累犯	多次犯罪；判刑確定或服刑後，5年以內再犯有期徒刑以上之罪的人。
누설 nooseol	漏洩	漏洩	洩露。將消息或機密走漏。
누수 noosoo	漏水	漏水	東西破裂，使得水滲透出來。
누습 nooseup	陋習	陋習	是一種粗魯、醜陋、不文明的壞習慣。
누적 noojeog	累積	累積	層層增加；積聚。層積聚集。

▸韓文	▸韓文漢字	▸中文字	▸意思
누전 noojeon	漏電	漏電	包覆電線的絕緣體破裂，或電線斷裂而發生電能外洩的現象。
능가 neungga	凌駕	凌駕	超越、勝過。
능력 neungnyeog	能力	能力	個人目前實際具備的能力或一個人可經由學習或刺激而展現出的潛在能力。
능선 neungseon	稜線	稜線	物體兩面相交所形成的線。最常使用在地形學上，即山的最高點連接成的線稱為「稜線」。
능욕 neungyog	凌辱	凌辱	指的是對別人的人格不尊重用尖刻的語言或動作使對方受傷害，即傷害他人自尊，羞辱別人。

☀ 月份的說法

1月 **일월** ir.wol	2月 **이월** i.wol	3月 **삼월** sam.wol	4月 **사월** sa.wol
5月 **오월** o.wol	6月 **유월** yu.wol	7月 **칠월** chir.wol	8月 **팔월** par.wol
9月 **구월** gu.wol	10月 **시월** si.wol	11月 **십일월** sibir.wol	12月 **십이월** sibi.wol

다감（多感） dagam

易傷感；多感觸

/韓文＋漢字 ·多感/中文字

韓文	韓文漢字	中文字	意思
다과 dagwa	多寡	多寡	指數量的多和少。
다난 danan	多難	多難	災難頻繁。
다년 danyeon	多年	多年	謂歲月長久。很多年。表示時間的久遠。
다사 dasa	多事	多事	本指諸多事端，後用以比喻不安定的狀態；多管閒事。
다색 dasaeg	茶色	茶色	茶色。略帶黑色的紅黃色，褐色。
다소 daso	多少	多少	指數量的多和少；多少，稍微。
다수 dasoo	多數	多數	整體中占較大比例的數量。
다정 dajeong	多情	多情	富於感情，常指對情人感情深摯。現在也指男女感情上同時對多個異性感興趣。
다채 dachae	多彩	多彩	色彩豐富；比喻種類、內容、特點等多種多樣。
단가 dangga	單價	單價	貨物一個單位的賣價。
단거리 dangeori	短距離	短距離	不長的路程。距離短。

韓文	韓文漢字	中文字	意思
단결 dangyeol	단 결 團結	團結	為實現共同的理想而聚集結合眾人的力量。
단교 dangyo	단 교 斷交	斷交	斷絕交往；國家與國家中止正式外交關係。
단기 dangi	단 기 短期	短期	短時間。短期間。
단독 dandog	단 독 單獨	單獨	單一、獨自；獨自一人。
단락 dalag	단 락 段落	段落	文章、事物根據內容劃分後該停頓或結束的地方；工作、事情等相對獨立的階段。
단란 dalan	단 란 團欒	團欒	團聚。團圓聚集。
단련 dalyeon	단 련 鍛鍊	鍛鍊	從艱苦中養成任勞耐苦的習慣、練習敏銳的知覺及正確的觀念；冶煉金屬使其更加精純。
단명 danmyeong	단 명 短命	短命	壽命不長、早死。
단백질 danbaekjjil	단 백 질 蛋白質	蛋白質	一種含氮、氧、氫、碳、硫的有機化合物。是構成生物體的最重要部分，可促進人體成長與維持健康。
단서 danseo	단 서 但書	但書	法律上表示特別或除外的意思，用來補充條文的正面意義。
단수 dansoo	단 수 斷水	斷水	斷絕水源、停止供水。
단순 dansoon	단 순 單純	單純	人或事物簡單而不複雜。
단식 dansig	단 식 斷食	斷食	就是不吃東西、禁食的意思。

韓文	韓文漢字	中文字	意思
단신 dansin	단 신 單身	單身	獨身無家室的人；獨自一人。
단심 dansim	단 심 丹心	丹心	赤誠的心。
단안 danan	단 안 斷案	斷案	裁決訴訟案件；由前提引出的推斷。也稱為「結論」。
단언 daneon	단 언 斷言	斷言	十分肯定的說。
단오 dano	단 오 端午	端午	我國傳統民俗節日之一。在每年農曆5月5日。主要為了紀念屈原的忠貞愛國，投江而死，所以至今民間仍有包粽子、划龍舟等習俗。
단위 danwi	단 위 單位	單位	計算物體數量的標準。如公尺、公斤等；機關團體組織的部門。
단절 danjeol	단 절 斷絕	斷絕	是指原來連貫的不再連貫；原來有聯繫的失去聯繫。
단정 danjeong	단 정 端正	端正	是指姿勢挺直或者態度品行正派。
단정 danjeong	단 정 斷定	斷定	認定、判定。決斷性的認定。
단조 danjo	단 조 單調	單調	簡單而且缺乏變化；形容簡單呆板，少變化而無趣味。
단체 danchae	단 체 團體	團體	具有共同目標的人群所結合而成的集團或組織。
단축 danchoog	단 축 短縮	短縮	縮短。由長變短。

▶韓文	▶韓文漢字	▶中文字	▶意思
단편 danpyeon	단편 短編	短編	如詩歌、小說、散文等篇幅短的作品。
달성 dalsseong	달성 達成	達成	做到、完成。
달인 darin	달인 達人	達人	在某一領域非常專業、精通，出類拔萃的人物，即某方面的高手；思想樂觀、開朗、達觀的人。
담력 damnyeog	담력 膽力	膽力	膽量和魄力。
담보 dambo	담보 擔保	擔保	承當保證的責任。若出問題，擔保者須負起責任。
담판 dampan	담판 談判	談判	商議解決重大事情或糾紛。
담화 damhwa	담화 談話	談話	說話。
답 dap	답 答	答	應對、回覆別人的問題。
답례 damnae	답례 答禮	答禮	回禮；還禮。
답변 dapbbyeon	답변 答辯	答辯	反駁別人的批評、指責或論斷。韓文還指「提問的回答」。
답안 daban	답안 答案	答案	問題的解答。
당구 danggu	당구 撞球	撞球	遊戲的方式為在長方形的球檯上放置1或2顆白色母球以及數顆子球，以球桿撞擊母球來碰撞其他子球，使子球進入球檯四周的袋子而得分。

韓文	韓文漢字	中文字	意思
당대 dangdae	^{당 대} 當代	當代	當今、現代。
당론 dangnon	^{당 론} 黨論	黨論	一黨的言論。
당선 dangseon	^{당 선} 當選	當選	選舉時被選上。在競選中得到合於法定的多數票而中選。
당시 dangsi	^{당 시} 當時	當時	從前、那時候。
당연 dangyeon	^{당 연} 當然	當然	理應如此。
당원 dangwon	^{당 원} 黨員	黨員	加入某一政黨組織，支持其達成政治目標的人。
당일 dangil	^{당 일} 當日	當日	即日，當天。
당장 dangjang	^{당 장} 當場	當場	正在現場，就在當時。
당적 dangjeog	^{당 적} 黨籍	黨籍	具有某一政黨黨員身分的資格。
당초 dangcho	^{당 초} 當初	當初	一開始，最初。泛指從前或特指過去發生某件事情的時候。
당파 dangpa	^{당 파} 黨派	黨派	因思想、行為、信念等之歧異而形成的派別。
대가 daega	^{대 가} 大家	大家	著名的專家；世家望族。
대가 daegga	^{대 가} 代價	代價	指為達到特定目標所花費的精力、物品或勞務的價值，並不專指金錢。

韓文	韓文漢字	中文字	意思
대강 daegang	대 강 **大綱**	**大綱**	重要的綱領。
대개 daegae	대 개 **大概**	**大概**	內容大要、大致情形；大約、約略。
대결 daegyeol	대 결 **對決**	**對決**	雙方對立決戰。爭鋒相對。
대경실색 daegyeong silssaek	대 경 실 색 **大驚失色**	**大驚失色**	形容十分驚嚇，以致變了臉色。
대규모 daegyumo	대 규 모 **大規模**	**大規模**	廣大的氣勢、範圍或場面。規模宏大。
대기 daegi	대 기 **大氣**	**大氣**	包圍地球的氣體。由多種氣體組成，以氮、氧為主要成分；氣度宏偉。
대기 daegi	대 기 **待機**	**待機**	等待時機。
대다수 daedasoo	대 다 수 **大多數**	**大多數**	超過半數很多的數量。
대단원 daedanwon	대 단 원 **大團圓**	**大團圓**	小說、戲劇、電影等故事中的主要人物經過悲歡離合後，最後終於團聚的結局。
대담 daedam	대 담 **大膽**	**大膽**	不畏怯，膽子大。
대대 daedae	대 대 **代代**	**代代**	世世代代。一代又一代。
대도시 daedosi	대 도 시 **大都市**	**大都市**	是指在一個國家或地區內在政治、經濟和文化上具有重要地位，且人口眾多的城市。
대동맥 daedongmaeg	대 동 맥 **大動脈**	**大動脈**	主動脈。從心臟出，分布於頭、上肢、胸、腹及下肢等處；比喻重要的交通運輸線。

ㄷ

韓文	韓文漢字	中文字	意思
대략 daeryag	大略	大略	大致的情況或內容；遠大的謀略。
대량 daeryang	大量	大量	數目很多，事物的集合、匯總；寬宏肚量大。
대륙 daeryug	大陸	大陸	地表巨大的陸塊。
대리 daeri	代理	代理	代表授權方處理事務。
대립 daerib	對立	對立	兩種事物互相敵對、排斥、牴觸及矛盾。
대만 daeman	台灣	台灣	位於中國大陸東南沿海的大陸架上，東臨太平洋，東北鄰琉球群島，南界巴士海峽與菲律賓群島相對，西隔台灣海峽與福建省相望，總面積約 3.6 萬平方公里。
대문 daemoon	大門	大門	整個建築物通向外面的主要的門。
대변 daebyeon	大便	大便	排泄糞便。
대부분 daebooboon	大部分	大部分	全體的大多數。
대사 daesa	大使	大使	一國地位最高的外交官員，派駐在邦交國，代表國家與一國元首。
대상 daesang	大賞	大賞	（對某一領域成就卓越者的）大獎。
대상 daesang	對象	對象	指行動或思考時作為目標的事物。

대서양 daeseoyang	대 서 양 大西洋	大西洋	是世界第2大洋。原面積8221萬7千平方公里，在南冰洋確立後，面積調整為7676萬2千平方公里。
대설 daeseol	대 설 大雪	大雪	指降雪量大的雪。
대소 daeso	대 소 大小	大小	大的和小的。
대승 daeseung	대 승 大勝	大勝	獲得全面性勝利。
대안 daean	대 안 對岸	對岸	所在的湖、河或海岸的另一邊陸地。
대우 daewoo	대 우 待遇	待遇	享有的權利、地位和報酬等；對待人的態度、方式等。
대원 daewon	대 원 隊員	隊員	小型集體組織的成員。
대응 daeeung	대 응 對應	對應	對應方法、對應策略；兩個系統中的某一項在性質、作用、位置或數量上相似相當。
대인 daein	대 인 大人	大人	成年人。
대자연 daejayeon	대 자 연 大自然	大自然	自然界。常指山川景物而言。
대장 daejang	대 장 隊長	隊長	一隊的主要負責人；對一群人或一個單位有行使權力和負有責任的人。
대장부 daejangboo	대 장 부 大丈夫	大丈夫	有志氣、有節操、有作為的男子。
대전 daejeon	대 전 對戰	對戰	兩軍對陣作戰，也可指某些體育運動項目（如乒乓、棋類等）中雙方交鋒。

韓文	韓文漢字	中文字	意思
대조 daejo	대 조 **對照**	**對照**	用相反對比的方法，以加強或襯托兩者的特性。
대중 daejoong	대 중 **大衆**	**大眾**	泛指民眾，群眾。猶言眾人或大夥兒。
대책 daechaeg	대 책 **對策**	**對策**	對付問題的策略方案。
대체 daechae	대 체 **大體**	**大體**	大略，概要；大約，大致。
대체 daechae	대 체 **代替**	**代替**	替換別人或別的事物，並能起到被替換的人或事物的作用。
대치 daechi	대 치 **對峙**	**對峙**	是指兩山相對聳立；也可以指對抗、抗衡。
대칭 daeching	대 칭 **對稱**	**對稱**	就是物體相同部分有規律的重複。
대퇴 daetwae	대 퇴 **大腿**	**大腿**	下肢從臀部到膝蓋的一段。
대패 daepae	대 패 **大敗**	**大敗**	遭受嚴重的失敗。以大差距敗北。
대포 daepo	대 포 **大砲**	**大砲**	口徑大，發射大的彈丸的火炮。
대표 daepyo	대 표 **代表**	**代表**	代替個人或集體發表意見或擔任工作的人；能顯示同一類事物共同特徵的人或事物。
대학 daehag	대 학 **大學**	**大學**	提供教學和研究條件，授權頒發副學位和學位的高等教育機構。四書之一。
대화 daehwa	대 화 **對話**	**對話**	相互間的交談語句。

Track 06

韓文	韓文漢字	中文字	意思
대회 daehwae	대 회 **大會**	大會	規模大或內容重要的會議。
댁 daek	댁 **宅**	宅	住所、家庭居住的房子。韓文中用於稱他人的住所,也就是中文的「府上」之意。
덕망 deongmang	덕 망 **德望**	德望	道德與聲望。
도감 dogam	도 감 **圖鑑**	圖鑑	以全面、系統、準確地用圖文形式記述上年度事物運動、發展狀況為主要內容的資料性工具書。
도구 dogoo	도 구 **道具**	道具	工具、器具、家庭生活用具;戲劇、電影或其他表演中所需的舞臺用具。大道具如床、椅子,小道具如茶杯等。
도금 dogeum	도 금 **鍍金**	鍍金	以薄層的黃金鍍在器物的表面上;譏諷人只是取得虛名,並無真才實學。
도기 dogi	도 기 **陶器**	陶器	用黏土燒制的器物,質地較瓷器疏鬆,有吸水性。有的也上粗釉。
도달 dodal	도 달 **到達**	到達	謂到了某一地點或某一階段、狀態。
도덕 dodeog	도 덕 **道德**	道德	社會意識形態之一,人們用以判斷善惡,並以此端正行為,是人們共同生活及其行為的準則和規範。
도량 doryang	도 량 **度量**	度量	用以計量長短和容積的標準;容忍、寬容別人的限度。
도로 doro	도 로 **道路**	道路	地面上供人或車馬通行的部分。
도리 dori	도 리 **道理**	道理	事情或論點的是非得失的根據;理由;情理;事物的規律。
도망 domang	도 망 **逃亡**	逃亡	被迫出逃,流亡在外。

韓文	韓文漢字	中文字	意思
도모 domo	^{도 모} 圖謀	圖謀	計劃，謀算。
도박 dobag	^{도 박} 賭博	賭博	用錢物作注以比輸贏的一種不正當的娛樂活動。
도발 dobal	^{도 발} 挑發	挑發	挑動誘發。刺激對方引起紛爭等。
도사 dosa	^{도 사} 道士	道士	信奉道教的人；修佛道之士的略稱；泛稱有道之士。
도색 dosaeg	^{도 색} 桃色	桃色	像桃花的紅色；形容男女情愛。多指不正當的男女關係。
도서 doseo	^{도 서} 圖書	圖書	圖畫和書籍的統稱。
도선 doseon	^{도 선} 渡船	渡船	載運人、物等橫渡江河、湖泊的船。
도시 dosi	^{도 시} 都市	都市	指的是以非農業產業和非農業人口集聚為主要的居民點，由鄉村逐漸演變而來，通常有交通、資源、地形平坦等等有利條件。
도안 doan	^{도 안} 圖案	圖案	原指為了製造器物，而事先設計的施工圖樣。又指為了裝飾而描繪的圖樣。
도약 doyag	^{도 약} 跳躍	跳躍	跳動騰躍。
도용 doyong	^{도 용} 盜用	盜用	非法使用；竊取而使用。
도의 doi	^{도 의} 道義	道義	道德和正義。

韓文	韓文漢字	中文字	意思
도장 dojang	도 장 道場	道場	泛指修行學道、練功的處所。也泛指佛教、道教中規模較大的誦經禮拜儀式。
도장 dojang	도 장 圖章	圖章	印章。
도적 dojeog	도 적 盜賊	盜賊	劫奪和偷竊財物的人。
도전 dojeon	도 전 挑戰	挑戰	鼓動對方與自己競賽。
도중 dojoong	도 중 途中	途中	路上，路途之間。事物還沒有結束之間。
도처 docheo	도 처 到處	到處	處處、各處。
도취 dochwi	도 취 陶醉	陶醉	表示很滿意地沉浸在某種境界或思想活動中，沉醉於某種事物或境界裏，以求得內心的安慰。
도탄 dotan	도 탄 塗炭	塗炭	陷於塗泥炭火之中。比喻非常困苦的境遇。
도태 dotae	도 태 淘汰	淘汰	經由選擇或競爭，剔除較低劣的人或物，適者生存的現象。
도표 dopyo	도 표 圖表	圖表	表示各種情況和注明各種數字的圖和表的總稱。
도피 dopi	도 피 逃避	逃避	躲開害怕、困難或不願意面對的事物。
도해 dohae	도 해 圖解	圖解	利用圖形來分析或演算。
도화 dohwa	도 화 圖畫	圖畫	畫圖。用線條或色彩構成的形象。

韓文	韓文漢字	中文字	意思
독 dog	독 毒	毒	有害的性質或有害的東西。
독거 dokggeo	독 거 獨居	獨居	指長期的、獨身一人居住、生活。
독기 dokggi	독 기 毒氣	毒氣	泛指有毒的氣體。
독립 dongnib	독 립 獨立	獨立	指單獨的站立或者指關係上不依附、不隸屬。依靠自己的力量去做某事，過生活。
독살 dokssal	독 살 毒殺	毒殺	用毒物殺害。
독서 doksseo	독 서 讀書	讀書	指獲取他人已預備好的符號、文字並加以辨認、理解、分析的過程，有時還伴隨著朗讀、鑒賞、記憶等行為。
독설 doksseol	독 설 毒舌	毒舌	刻薄話，挖苦話。用於指對他人說話時具有諷刺性的一種人物性格或具有該性格的人物。
독신 dokssin	독 신 獨身	獨身	適合結婚年齡但尚未結婚的人。或沒有配偶者。
독약 dogyag	독 약 毒藥	毒藥	含有毒性，能危害生物生理機能的藥。
독자 dokjja	독 자 獨子	獨子	單獨一個兒子。
독자 dokjja	독 자 讀者	讀者	閱讀書報雜誌文章的人。
독재 dokjjae	독 재 獨裁	獨裁	意為獨自裁斷。多指獨攬政權，實行專制統治。
독주 dokjju	독 주 毒酒	毒酒	含有麻醉藥或毒藥的酒。

▶韓文	▶韓文漢字	▶中文字	▶意思
독주 dokjju	독 주 獨奏	獨奏	由一位演奏者單獨奏曲。
독창 dokchang	독 창 獨唱	獨唱	一個人演唱。
독창 dokchang	독 창 獨創	獨創	獨特的創造、發明。製造前所未有的事物。
독촉 dokchog	독 촉 督促	督促	監督催促履行某約定或實行某事物。
독특 dokteug	독 특 獨特	獨特	指特有的，特別的，獨一無二、與眾不同的。
독학 dokag	독 학 獨學	獨學	謂自學而無師友指導，憑自己一個人學習。
독해 dokae	독 해 讀解	讀解	先去把某一事物所提供的資訊讀取出來，然後進行分析從而對這樣的資訊進行解釋，以達到弄清楚為何是這樣而不是那樣的目的。
돌발 dolbal	돌 발 突發	突發	是指出人意外地發生的事件。
돌변 dolbyeon	돌 변 突變	突變	忽起的變化；生物學上指遺傳物質的量、質或排列改變而造成其基因的突然變異。
돌연 doryeon	돌 연 突然	突然	形容情況緊急且出人意外。
돌파 dolpa	돌 파 突破	突破	衝破或超過某個界限；打破某個僵局、障礙或困難。
동거 donggeo	동 거 同居	同居	同住一處或共同居住。

ㄷ

韓文	韓文漢字	中文字	意思
동결 donggyeol	^{동 결} 凍結	凍結	比喻維持現狀，不做任何變動；物體受凍凝結。
동경 donggyeong	^{동 경} 憧憬	憧憬	對某種事物的期待與嚮往。
동계 donggae	^{동 계} 冬季	冬季	秋春之間的季節。北半球一年當中最寒冷的季節。
동굴 donggul	^{동 굴} 洞窟	洞窟	是指自然形成的、可進入的地下空洞。
동기 donggi	^{동 기} 動機	動機	引發人從事某種行為的力量和念頭。
동남 dongnam	^{동 남} 東南	東南	介於東與南之間的方位或方向。
동등 dongdeung	^{동 등} 同等	同等	地位或等級相同。
동란 dongnan	^{동 란} 動亂	動亂	指社會上、政治上的動蕩變亂。
동력 dongnyeog	^{동 력} 動力	動力	使機械運動的作用力；比喻推動前進和發展的力量。
동료 dongnyo	^{동 료} 同僚	同僚	在同一職場共事的人。
동맹 dongmaeng	^{동 맹} 同盟	同盟	為採取共同行動而締結盟約。由締結盟約而形成的整體。
동면 dongmyeon	^{동 면} 冬眠	冬眠	指的是變溫動物、某些哺乳類動物和少部分的鳥類在寒冷的季節，會通過降低體溫的方式而進入的類似昏睡的生理狀態。

韓文	韓文漢字	中文字	意思
동물 dongmool	^{동 물} **動物**	**動物**	相對於植物的另一大類生物。多可自行攝食有機物以維生，有神經、感覺，並具運動能力。生存範圍遍及世界各處。
동반 dongban	^{동 반} **同伴**	**同伴**	同行或同在一起學習、工作、生活的人。
동방 dongbang	^{동 방} **東方**	**東方**	太陽升起的那個大方向；面朝北時的右方。亞洲的泛稱。
동북 dongboog	^{동 북} **東北**	**東北**	介於東和北之間的方向；指國土的東北部。中國的東北。
동사 dongsa	^{동 사} **凍死**	**凍死**	因寒冷而使生物死亡。
동상 dongsang	^{동 상} **凍傷**	**凍傷**	皮膚或皮下組織因溫度過低所引起的傷害。
동서 dongseo	^{동 서} **東西**	**東西**	東方與西方。
동석 dongseog	^{동 석} **同席**	**同席**	意思為同一席子，或同坐一席，古人席地而坐，因此有這一詞，後來泛指同坐一處。
동성 dongseong	^{동 성} **同姓**	**同姓**	指姓氏相同。
동시 dongsi	^{동 시} **同時**	**同時**	同一時間。
동식물 dongsingmool	^{동 식 물} **動植物**	**動植物**	動物和植物的合稱。
동양 dongyang	^{동 양} **東洋**	**東洋**	亞洲東部的海洋；自清代以來至抗戰時期，常稱日本為東洋。

韓文	韓文漢字	中文字	意思
동업 dongeob	_{동 업} 同業	同業	從事相同行業的人或團體。
동요 dongyo	_{동 요} 動搖	動搖	搖擺晃動。局勢、處境或想法的不穩固、不堅定，多用以指抽象的事物。
동요 dongyo	_{동 요} 童謠	童謠	兒童傳唱的歌謠。舊時認為能預示世運或人事。
동의 dongi	_{동 의} 同意	同意	贊成；意見相同。
동작 dongjag	_{동 작} 動作	動作	身體的活動或行動。
동전 dongjeon	_{동 전} 銅錢	銅錢	以銅製作的貨幣。
동정 dongjeong	_{동 정} 同情	同情	指主觀的體會他人內心的感情，能體會到他人的感受，進而產生悲憫他人的心情。
동족 dongjog	_{동 족} 同族	同族	同一宗族；同一種族。
동지 dongji	_{동 지} 冬至	冬至	24 節氣之一，這天北半球夜最長、晝最短，南半球相反。
동창 dongchang	_{동 창} 同窓	同窗	有共同學習環境的一群學生。
동포 dongpo	_{동 포} 同胞	同胞	同父母所生的兄弟姊妹；同國或同民族的人。
동해 donghae	_{동 해} 東海	東海	中國東海。東海，東方的海。
동향 donghyang	_{동 향} 同鄉	同鄉	同一鄉裡或同籍貫的人。

韓文	韓文漢字	中文字	意思
동향 donghyang	動向 **動向**	**動向**	行動或事情發展的趨向。
동화 donghwa	同化 **同化**	**同化**	使不相同的事物逐漸變成相近或相同。
동화 donghwa	童話 **童話**	**童話**	為兒童編寫，適於兒童心理與興趣，行文淺易，多敘述神奇美妙的故事，啟發兒童心智及幻想的空間。
두부 dooboo	豆腐 **豆腐**	**豆腐**	將黃豆浸水後磨成豆漿，加入鹽滷或石膏使凝結成塊，再壓去部分水分所製成的食品。
두서 dooseo	頭緒 **頭緒**	**頭緒**	事物發展的脈絡或探求問題的門徑。
두통 dootong	頭痛 **頭痛**	**頭痛**	頭腦內部組織受刺激或傷害而引起的頭部疼痛。
둔감 doongam	鈍感 **鈍感**	**鈍感**	感覺遲鈍的。
둔기 doongi	鈍器 **鈍器**	**鈍器**	不銳利的器具。
득세 deukssae	得勢 **得勢**	**得勢**	獲得有利的形勢或權位。
득실 deukssil	得失 **得失**	**得失**	利弊，好處與壞處。
득의 deugi	得意 **得意**	**得意**	稱心如意或引以自豪。
득표 deukpyo	得票 **得票**	**得票**	選舉或表決時所得到支援的選票。
등 deung	燈 **燈**	**燈**	照明或作為他用的發光器具。

등기 deunggi	등 기 登記	登記	指把有關事項或東西登錄記載在冊籍上。
등록 deungnog	등 록 登錄	登錄	註冊或登記。
등산 deungsan	등 산 登山	登山	攀登山峰。
등용문 deungyong moon	등 용 문 登龍門	登龍門	龍門位於黃河上游，其流甚急。古代傳說鯉魚登此門即化為龍。比喻考試及第或由微賤變為顯貴。
등장 deungjang	등 장 登場	登場	演員登上舞臺演出。引申為上場。

☀ 1 到 10 的念法

1 **하나** ha.na	2 **둘** dul	3 **셋** set	4 **넷** net
5 **다섯** da.seot	6 **여섯** yeo.seot	7 **일곱** il.gop	8 **여덟** yeo.deolp
9 **아홉** a.hop	10 **열** yeol		

口 行 m

마귀（魔鬼） ／韓文＋漢字　·**魔鬼** ／中文字
magwi

指宗教中指引誘人犯罪的惡鬼；神話傳說中指迷惑人、害人的鬼怪。

▶韓文	▶韓文漢字	▶中文字	▶意思
마녀 manyeo	魔女	魔女	魔界之女人。
마법 mabeob	魔法	魔法	妖魔施展的法術。
마비 mabi	麻痺	麻痺	由於神經或肌肉受到損傷，而失去知覺或導致動作功能的障礙。
마술 masool	魔術	魔術	藉各種道具，以祕密且快速的手法，表演超出尋常的動作。
마약 mayag	麻藥	麻藥	內服或外用後使人失去感覺的藥。
마찰 machal	摩擦	摩擦	兩物接觸並來回擦動；比喻爭執或衝突。
마취 machwi	麻醉	麻醉	用藥物或針刺使肌體暫時喪失知覺；比喻用某種手段使人認識模糊、意志消沉。
막대 makddae	莫大	莫大	沒有比這個再大。即最大的意思。
막후 makoo	幕後	幕後	指舞臺帳幕的後面，比喻公開活動的後面。
만기 mangi	滿期	滿期	到期，期限已滿。
만년 mannyeon	萬年	萬年	極其久遠的年代。

韓文	韓文漢字	中文字	意思
만년 mannyeon	晚年 _{만 년}	晚年	指人年老的時期。
만능 manneung	萬能 _{만 능}	萬能	全能。無所不能；有多種用途的，對一切都有效的。
만물 manmool	萬物 _{만 물}	萬物	統指宇宙內外一切存在物（即物質）；狹指地球一切存在物。
만부득이 manboodeugi	萬不得已 _{만 부 득 이}	萬不得已	毫無辦法，不得不如此。
만사 mansa	萬事 _{만 사}	萬事	一切事情；全部事情。
만세 mansae	萬歲 _{만 세}	萬歲	是歡呼口號；祝福人長壽的頌詞；意為千年萬代，永世存在。
만신 mansin	滿身 _{만 신}	滿身	遍身，全身上下。
만원 manwon	滿員 _{만 원}	滿員	（部隊、人員、火車乘客等）達到規定的人數。
만월 manwol	滿月 _{만 월}	滿月	陰曆每月 15 日夜晚的月亮。因其圓滿光亮，故稱為「滿月」。
만일 manil	萬一 _{만 일}	萬一	可能性極小的意外事件。
만전 manjeon	萬全 _{만 전}	萬全	萬無一失；絕對安全。
만점 manjjeom	滿點 _{만 점}	滿點	滿分；百分之百。
만족 manjog	滿足 _{만 족}	滿足	指對某一事物感到已經足夠。

韓文	韓文漢字	中文字	意思
만찬 manchan	^{만 찬} 晚餐	晚餐	晚間用的正餐。
만추 manchoo	^{만 추} 晚秋	晚秋	秋季的末期。陰曆9月。
만화 manhwa	^{만 화} 漫畫	漫畫	抓住人物特點，大膽地用省略、誇張等手法，表現出滑稽、諷刺等感覺的繪畫。
만회 manhwae	^{만 회} 挽回	挽回	扭轉不利的局面；收回已經失去的東西。
말로 malo	^{말 로} 末路	末路	沒落衰亡、無路可走的境地。
말일 maril	^{말 일} 末日	末日	基督教謂世界最後毀滅的日子。泛指死亡或滅亡的一天。
망라 mangna	^{망 라} 網羅	網羅	從各方面搜尋招致。
망망 mangmang	^{망 망} 茫茫	茫茫	廣闊無邊；模糊不清。
망명 mangmyeong	^{망 명} 亡命	亡命	流亡；改變姓名而逃亡。削除戶籍而逃亡在外。
망상 mangsang	^{망 상} 妄想	妄想	胡思亂想，不切實際的、非分的幻想或念頭。
망언 mangeon	^{망 언} 妄言	妄言	指謊言，假話。胡說八道，隨便說說。
망연 mangyeon	^{망 연} 茫然	茫然	形容完全不了解或不知所措的樣子；形容因失意而神情恍惚的樣子。
망원경 mangwon gyeong	^{망 원 경} 望遠鏡	望遠鏡	用來觀察天體或遠處物體的儀器。

韓文	韓文漢字	中文字	意思
매개 maegae	^{매 개} **媒介**	媒介	起介紹或引導作用，使雙方發生聯繫的人或事物。
매국 maegug	^{매 국} **賣國**	賣國	出賣國家主權、領土、尊嚴為代價，獲得某種利益的行為。
매기 maegi	^{매 기} **買氣**	買氣	購物氣氛。
매력 maeryeog	^{매 력} **魅力**	魅力	與眾不同，獨一無二的人，指一個人充滿吸引力。形容一個人的個性與容貌之美有著很強的誘惑力與吸引力。
매매 maemae	^{매 매} **賣買**	賣買	是指售出購進，交易。
매몰 maemol	^{매 몰} **埋沒**	埋沒	埋在地下；比喻才能無法顯現，隱而不彰。
매복 maebok	^{매 복} **埋伏**	埋伏	暗中躲藏，伺機突擊敵人。
매부 maeboo	^{매 부} **妹夫**	妹夫	稱謂。稱妹妹的丈夫。
매설 maeseol	^{매 설} **埋設**	埋設	挖開土安設並埋好。
매장 maejang	^{매 장} **埋葬**	埋葬	掩埋屍體。
매장 maejang	^{매 장} **埋藏**	埋藏	藏在土裡或地下深處。
매진 maejin	^{매 진} **邁進**	邁進	邁開步伐，勇往前進。
매춘 maechoon	^{매 춘} **賣春**	賣春	女子為金錢或其他報酬出賣貞操。

韓文	韓文漢字	中文字	意思
매혹 maehog	魅惑 魅惑	魅惑	以美貌或媚態來迷惑人。
매화 maehwa	梅花 梅花	梅花	梅樹的花。
맥락 maengnag	脈絡 脈絡	脈絡	血管的統稱。中醫對動脈和靜脈的統稱;比喻條理或頭緒。
맥주 maekjjoo	麥酒 麥酒	麥酒	用麥釀的酒。特指啤酒。
맹렬 maengnyeol	猛烈 猛烈	猛烈	勇猛、凶猛激烈。
맹목 maengmog	盲目 盲目	盲目	眼睛看不見東西;比喻缺乏明確目標或認識不清。
맹수 maengsoo	猛獸 猛獸	猛獸	指兇猛的野獸或體碩大而性兇猛的獸類。
맹인 maengin	盲人 盲人	盲人	雙目失明的人。
맹장 maengjang	盲腸 盲腸	盲腸	大腸的上段,在人體腹腔右邊。乃一盲囊構造,囊底無開口,只接退化的闌尾,上接小腸,下接結腸,在兩端中間側面有迴腸、盲腸括約肌,為食物由小腸進入大腸的門戶。
맹점 maengjjeom	盲點 盲點	盲點	眼球後部視網膜上的一點,因沒有感光細胞,不能接受光的刺激,物體影像落在這一點上不能引起視覺,故稱為「盲點」;引申為看不到的事情或問題、漏洞。
면 myeon	麵 麵	麵	由麥子研磨成粉或再加工而成的細長食品。

▶韓文	▶韓文漢字	▶中文字	▶意思
면모 myeonmo	면 모 **面貌**	面貌	臉的形狀。相貌。容貌
면목 myeonmog	면 목 **面目**	面目	體面，面子。
면밀 myeonmil	면 밀 **綿密**	綿密	細緻周密，周到。
면세 myeonsae	면 세 **免稅**	免稅	免收稅金。
면역 myeonyeog	면 역 **免疫**	免疫	指身體對抗疾病的能力；比喻司空見慣，不受某人、事或物的干擾或影響。
면적 myeonjeog	면 적 **面積**	面積	物體所佔的平面圖形的大小。
면제 myeonjae	면 제 **免除**	免除	免去。除掉。
면직 myeonjig	면 직 **免職**	免職	令公務人員去職。
면책 myeonchaeg	면 책 **免責**	免責	免除責任；免除債務。
멸망 myeolmang	멸 망 **滅亡**	滅亡	是指消滅；被征服；被消滅；不復存在。
멸시 myeolssi	멸 시 **蔑視**	蔑視	小看，輕視，輕蔑鄙視。
명가 myeongga	명 가 **名家**	名家	在學術或技能方面具有特殊專長的出名人物；有名望的家族。
명곡 myeonggog	명 곡 **名曲**	名曲	著名的歌曲、樂曲。

韓文	韓文漢字	中文字	意思
명구 myeongggoo	^{명 구} 名句	名句	長期以來經常被人引用的著名句子或短語。
명기 myeonggi	^{명 기} 銘記	銘記	牢記在心中。深深記住。
명년 myeongnyeon	^{명 년} 明年	明年	今年的後一年。
명단 myeongdan	^{명 단} 名單	名單	記錄人名的單子。
명령 myeong nyeong	^{명 령} 命令	命令	上級對下級發出指示。
명료 myeongnyo	^{명 료} 明瞭	明瞭	瞭解。清楚明白，了然於心。
명망 myeongmang	^{명 망} 名望	名望	名譽和聲望。為人仰望的名聲。
명명 myeong myeong	^{명 명} 命名	命名	起名。給予名稱。
명명백백 myeongmyeong baekbaek	^{명 명 백 백} 明明白白	明明白白	清清楚楚，明確無誤。
명목 myeongmog	^{명 목} 名目	名目	名義、理由。藉口。
명목 myeongmog	^{명 목} 瞑目	瞑目	閉上眼睛；多指死後沒有牽掛。安然地死去。
명문 myeongmoon	^{명 문} 名門	名門	在社會有一定聲望和影響力的家族。有名望的門第。
명물 myeongmool	^{명 물} 名物	名物	有名的東西。

韓文	韓文漢字	中文字	意思
명백 myeongbaek	명 백 明白	明白	清楚明白。毫無疑問。
명복 myeongbog	명 복 冥福	冥福	死後的幸福。迷信謂死者在陰間所享之福。
명분 myeongboon	명 분 名分	名分	人的名位和身分。所居地位的名義和所應有應盡的職分。
명사 myeongsa	명 사 名士	名士	有名的人士。
명사 myeongsa	명 사 名詞	名詞	詞類的一種，也是實詞的一種，指代人、物、事、時、地、情感、概念、方位的名詞等實體或抽象事物的詞。
명산 myeongsan	명 산 名山	名山	有名的山。
명상 myeongsang	명 상 瞑想	瞑想	指默默思索，閉目沈思；苦思。
명석 myeongseog	명 석 明晳	明晰	明白清晰。
명성 myeongseong	명 성 名聲	名聲	名譽聲望。
명세 myeongsae	명 세 明細	明細	明白而詳細。
명승 myeongseung	명 승 名勝	名勝	以古蹟或風景優美而出名的地方。
명시 myeongsi	명 시 明示	明示	明確地指示或表示。清楚表達。
명심 myeongsim	명 심 銘心	銘心	銘刻於心，永不遺忘。

韓文	韓文漢字	中文字	意思
명언 myeongeon	名言	名言	著名的話。常被人們引用來說理的話。
명예 myeongye	名譽	名譽	是指社會對特定的公民的品行，思想，道德，作用，才幹等方面的社會評價。
명인 myeongin	名人	名人	知名度很高的人物。技藝優秀的人；一種日本圍棋賽中最高的榮譽。
명일 myeongil	明日	明日	今天的下一天；不遠的將來。
명작 myeongjag	名作	名作	傑出的藝術作品。
명절 myeongjeol	名節	名節	名譽與節操。
명중 myeongjoong	命中	命中	射中特定的對象。
명칭 myeongching	名稱	名稱	用以識別某一個體或一群體（人或事物）的專門稱呼。
명패 myeongpae	名牌	名牌	標示人名、物名的牌子。
명화 myeonghwa	名畫	名畫	著名的圖畫。
명확 myeonghwag	明確	明確	清晰明白。
모교 mogyo	母校	母校	稱呼自己所畢業或曾就讀的學校。
모국 mogoog	母國	母國	本國、祖國，自己出生長大的地方。

韓文	韓文漢字	中文字	意思
모녀 monyeo	모 녀 母女	母女	母親和女兒。
모독 modog	모 독 冒瀆	冒瀆	冒犯、褻瀆。
모리 mori	모 리 謀利	謀利	圖謀利益。
모멸 momyeol	모 멸 侮蔑	侮蔑	傲視和輕慢他人，沒有禮貌。
모방 mobang	모 방 模倣	模仿	照某種現成的樣子學著做。
모범 mobeom	모 범 模範	模範	值得人學習或取法的榜樣。
모색 mosaeg	모 색 模索	模索	尋求、探索。
모성 moseong	모 성 母性	母性	母親愛護子女的本性。
모세관 mosaegwan	모 세 관 毛細管	毛細管	代表微細及血管壁極薄的血管，連接動脈與靜脈，為血液與組織細胞間交換物質的場所。
모순 mosoon	모 순 矛盾	矛盾	比喻言行等自相抵觸。
모욕 moyog	모 욕 侮辱	侮辱	欺侮羞辱；傷害或羞辱他人人格、尊嚴等行為。
모자 moja	모 자 母子	母子	母親和兒子。
모집 mojib	모 집 募集	募集	廣泛地招募聚集。

Track
08

韓文	韓文漢字	中文字	意思
모처 mocheo	某處 （모 처）	某處	某個地方。
모친 mochin	母親 （모 친）	母親	或稱媽媽，是一種親屬關係的稱謂，是子女對雙親中的女性的稱呼。
모피 mopi	毛皮 （모 피）	毛皮	指帶毛的動物皮經鞣製、染整所得到的具有使用價值的產品。
모함 moham	謀陷 （모 함）	謀陷	陰謀陷害。
모험 moheom	冒險 （모 험）	冒險	不顧危險而從事某一活動。
모형 mohyeong	模型 （모 형）	模型	鑄造機件、器物等的模子；仿照實物或圖樣按比例製作的物品。
목가 mokgga	牧歌 （목 가）	牧歌	牧童、牧人唱的歌謠；以農村、田園生活情趣為題材的詩歌和樂曲。
목격 mokggyeog	目擊 （목 격）	目擊	親眼所見。親眼目睹。
목동 mokddong	牧童 （목 동）	牧童	放牧牛、羊等畜牲的孩童。
목록 mongnog	目錄 （목 록）	目錄	是指書籍正文前所載的目次，是揭示和報道圖書的工具。
목사 mokssa	牧師 （목 사）	牧師	基督教的團體中，管理教務，主持各項禮儀、講道，專職牧養及照顧信徒的神職人員。
목욕 mogyog	沐浴 （목 욕）	沐浴	洗頭、洗澡以潔身。
목장 mokjjang	牧場 （목 장）	牧場	放養牛、羊的場所。有放牧設備的地方。

韓文	韓文漢字	中文字	意思
목재 mokjjae	^{목 재} **木材**	木材	樹木砍伐後經粗略加工可供使用的材料。
목적 mokjjeog	^{목 적} **目的**	目的	想要達到的目標或取得的結果。
목전 mokjjeon	^{목 전} **目前**	目前	現在,眼前。
목조 mokjjo	^{목 조} **木造**	木造	用木材製造的。
목차 mokcha	^{목 차} **目次**	目次	指書刊上的目錄。表示內容的篇目次序。
목표 mokpyo	^{목 표} **目標**	目標	工作或計畫中擬定要達到的標準;射擊或攻擊等的對象。
몰락 molag	^{몰 락} **沒落**	沒落	衰敝蕭條。破產。
몰수 molssoo	^{몰 수} **沒收**	沒收	私有財物因違反規定而予以強制扣留或充公。
묘책 myochaeg	^{묘 책} **妙策**	妙策	巧妙的計策。
무고 moogo	^{무 고} **無辜**	無辜	沒有罪過;沒有罪過的人。
무궁 moogoong	^{무 궁} **無窮**	無窮	沒有盡頭、極限。
무기 moogi	^{무 기} **武器**	武器	直接用於殺傷敵人或破壞敵人攻防設施的器械、裝備;比喻用於鬥爭的工具。用在做某事的有力手段。
무기 moogi	^{무 기} **無期**	無期	無窮盡;無限度。

韓文	韓文漢字	中文字	意思
무기명 moogimyeong	^{무 기 명} 無記名	無記名	不署名。不記名。
무능 mooneung	^{무 능} 無能	無能	沒有才能。沒有能力。
무대 moodae	^{무 대} 舞臺	舞臺	供表演的臺子；比喻進行某種活動、大顯身手的場所。
무도 moodo	^{무 도} 舞蹈	舞蹈	一種形體表演藝術，以有節奏的人體動作和造型為主要手段，表現思想感情，反映社會生活。
무력 mooryeog	^{무 력} 武力	武力	軍事力量；使用暴力。
무력 mooryeog	^{무 력} 無力	無力	沒有力氣；沒有能力。
무례 moorae	^{무 례} 無禮	無禮	指缺乏禮貌；缺乏對人適當的尊敬、尊重。
무뢰한 moorwehan	^{무 뢰 한} 無賴漢	無賴漢	遊手好閒、品行不端的人。
무료 mooryo	^{무 료} 無聊	無聊	精神空虛、愁悶。
무리 moori	^{무 리} 無理	無理	沒有道理。（韓語還有「勉強」的意思）
무마 mooma	^{무 마} 撫摩	撫摸	用手輕輕觸摸。
무모 moomo	^{무 모} 無謀	無謀	沒有計策。
무미 moomi	^{무 미} 無味	無味	無滋味、趣味；沒有味道。

韓文	韓文漢字	中文字	意思
무방 moobang	무 방 無妨	無妨	沒有妨礙。
무법 moobeob	무 법 無法	無法	任意作惡，完全不顧法律綱紀。
무사 moosa	무 사 武士	武士	武士是 10 世紀到 19 世紀在日本的一個社會階級，原為接受文武合一教育、負責文政或打仗的貴族階層；後來也衍伸用來指通曉刀法、佩刀不離身的的日本劍客。
무사 moosa	무 사 無事	無事	沒有變故。多指沒有戰事、災異等。
무상 moosang	무 상 無常	無常	時常變動、變化不定。
무상 moosang	무 상 無償	無償	法律上指不得因報酬而移轉所有物、權利，或指服勞務、供勞力而不索求報酬。
무색 moosaeg	무 색 無色	無色	沒有顏色。
무선 mooseon	무 선 無線	無線	利用無線電波來作為傳送的媒介。
무수 moosoo	무 수 無數	無數	無法計算。極言其多。
무시 moosi	무 시 無視	無視	指不放在眼裡；根本不考慮。
무쌍 moossang	무 쌍 無雙	無雙	獨一無二、最卓越的。
무안 mooan	무 안 無顏	無顏	沒顏面，心懷愧疚。

▲韓文	▲韓文漢字	▲中文字	▲意思
무역 mooyeog	^{무 역} **貿易**	貿易	是指買賣或交易行為的總稱。通常指以貨幣為媒介的一切交換活動或行為。
무용 mooyong	^{무 용} **無用**	無用	不起作用，沒有用處；不需要，不用。
무익 mooig	^{무 익} **無益**	無益	沒有好處、沒有幫助。
무인 mooin	^{무 인} **無人**	無人	沒有人；沒人在。
무장 moojang	^{무 장} **武裝**	武裝	軍服、武器等裝備。
무정 moojeong	^{무 정} **無情**	無情	沒有感情。無同情心；佛教用語。指沒有情識作用的東西。如植物、礦物等。
무조건 moojoggeon	^{무 조 건} **無條件**	無條件	不附加任何條件。
무죄 moojwe	^{무 죄} **無罪**	無罪	沒有罪過；沒有犯罪。
무지 mooji	^{무 지} **無知**	無知	沒有知識、不明事理。
무진 moojin	^{무 진} **無盡**	無盡	沒有窮盡、止境。
무책 moochaek	^{무 책} **無策**	無策	沒有計謀；沒有辦法。
무한 moohan	^{무 한} **無限**	無限	指在空間和時間上都沒有限制的，在數量程度沒有限度的。
무효 moohyo	^{무 효} **無效**	無效	沒有效力；沒有效果。

韓文	韓文漢字	中文字	意思
묵념 moongnyeom	묵 념 默念	默念	默默考慮。暗中思考。
묵묵 moongmook	묵 묵 默默	默默	沉靜不說話；表示在不說話、不出聲的情況下進行。
묵상 mookssang	묵 상 默想	默想	在心中冥想。
묵시 mookssi	묵 시 默視	默視	默默而視。多指對該管的事故意不管或漠不關心。
문구 moongoo	문 구 文具	文具	讀書寫字所用的器具。如紙、筆、橡皮擦等。
문단 moondan	문 단 文壇	文壇	文學界。指有關文學研究、創作的領域。
문란 moolan	문 란 紊亂	紊亂	散亂、無秩序。
문맥 moonmaeg	문 맥 文脈	文脈	文章前後的連慣性、邏輯性及關係等。文章的脈絡。文章的線索。
문맹 moonmaeng	문 맹 文盲	文盲	不識字或識字能力達不到國家規定標準，不具有初步讀寫能力的人。
문명 moonmyeong	문 명 文明	文明	文明與野蠻、蒙昧相對，指社會發展到較高文化階段，人類建立起某種群居秩序，製造便利生活的工具，脫離野蠻的狀況，成為進步的狀態。
문법 moonbbeob	문 법 文法	文法	文詞、文句的結構規則。
문안 moonan	문 안 問安	問安	問候起居安好。向尊長詢問安好。

韓文	韓文漢字	中文字	意思
문예 moonye	^{문 예} 文藝	文藝	文學和藝術的總稱,包括文學、美術、音樂、建築等。
문외한 moonwehan	^{문 외 한} 門外漢	門外漢	為對某種知識或技能還沒有入門的外行人。
문자 moonjja	^{문 자} 文字	文字	記錄語言的書寫符號;文章。
문장 moonjang	^{문 장} 文章	文章	由文字連綴而成的篇章。
문제 moonjae	^{문 제} 問題	問題	指考試等要求回答或解答的題目;足以引人研究討論,或尚待解決的事。
문학 moonhag	^{문 학} 文學	文學	以語言文字來形象化地反映客觀現實、表現作家心靈世界的藝術,包括詩歌、散文、小說、劇本、寓言童話等。
문헌 moonheon	^{문 헌} 文獻	文獻	古代為官方或民間收藏的用來記錄群體或個人在政治、經濟、軍事、文化、科學以及宗教等方面活動的文字。
문화 moonhwa	^{문 화} 文化	文化	人類在歷史發展過程中創造的總成果。包括宗教、道德、藝術、科學等各方面;文明開化,生活更便利。
물리 mooli	^{물 리} 物理	物理	事物的內在規律。事物的道理;物理學。
물색 moolsaaeg	^{물 색} 物色	物色	尋找。訪求人才。
세탁 saetag	^{세 탁} 洗濯	洗濯	清洗。
안경 angyeong	^{안 경} 眼鏡	眼鏡	一種用來校正視力(如近視眼)或保護眼睛(如防強光、灰塵、飛迸的火星等)的器物。
물자 mooljja	^{물 자} 物資	物資	泛稱有使用價值的物品。人類生活或活動必須的物品。

韓文	韓文漢字	中文字	意思
물증 mooljjeung	物證	物證	是指能夠證明案件真實情況的一切物品痕跡。
물질 mooljil	物質	物質	具有重量，在空間占有地位，並能憑感官而知其存在的，稱為「物質」。
물품 moolpoom	物品	物品	泛指各種具體的東西或零星的物品。
미국 migook	美國	美國	美利堅合眾國。
미군 migoon	美軍	美軍	是美國的聯邦武裝部隊。
미궁 migoong	迷宮	迷宮	一種出路拐彎抹角，令人撲朔迷離，難辨方向與出口的建築物比喻令人混淆而無法釐清的態勢。
미녀 minyeo	美女	美女	指容貌姣好、儀態優雅的女子。
미담 midam	美談	美談	為人所樂道稱頌的事。
미덕 mideog	美德	美德	美好的品德。凡是可以給一個人的自我增添力量的東西，包括力量，勇氣，自信等，都可稱之為美德。
미래 mirae	未來	·未來	將來。相對於現在、過去而言。
미려 miryeo	美麗	美麗	好看。漂亮。即在形式、比例、布局、風度、顏色或聲音上接近完美或理想境界，使各種感官極為愉悅。
미로 miro	迷路	迷路	迷失道路；比喻失去正確的方向；生理學上稱內耳一系列相互連接的腔或管。
미만 miman	未滿	未滿	沒有達到一定的期限、數字。

韓文	韓文漢字	中文字	意思
미망인 mimangin	미 망 인 **未亡人**	**未亡人**	死了丈夫的婦人的自稱之詞。
미모 mimo	미 모 **美貌**	**美貌**	美麗的容貌。
미묘 mimyo	미 묘 **微妙**	**微妙**	深奧玄妙。精深複雜，難以捉摸。難以言喻。
미성년 miseongnyeon	미 성 년 **未成年**	**未成年**	未成年人在一般是指未滿 18 周歲的公民，但日本是指未滿 20 周歲的公民。
미소 miso	미 소 **微笑**	**微笑**	不明顯、不出聲地笑。
미술 misul	미 술 **美術**	**美術**	用線條、色彩或可視的形象等，創造美的藝術門類。現在指繪畫、雕刻、書法、建築、工藝等造形藝術。
미식가 misikgga	미 식 가 **美食家**	**美食家**	對飲食有研究，善於品嘗、鑒別美味佳餚的人。
미신 misin	미 신 **迷信**	**迷信**	相信世上不存在的神仙鬼怪等事物；泛指盲目地信仰和崇拜。
미연 miyeon	미 연 **未然**	**未然**	還沒有成為事實。事態還沒有形成。
미용 miyong	미 용 **美容**	**美容**	保養、修飾容顏。使容貌變美麗。
미인 miin	미 인 **美人**	**美人**	指容貌美麗、相貌出挑養眼的人。多指女子。
미정 mijeong	미 정 **未定**	**未定**	尚未決定。
미주 mijoo	미 주 **美洲**	**美洲**	全稱亞美利加洲。東臨大西洋，北接北冰洋，南隔德雷克海峽同南極洲相望。由北美和南美兩個大陸及其鄰近許多島嶼組成。

韓文	韓文漢字	中文字	意思
미지 miji	미 지 **未知**	未知	不知道。還不知道的。
미천 micheon	미 천 **微賤**	微賤	卑微低賤，指地位低下。
미혼 mihon	미 혼 **未婚**	未婚	還沒結婚。
민간 mingan	민 간 **民間**	民間	人民群眾之間；在野，指民眾方向，與官方相對。
민감 mingam	민 감 **敏感**	敏感	感覺敏銳。對外界事物反應快；反應快速，對事情或某種東西非常敏銳，察覺快速，可很快判斷或反應。
민권 minggwon	민 권 **民權**	民權	人民在政治上所享的權利。如保有自己的生命、身體、自由、財產等權利。人民參與政事及管理政事的權力。
민속 minsog	민 속 **民俗**	民俗	民間的風俗習慣。民眾的生活、生產、風尚習俗等情況。
민심 minsim	민 심 **民心**	民心	人民共同的感情和心願。
민요 minyo	민 요 **民謠**	民謠	民間流行的、賦予民族色彩的歌曲。
민의 mini	민 의 **民意**	民意	人民群眾的願望和意見。
민족 minjog	민 족 **民族**	民族	由自然力結合的團體。即具有共同血統、生活方式、語言、文化、宗教、風俗習慣等結合而成的團體。
민주 minjoo	민 주 **民主**	民主	國家主權屬於全國人民，施政以民意為準則，人民得依法選舉代表，以控制國家政策的政治體制。
민중 minjoong	민 중 **民眾**	民眾	泛指一般人民、大眾、群眾。

韓文	韓文漢字	中文字	意思
밀고 milgo	밀 고 密告	密告	秘密地報告。秘密地告訴；秘密地檢舉告發。
밀약 miryag	밀 약 密約	密約	祕密約會；祕密訂定的條約。
밀월여행 mirwolyeo haeng	밀 월 여 행 蜜月旅行	蜜月旅行	是新婚夫妻一起到某一個地方所度過的休閒時光。
모자 moja	모 자 帽子	帽子	戴在頭上用來保護頭部（如保暖、防雨、防曬等）或作裝飾的用品。
밀폐 milpae	밀 폐 密閉	密閉	指嚴密封閉的事物或空間等，與外界不接觸。

☀ 11 到 90 的念法

11 **열하나** yeol.ha.na	12 **열둘** yeol.dur	13 **열셋** yeol.set	14 **열넷** yeol.net
15 **열다섯** yeol.da.seot	16 **열여섯** yeo.ryeo.seot	17 **열일곱** yeo.ril.gob	18 **열여덟** yeo.ryeo.deolb
19 **열아홉** yeo.ra.hob	20 **스물** seu.mul	30 **서른** seo.reun	40 **마흔** ma.heun

50 **쉰** swin	60 **예순** ye.sun	70 **일흔** il.heun	80 **여든** yeo.deun	90 **아흔** a.heun

ㅂ 行 b/p

박람회（博覽會）
bangnamhwae
／韓文＋漢字・博覽會／中文字

指規模龐大、內容廣泛、展出者和參觀者眾多的展覽會。
目的是為了振興產業、貿易、學術及技藝等各種產業。

韓文	韓文漢字	中文字	意思
박력 bangnyeog	迫力	迫力	文學藝術作品的強烈的感染力。
박리 bangni	薄利	薄利	是指微小的利益或利潤。
박멸 bangmyeol	撲滅	撲滅	指撲打消滅。
박명 bangmyeong	薄命	薄命	苦命，命運不佳。
박물관 bangmool gwan	博物館	博物館	蒐集、陳列各式各樣物品，讓人觀賞，並永久保存及提供研究的場所。
박사 bakssa	博士	博士	是教育機構授予的最高一級學位，如某科系哲學博士；博學多聞，通達古今的人士。
박살 bakssal	撲殺	撲殺	消滅、擊殺。打死捕殺。
박수 bakssoo	拍手	拍手	兩手手掌互相拍擊，表示歡迎、讚賞、激勵、高興等。
박식 bakssig	博識	博識	學識廣博；指學識淵博的人。
박애 bagae	博愛	博愛	平等遍及眾人的愛心。廣泛地愛一切人。
박약 bagyag	薄弱	薄弱	身體柔弱，意志不堅強、易挫敗；形容事物在外界影響下容易受挫折、被破壞或發生動搖的狀況。

韓文	韓文漢字	中文字	意思
박자 bakjja	박 자 拍子	拍子	音樂中劃分小節時值的單位；用以表現樂曲的節奏和強弱。
박정 bakjjeong	박 정 薄情	薄情	感情淡薄。形容不顧情義，背棄情義（多用於男女之情）。
박진 bakjjin	박 진 迫眞	迫真	逼真。跟真的極相像。
박탈 baktal	박 탈 剝奪	剝奪	以不正當的手段侵奪他人權益或財物。
박하 baka	박 하 薄荷	薄荷	多年生草本植物，莖有四棱，葉子對生，花呈紅、白或淡紫色，莖和葉子有清涼的香味，可入藥或用於食品。
박해 bakae	박 해 迫害	迫害	逼迫殘害。
박학 bakag	박 학 博學	博學	廣泛地學習；學識豐富廣博。
반감 bangam	반 감 反感	反感	反對或不滿的情緒。
반격 bangyeog	반 격 反擊	反擊	對敵對人物或勢力的進攻進行回擊。
반대 bandae	반 대 反對	反對	就是在問題上存在爭執，互不相讓。
반도 bando	반 도 半島	半島	是指陸地一半伸入海洋或湖泊，一半同大陸或更大的島嶼相連的地貌狀態，它的其餘３面被水包圍。
반란 balan	반 란 反亂	反亂	針對政府或支配者進行造反作亂。
반려 balyeo	반 려 伴侶	伴侶	同在一起生活、工作或旅行的人；共同生活在一起的情人或夫妻

ㅂ

韓文	韓文漢字	中文字	意思
반면 banmyeon	反面	反面	事情顯示否定效益的一面。與正面相對。
반목 banmog	反目	反目	雙方的關係從和睦變為不和睦。
반문 banmoon	反問	反問	反過來問提問的人。
반박 banbag	反駁	反駁	用反對的理由辯駁。
반백 banbaek	斑白	斑白	花白的髮色。有一半以上都是白髮。
반성 banseong	反省	反省	省察自己過去言行的是非好壞。
반수 bansoo	半數	半數	總數的一半。
반숙 bansoog	半熟	半熟	食物還未完全煮熟。
반신반의 bansinbani	半信半疑	半信半疑	有點兒相信，也有點兒懷疑。表示對於是非真假無法判定。
반액 banaeg	半額	半額	數額的一半。
반영 banyeong	反映	反映	反照出人或物體的形象；比喻顯現出客觀事物的本質。
반응 baneung	反應	反應	事情所引起的意見、態度或行動；由特定事物的刺激所引發的回響；物質間所引起的化學反應。
반주 banjoo	伴奏	伴奏	為配合唱歌、跳舞或獨奏等而演奏（樂器）。

반항 banhang	반항 反抗	反抗	因不滿或不願服從而跟施壓的一方抵抗。
반향 banhyang	반향 反響	反響	音波遇到障礙後的反射回聲；事物所引起的意見、態度或行動。
반환 banhwan	반환 返還	返還	歸還。
발각 balgag	발각 發覺	發覺	發現，覺察。隱藏的秘密、陰謀或罪跡等被察覺。
발기 balgi	발기 發起	發起	首先倡議或發動某件事。
발단 balddan	발단 發端	發端	開始；開端(如一個過程或一連串的事件)。
발명 balmyeong	발명 發明	發明	用自己的精神識力創作、闡發出前所未有的事、物、義理。
발발 balbal	발발 勃發	勃發	突然發生（戰爭、事件等）。
발사 balssa	발사 發射	發射	利用機械或動力使物體射出。例如射出（槍彈、炮彈、火箭、電波、人造衛星等）。
발상 balssang	발상 發想	發想	動腦筋。動心思。
발아 bara	발아 發芽	發芽	種子的胚胎發育長大，突破種皮而出。
발언 bareon	발언 發言	發言	表達意見、發表言論。
발육 baryug	발육 發育	發育	生命現象的發展，指有機體從生命開始到成熟的變化，是生物有機體的自我構建和自我組織的過程。

韓文	韓文漢字	中文字	意思
발음 bareum	發音	發音	泛指發出聲音。
발작 baljjag	發作	發作	（隱伏的事物或疾病）突然暴發或起作用。
발전 baljjeon	發展	發展	是事物從出生開始的一個進步變化的過程，是事物的不斷更新。是指一種連續不斷的變化過程。
발전 baljjeon	發電	發電	泛指從其它種類的能源轉換為電力的過程。
발정 baljjeong	發情	發情	指性成熟的雌性哺乳動物在特定季節表現的生殖週期現象，在生理上表現為排卵，準備受精和懷孕，在行為上表現為吸引和接納異性。
발차 balcha	發車	發車	從車站或停車點依照排定班次駛出車輛。
발탁 baltak	拔擢	拔擢	提拔，進用。
발포 balpo	發砲	發砲	發射砲彈。開砲。
발표 balpyo	發表	發表	表示思想、觀點、文章和意見等東西通過報紙、書刊或者公眾演講等形式公諸於眾。
발효 balhyo	發酵	發酵	複雜的有機化合物在微生物的作用下分解成比較簡單的物質。發麵、釀酒等都是發酵的應用。
발휘 balhwi	發揮	發揮	將能力、精神等不加以隱藏表現出來。
방공 banggong	防空	防空	為防備敵人空襲而採取各種措施。

韓文	韓文漢字	中文字	意思
방관 banggwan	방관 **傍觀**	**旁觀**	在一旁觀看，不涉入事件本身。
방면 bangmyeon	방면 **方面**	**方面**	方向。某範圍、地區。
방문 bangmoon	방문 **訪問**	**訪問**	有目的地去探望人並跟他談話。
방법 bangbeob	방법 **方法**	**方法**	一般是指為獲得某種東西或達到某種目的而採取的手段與行為方式。
방불 bangbool	방불 **彷彿**	**彷彿**	似乎、好像、近似。
방비 bangbi	방비 **防備**	**防備**	指為應付攻擊或避免傷害預先作好準備。
방사 bangsa	방사 **放射**	**放射**	（光線等）由一點向四外射出。
방송 bangsong	방송 **放送**	**放送**	放映、播放。
방수 bangsoo	방수 **防水**	**防水**	防止水的浸入。
방식 bangsig	방식 **方式**	**方式**	說話做事所採取的方法和形式；可用以規定或認可的形式和方法。
방어 bangeo	방어 **防禦**	**防禦**	指防守抵御，多指被動型或做好準備的防守。
방언 bangeon	방언 **方言**	**方言**	一種語言在演變過程中形成的地域分支，跟標準語有區別，只在一定地區使用。如中文的閩南語、廣東話等。日語則有沖繩語、北海道方言等。

ㅂ

韓文	韓文漢字	中文字	意思
방역 bangyeog	방 역 **防疫**	**防疫**	預防傳染病流行。如進行消毒、接種疫苗等。
방위 bangwi	방 위 **防衛**	**防衛**	對外來的攻擊給予防禦和保衛。
방재 bangjae	방 재 **防災**	**防災**	防範地震、颱風等災禍的發生。
방종 bangjong	방 종 **放縱**	**放縱**	縱容，不加約束。不守規矩。
방지 bangji	방 지 **防止**	**防止**	預先想辦法使消極或有害的情況不發生。
방청 bangcheong	방 청 **傍聽**	**旁聽**	在會議或法庭上，在一旁聽講而沒有發言權。
방침 bangchim	방 침 **方針**	**方針**	計畫所進行的方向和目標。
방탄 bangtan	방 탄 **防彈**	**防彈**	防止子彈射進。
방파제 bangpajae	방 파 제 **防波堤**	**防波堤**	海港、大湖泊或水庫中，為了防止波浪沖擊停泊的船隻等而修建的提防。
방한 banghan	방 한 **防寒**	**防寒**	防禦寒冷；防備寒冷的侵害。
방해 banghae	방 해 **妨害**	**妨害**	阻礙及損害。
방향 banghyang	방 향 **方向**	**方向**	東，西，南，北4個方位；在生活中，方向代表了人生的理想，追求的目標。
방향 banghyang	방 향 **芳香**	**芳香**	氣味芬芳。

韓文	韓文漢字	中文字	意思
방화 banghwa	^{방 화} 防火	防火	防止發生火災。
방화 banghwa	^{방 화} 放火	放火	為某種目的點火焚燒山林、糧草、房屋等。
배경 baegyeong	^{배 경} 背景	背景	圖畫、攝影中襯托主體的景物；戲劇舞臺上的布景；借指可作倚靠的人物或勢力；影響事件發展的幕後歷史情況或現實環境。
배급 baegeub	^{배 급} 配給	配給	按照規定的數量和價格出售給消費者。
배기 baegi	^{배 기} 排氣	排氣	排出空氣。
배상 baesang	^{배 상} 賠償	賠償	指對損失、損壞或傷害的補償；對受害的一方補償或賠款。
배신 baesin	^{배 신} 背信	背信	背棄信用。背信棄義。
배심 baesim	^{배 심} 陪審	陪審	不是法律專業的人，陪審人員參加案件的審理工作。
배알 baeal	^{배 알} 拜謁	拜謁	拜見。
배양 baeyang	^{배 양} 培養	培養	指以適宜的條件促使其發生、成長和繁殖，也指按照一定的目的長期地教育和訓練，使其成長。
배은 baeeun	^{배 은} 背恩	背恩	背棄別人曾給予的恩惠，忘記道義。受人恩惠而不思報答。
배척 baecheog	^{배 척} 排斥	排斥	指不相容、排除或不使進入。

ㅂ

韓文	韓文漢字	中文字	意思
배출 baechool	^{배 출} 排出	排出	使放出，排出。
배치 baechi	^{배 치} 配置	配置	分配佈置。
배후 baehoo	^{배 후} 背後	背後	身體或物體的後面；事物的背後。
백골 baekggol	^{백 골} 白骨	白骨	死人的骨頭，指人的屍體經陽光曝曬、風吹雨打，腐爛後剩下的骨頭。
백과 baekggwa	^{백 과} 百科	百科	指天文、地理、自然、人文、宗教、信仰、文學等全部學科的知識的總稱。
백년 baengnyeon	^{백 년} 百年	百年	比喻時間、年代的久遠；指人壽百歲。100 年。
백만 baengman	^{백 만} 百萬	百萬	數量單位，100 個萬、1000 個千，實數；一般也被用來表示虛指，言數量極多。
백모 baengmo	^{백 모} 伯母	伯母	伯父的妻子。
백반 baekbban	^{백 반} 白飯	白飯	白米煮成的飯。
백발 baekbbar	^{백 발} 白髮	白髮	因沒有色素而變白的白色頭髮。
백발백중 baekbbar baekjjung	^{백 발 백 중} 百發百中	百發百中	指射箭技術高明，每次都能百發百中、彈無虛射；比喻料事準確無誤。
백부 baekbbu	^{백 부} 伯父	伯父	父親的哥哥；也用來稱呼比父親略大的男子。
백색 baekssaeg	^{백 색} 白色	白色	白的顏色。

韓文	韓文漢字	中文字	意思
백인 baegin	^{백 인} 白人	白人	白色人種。
백중 baekjjoong	^{백 중} 伯仲	伯仲	兄弟排行次第，即老大和老二；比喻人或事物的優劣不分上下。
백지 baekjji	^{백 지} 白紙	白紙	白色的紙；比喻一片空白。
백화점 baekwajeom	^{백 화 점} 百貨店	百貨店	是一種在寬敞的銷售大廳裡，售賣多種貨品的大型零售商店，它的產品分門別類。
번민 beonmin	^{번 민} 煩悶	煩悶	內心煩躁、厭煩而鬱悶，心情不暢快。悶悶不樂甚至是不知所措的樣子。
번영 beonyeong	^{번 영} 繁榮	繁榮	指經濟或事業蓬勃發展。
벌 beol	^벌 罰	罰	針對犯罪或過錯，對人的身體、財物施以處分或懲治。
벌금 beolgeum	^{벌 금} 罰金	罰金	一種刑罰上的財產刑。以判決輕微犯罪者繳納一定金錢為內容。
범람 beomnam	^{범 람} 氾濫	氾濫	河水潰堤，大水橫流，漫溢四處；比喻事物不正常或過度擴散滋長。
범위 beomwi	^{범 위} 範圍	範圍	周圍界限，領域。
범인 beomin	^{범 인} 犯人	犯人	犯罪的人。大部分指在押的。
범죄 beomjwae	^{범 죄} 犯罪	犯罪	違犯刑律，對國家、社會、集體或他人造成危害。犯罪應依法受到刑罰。
범주 beomjoo	^{범 주} 範疇	範疇	範圍、領域。性質相同，可自成系統的各大門類。

ㅂ

Track
10

韓文	韓文漢字	中文字	意思
법관 beopggwan	法官	法官	具有司法審判權,在法院依法裁量刑責的人。
법규 beopggyu	法規	法規	與國民的權利和義務有關的,因某種特定範圍、目的而制訂的規則條文。
법률 beomnyul	法律	法律	經由特定成員共同討論制訂,可為大家共同遵守並具有約束懲治效率的法規條文。
법안 beoban	法案	法案	政府向立法機關提出以備審議制定的法律草案。
법원 beobwon	法院	法院	現代國家中職掌審判、解決爭議、解釋法律、執行司法權的機關。
법칙 beopchig	法則	法則	指法度。規範。必須遵守的規則;指的是具有一定出現頻率或週期的事件。
벽력 byeongnyeog	霹靂	霹靂	又急又響的雷,是雲與地面之間發生的強烈雷電現象。
변고 byeongo	變故	變故	意外發生的災難、事故。
변동 byeondong	變動	變動	變化。變更著交替活動。
변론 byeolon	辯論	辯論	它指彼此用一定的理由來說明自己對事物或問題的見解,揭露對方的矛盾,以便最後得到共同的認識和意見。辯論旨在培養人的思維能力。
변리 byeoli	辯理	辯理	申辯,申理。
변비 byeonbi	便秘	便秘	指因糞便會太硬或太乾,而排便不順或難以排出的狀況。

韓文	韓文漢字	中文字	意思
변심 byeonsim	變心	變心	改變心意。多指改變對人的愛或忠誠。
변천 byeoncheon	變遷	變遷	是描述事物變化轉移的意思。
변통 byeontong	變通	變通	為了順應時勢的變化，做非原則性的彈性處置。
변혁 byeonhyeog	變革	變革	改變事物的本質。
변호 byeonho	辯護	辯護	法律上指辯護人為保護當事人的利益及權利，防禦不法或不當的指控，在口頭或文字上所做的辯白。
변화 byeonhwa	變化	變化	事物在形態上或本質上產生新的狀況。
병 byeong	瓶	瓶	口小腹大的器皿，多為瓷或玻璃做成，通常用來盛液體。
병 byeong	病	病	生理上或心理上出現的不健康、不正常狀態。
병세 byeongsae	病勢	病勢	疾病的情勢。
보건 bogeon	保健	保健	保持身體和心理的健康。
보고 bogo	報告	報告	專指陳述調查本身或由調查得出的結論；報告的言語內容或文書。
보고 bogo	寶庫	寶庫	指儲存金銀財寶的地方；豐富的資源。
보관 bogwan	保管	保管	對物品進行保存及對其數量、質量進行管理控制的活動。

ㅂ

韓文	韓文漢字	中文字	意思
보답 bodap	보답 報答	報答	酬謝恩惠；回答。
보도 bodo	보도 步道	步道	只可步行不能通車的小路。
보도 bodo	보도 報道	報道	通過報紙、雜誌、廣播、電視等形式把新聞告訴群眾或指用書面或廣播、電視形式發表的新聞稿。
보류 boryu	보류 保留	保留	保存不改變、暫時留著不處理。
보복 bobog	보복 報復	報復	對傷害自己的人進行反擊。
보상 bosang	보상 報償	報償	報答和補償；報復。
보석 boseog	보석 寶石	寶石	被切割、擦潤、拋光的礦物、石料、土化物體，為收集品、收藏品或穿著裝飾之用。
보석 boseog	보석 保釋	保釋	刑事未決的嫌疑犯，提出相當保證，由法院暫時釋放之，稱為「保釋」。
보수 bosoo	보수 保守	保守	行為或觀念上傾向尊重舊有的傳統、制度或習慣，而缺乏勇於創新的企圖。
보수 bosoo	보수 報酬	報酬	對出力者所提供的酬資、回饋。
보약 boyak	보약 補藥	補藥	滋補身體的藥物。
보온 boon	보온 保溫	保溫	維持一定的溫度使不易冷卻。
보은 boeun	보은 報恩	報恩	報答所受到的恩惠。

韓文	韓文漢字	中文字	意思
보장 bojang	보 장 **保障**	保障	保護（生命、財產、權利等），使不受侵犯和破壞。
보조 bojo	보 조 **步調**	步調	走路時腳步的快慢。今多用以比喻事情進展的情況。
보조 bojo	보 조 **補助**	補助	貼補、支助。對生活困難者加以周濟。
보존 bojon	보 존 **保存**	保存	使事物、性質、意義、作風等繼續存在，不受損失或不發生變化的意思。
보증 bojeung	보 증 **保證**	保證	擔保負責做到；作為擔保的事物。
보통 botong	보 통 **普通**	普通	平常，一般。相對於特別或專門而言。
보편 bopyeon	보 편 **普遍**	普遍	適合於廣大範圍的；具有共同性的。
보험 boheom	보 험 **保險**	保險	透過繳納一定的費用，將一個實體潛在損失的風險向一個實體集合的平均轉嫁。
보호 boho	보 호 **保護**	保護	指盡力照顧，使自身（或他人、或其他事物）的權益不受損害。
복 bog	복 **福**	福	富貴壽考的統稱。或泛稱吉祥幸運的事。
복고 bokggo	복 고 **復古**	復古	恢復舊時的制度、習俗或風尚。
복수 bokssu	복 수 **復讎**	復仇	對仇人進行報復。
복습 boksseub	복 습 **復習**	復習	溫習已學習的課程。

韓文	韓文漢字	中文字	意思
복음 bogeum	복음 福音	福音	從神來的佳音、喜信、好消息。
복잡 bokjjab	복잡 複雜	複雜	指的是事物的種類、頭緒多而雜。 結構或關係等錯綜複雜。
복장 bokjjang	복장 服裝	服裝	指的是衣服鞋包玩具飾品等的總 稱，多指衣服。
복종 bokjjong	복종 服從	服從	屈服於別人的意志、命令或權力。
복지 bokjji	복지 福祉	福祉	人們生活上的幸福、福利。
본능 bonneung	본능 本能	本能	與生俱來不需學習即擁有的能力。 如飲食、喜、怒等均屬本能。
본래 bolae	본래 本來	本來	原來，原先；表示理所當然。
본문 bonmoon	본문 本文	本文	正文，原文。
본부 bonboo	본부 本部	本部	指司令部、總部或說話人所隸屬的 中心部門。
본색 bonsaeg	본색 本色	本色	未加塗染的原色；原來的特色、風 貌。
본성 bonseong	본성 本性	本性	本來的性質或個性。
본업 boneob	본업 本業	本業	本身原來從事過或一直從事的本 職工作。
본인 bonin	본인 本人	本人	自稱，指說話人自己；當事人自己 或前邊所提到的人自己。

韓文	韓文漢字	中文字	意思
본질 bonjil	본 질 **本質**	本質	事物所具有的最基本且永久不變的性質。
봉건 bonggeon	봉 건 **封建**	封建	封國土、建諸侯的政治制度。即君主把土地分封給親屬和功臣，讓他們在封地上建立諸侯國。被封的諸侯有為天子鎮守疆土、隨從作戰、交納貢賦和朝覲述職的義務，同時要治理諸侯國，保衛國家。
봉밀 bongmil	봉 밀 **蜂蜜**	蜂蜜	工蜂用採集到的花蜜釀成的黏稠液體。黃白色，味甜，有較高的營養價值，可供食用和藥用。
봉쇄 bongswae	봉 쇄 **封鎖**	封鎖	指用強制力量使與外界斷絕聯繫或往來。
부 boo	부 **夫**	夫	丈夫、先生。
부가 booga	부 가 **附加**	附加	附帶或額外加上。
부결 boogyeol	부 결 **否決**	否決	否定議案或意見。
부국 boogoog	부 국 **富國**	富國	使國家富有；富裕的國家。經濟發達的國家。
부근 boogeun	부 근 **附近**	附近	距某地較近的地方。
부단 boodan	부 단 **不斷**	不斷	是指保持或繼續，常以沒有停頓、沒有終止和不間斷的方式。
부담 boodam	부 담 **負擔**	負擔	承當（責任、工作、費用等）。
부당 boodang	부 당 **不當**	不當	不合適、不恰當。

ㅂ

韓文	韓文漢字	中文字	意思
부동산 boodongsan	^{부 동 산} 不動産	不動産	是指依自然性質或法律規定不可移動的財產，如土地，房屋、探礦權、採礦權等土地定著物，與土地尚未脫離的土地生成物、因自然或者人力添附於土地並且不能分離的其他物。
부득이 boodeugi	^{부 득 이} 不得已	不得已	非心中所願，無可奈何，不能不如此。
부모 boomo	^{부 모} 父母	父母	父親和母親。
부문 boomoon	^{부 문} 部門	部門	組成某一整體的部分或單位。
부부 booboo	^{부 부} 夫婦	夫婦	男女2人結成的合法婚姻關係。
부분 booboon	^{부 분} 部分	部分	整體中的局部或若干個體。
부상 boosang	^{부 상} 負傷	負傷	受傷。
부속 boosog	^{부 속} 附屬	附屬	依附隸屬，從屬於總體的；指某一單位所附設或管轄的。
부업 booeob	^{부 업} 副業	副業	主要事業以外附帶經營或從事的事業。
부인 booin	^{부 인} 夫人	夫人	尊稱別人的妻子。
부인 booin	^{부 인} 婦人	婦人	成年女子，或已婚的女性。
부인 booin	^{부 인} 否認	否認	不承認某一事實。

韓文	韓文漢字	中文字	意思
부자 booja	부 자 父子	父子	父親和兒子。
부작용 boojagyong	부 작 용 副作用	副作用	隨著主要作用而附帶發生的不良作用。
부장 boojang	부 장 部長	部長	是一個部的首長，政府、企業、社團、政黨等下屬的「部」大多都會任命「部長」。
부재 boojae	부 재 不在	不在	指不在家或不在某處。
부정 boojeong	부 정 不正	不正	偏斜，不端正。
부정 boojeong	부 정 不貞	不貞	不忠，不堅守節操。
부정 boojeong	부 정 不淨	不淨	不乾淨，骯髒。
부정 boojeong	부 정 否定	否定	不承認事物的存在或事物的真實性。
부정기 boojeonggi	부 정 기 不定期	不定期	不是固定的時間狀態。不一定的期限；不一定的日期。
부조 boojo	부 조 扶助	扶助	指扶持幫助。
부족 boojog	부 족 不足	不足	不充足；不滿（某個數目）；有怨憾，對人不滿。
부채 boochae	부 채 負債	負債	欠人錢財。
부친 boochin	부 친 父親	父親	對爸爸的稱呼。

▲韓文	▲韓文漢字	▲中文字	▲意思
부침 boochim	^{부 침} 浮沈	浮沉	在水中時而浮起，時而沉下，指隨波逐流。也比喻盛衰、升降。比喻得意或失意。
부패 boopae	^{부 패} 腐敗	腐敗	腐爛敗壞；政治、社會風氣等墮落、腐化敗壞。
부하 booha	^{부 하} 部下	部下	軍隊、公司或團體裡被統率的人，接受命令而行動的人。
부활 boohwal	^{부 활} 復活	復活	死後又活過來；已經沉寂、廢棄的事物，又出垷生機。
부흥 booheung	^{부 흥} 復興	復興	衰微後使其再度興盛起來。
북방 bookbbang	^{북 방} 北方	北方	北邊、北面。與南方相對。
북부 bookbboo	^{북 부} 北部	北部	在北方的區域。與南部相對。
북풍 bookpoong	^{북 풍} 北風	北風	北方吹來又冷又猛烈的風。
분 boon	^분 粉	粉	細末狀的固體顆粒。
분 boon	^분 盆	盆	底小口大，形狀像盤而較深的盛物容器，多用陶、木、金屬等製成。
분 boon	^분 糞	糞	屎，動物的肛門排泄物。
분개 boongae	^{분 개} 憤慨	憤慨	憤怒而激動。
분노 boonno	^{분 노} 憤怒	憤怒	生氣，發怒。

韓文	韓文漢字	中文字	意思
분담 boondam	분 담 分擔	分擔	分別擔負；代人承擔一部分。
분란 boolan	분 란 紛亂	紛亂	紛爭；混亂。
분리 booli	분 리 分離	分離	分開，隔離。
분만 boonman	분 만 分娩	分娩	從母體產出嬰兒的動作或過程。
분만 boonman	분 만 憤懣	憤懣	內心忿恨不滿，難以發洩。
분망 boonmang	분 망 奔忙	奔忙	奔走忙碌。
분비 boonbi	분 비 分泌	分泌	從生物體的某些細胞、組織或器官裏產生出某種物質。
분산 boonsan	분 산 分散	分散	分離散開。散在各處。
분석 boonseog	분 석 分析	分析	對事理的分解辨析；把事物、概念分解成較簡單的組成部分，分別加以考察，找出各自的本質屬性及彼此間的聯繫。
분열 boonyeol	분 열 分裂	分裂	指裂開，整個事物分開，也指使整體分開。
분장 boonjang	분 장 扮裝	扮裝	喬裝，扮演。
분쟁 boonjaeng	분 쟁 紛爭	紛爭	糾紛爭執。個人或團體之間，各執己見，互不相讓。

ㅂ

Track
110

▲韓文	▲韓文漢字	▲中文字	▲意思
분주 boonjoo	분 주 奔走	奔走	快速奔跑；為某事奔波、忙碌、斡旋。
분지 boonji	분 지 盆地	盆地	四周被高山或高地圍繞而中間低平的地形。
분포 boonpo	분 포 分佈	分佈	是指散佈（在一定的地區內）。
분필 boonpil	분 필 粉筆	粉筆	用白堊或熟石膏製成，細條狀，用來在黑板書寫、畫圖的筆。
불 bool	불 佛	佛	佛陀的簡稱。
불가능 boolganeung	불 가 능 不可能	不可能	不會有可能。
불가항력 boolgahang nyeog	불 가 항 력 不可抗力	不可抗力	出於自然或人為，使人無法抵抗的強制力量。如天災、地變或戰爭等。
불결 boolgyeol	불 결 不潔	不潔	一般是指不乾淨，不清潔的意思。
불경 boolgyeong	불 경 不敬	不敬	無禮，不尊敬。（在日本尤指對皇室及神靈等不敬的行為。）
불경 bulgyeong	불 경 佛經	佛經	佛教的經典，包括經、律、論等。如華嚴經、四分律、大乘起信論等。
불경기 boolgyeonggi	불 경 기 不景氣	不景氣	經濟發展狀況不佳。
불교 boolgyo	불 교 佛教	佛教	世界主要宗教之一，為釋迦牟尼所創，漢明帝時由西域傳入中國。主張生命是痛苦的，一切是無常的，只有息滅貪、瞋、痴，證得圓滿智慧，才能得究竟解脫。

ㅂ

韓文	韓文漢字	中文字	意思
불굴 boolgool	^{불 굴} **不屈**	**不屈**	不屈服、不順從。不屈不撓。通常形容人不畏強暴的精神，面對自身利益甚至生命安全受到威脅時，依然堅持自身的價值觀，絲毫不妥協以及不受誘惑而放棄自己的原則。
불귀 boolgwi	^{불 귀} **不歸**	**不歸**	不返回。不再回來。
불규칙 boolgyuchig	^{불 규 칙} **不規則**	**不規則**	變化無常，不循常規。
불길 boolgil	^{불 길} **不吉**	**不吉**	不善；不吉利。
불능 boolneung	^{불 능} **不能**	**不能**	無法，不能夠；能力不足，沒有能力。
불당 boolddang	^{불 당} **佛堂**	**佛堂**	供奉佛像以供誦經膜拜的廳堂。
불리 boolli	^{불 리} **不利**	**不利**	有壞處，沒有好處。
불만 boolman	^{불 만} **不滿**	**不滿**	不滿意。不符合心意。
불멸 boolmyeol	^{불 멸} **不滅**	**不滅**	不消失，不滅亡。
불문 boolmoon	^{불 문} **不問**	**不問**	不計較，不管。
불법 boolbbeob	^{불 법} **不法**	**不法**	違反法律的意圖或行為。
불변 boolbyeon	^{불 변} **不變**	**不變**	保持原狀毫不更動。

韓文	韓文漢字	中文字	意思
불복 boolbog	불 복 **不服**	**不服**	不信服；不服從。
불사 boolsa	불 사 **不辭**	**不辭**	不推卸，不躲避。
불순 boolsoon	불 순 **不順**	**不順**	不正常，異常
불순 boolsoon	불 순 **不純**	**不純**	不純正；不純淨。
불신 boolsin	불 신 **不信**	**不信**	沒有信用或失信；不相信。
부실 boosil	부 실 **不實**	**不實**	不確實，不正確，虛假。
불안 booran	불 안 **不安**	**不安**	（環境、情況等）不安定；（心情）不安寧。
불온 booron	불 온 **不穩**	**不穩**	不安穩、不妥當；（時局等）不安定，動蕩，動亂。
불우 booroo	불 우 **不遇**	**不遇**	不得志；不被賞識。
불응 booreung	불 응 **不應**	**不應**	不回應。
불의 boori	불 의 **不意**	**不意**	出乎意料之外。
불의 boori	불 의 **不義**	**不義**	不合乎正義；不該做的事。
불찰 boolchal	불 찰 **不察**	**不察**	不察知；不瞭解；不審慎明察。

韓文	韓文漢字	中文字	意思
불쾌 boolkwae	불 쾌 不快	不快	不高興；不舒服。
불통 booltong	불 통 不通	不通	阻塞。滯礙。斷絕；不相通。不往來。
불편 boolpyeon	불 편 不便	不便	不方便。不適宜。不便利。
불평 boolpyeong	불 평 不平	不平	心中不滿意。含有氣憤的意味。
불행 boolhaeng	불 행 不幸	不幸	倒楣，運氣不好；死亡，喪事。
불효자 boolhyoja	불 효 자 不孝子	不孝子	沒有善盡孝道的人。
불후 boolhoo	불 후 不朽	不朽	價值不會磨滅，比喻永存。
붕대 boongdae	붕 대 繃帶	繃帶	包紮傷口的布條，用柔軟的紗布做成。
비겁 bigeob	비 겁 卑怯	卑怯	卑微怯懦。
비결 bigyeol	비 결 秘訣	秘訣	不公開的能解決問題的竅門、辦法。最好的方法。
비관 bigwan	비 관 悲觀	悲觀	對人生或一切事物的發展缺乏信心的生活態度。
비교 bigyo	비 교 比較	比較	取兩樣以上的事物，評比較量其優劣、高下等。
비굴 bigool	비 굴 卑屈	卑屈	屈從奉迎。卑躬屈膝。低三下四。

ㅂ

韓文	韓文漢字	中文字	意思
비극 bigeug	^{비 극} 悲劇	悲劇	內容以敘述悲傷情懷為主，而結局令人感傷的戲劇；比喻悲慘不幸的事件。
비난 binan	^{비 난} 非難	非難	指責別人的過失。
비대 bidae	^{비 대} 肥大	肥大	肥胖、碩大；病理學上指組織因細胞體積的增加而變大的情形。
비등 bideung	^{비 등} 沸騰	沸騰	液體加熱至一定的溫度時，液體上湧並發生氣化的現象；喧噪動盪；比喻情緒高漲或群情激昂。
비록 birog	^{비 록} 秘錄	秘錄	鮮為人知的紀錄或史料。
비료 biryo	^{비 료} 肥料	肥料	能給植物提供養分、促進發育的物質。分成有機肥料、無機肥料、細菌肥料等。
비루 biroo	^{비 루} 鄙陋	鄙陋	見識粗俗淺薄。
비명 bimyeong	^{비 명} 悲鳴	悲鳴	發出哀怨傷痛的聲音。哀傷的鳴叫。
비밀 bimil	^{비 밀} 秘密	秘密	隱蔽不為人知的事情或事物。
비방 bibang	^{비 방} 誹謗	誹謗	以不實的言論對他人做惡意的批評，企圖破壞其名聲。
비범 bibeom	^{비 범} 非凡	非凡	與眾不同的、不平凡的。
비법 bibbeob	^{비 법} 秘法	秘法	不公開的，不讓大家知道的秘密方法。
비서 biseo	^{비 서} 秘書	秘書	掌管機密事物或文書，並協助機關或部門位居要職的人，處理日常工作的人員。

韓文	韓文漢字	中文字	意思
비수 bisoo	^{비 수} 匕首	匕首	短劍。劍頭像匕，呈半圓形，有如飯匙，故稱為「匕首」。
비애 biae	^{비 애} 悲哀	悲哀	極度傷心；哀痛。
비약 biyag	^{비 약} 飛躍	飛躍	鳥類或蟲類等用翅膀在空中往來活動；比喻事物有快速而突破性的進展。
비열 biyeol	^{비 열} 卑劣	卑劣	品行或行為低下鄙俗；卑鄙惡劣。
비옥 biog	^{비 옥} 肥沃	肥沃	土地中養分多、水分足，讓農作物生長更好。
비용 biyong	^{비 용} 費用	費用	花用的錢財；花費；開支。
비유 biyu	^{비 유} 比喻	比喻	比喻是一種常用的修辭手法，用跟甲事物有相似之點的乙事物來描寫或說明甲事物。
비율 biyul	^{비 율} 比率	比率	甲數和乙數相比所得的值。
비참 bicham	^{비 참} 悲慘	悲慘	處境或遭遇極其痛苦，令人傷心。
비책 bichaeg	^{비 책} 秘策	秘策	暗中構思的奇秘的策略。
비취 bichwi	^{비 취} 翡翠	翡翠	硬玉中含鉻而呈翠綠色者。主要成分為鈉鋁矽酸鹽，屬單斜晶系，光澤如脂，半透明，可作珍貴的飾品；動物名。鳥綱佛法僧目翠鳥科。為一種獨棲性的水鳥。體形圓胖，尾羽和腳皆短。身上有美麗如翡翠的羽毛，顏色、形狀因種類不同而各有差異。嘴巴粗尖，擅長捕魚、昆蟲等。

韓文	韓文漢字	中文字	意思
비판 bipan	批判	批判	評論判斷。指對錯誤的思想或言行批駁否定。
비평 bipyeong	批評	批評	評論是非好壞。通常針對缺點、錯誤提出意見或加以攻擊。
비행 bihaeng	飛行	飛行	在空中飛翔，起飛。
비호 biho	庇護	庇護	袒護；保護。
빈객 bingaeg	賓客	賓客	客人的總稱。
빈곤 bingon	貧困	貧困	生活貧窮而困難。
빈민 binmin	貧民	貧民	貧苦的人民。生活無法自給自足，或雖能自足而無法達到某一程度的生活水準的人。
빈번 binbeon	頻繁	頻繁	連續，接連不斷。
빈약 binyag	貧弱	貧弱	貧乏；薄弱；低劣。
빙산 bingsan	氷山	冰山	浮在海中的巨大冰塊，為兩極冰河末端斷裂，滑落海中所形成。
빙수 bingsoo	氷水	冰水	低於常溫略感冰冷的水。加冰的涼水。
빙자 bingja	憑藉	憑藉	依靠；倚仗。

사각 (四角) ／韓文＋漢字 · 四角／中文字
sagag

指方形物的四個角。

▶韓文	▶韓文漢字	▶中文字	▶意思
사각 sagag	사 각 死角	死角	觀察不到，意不到、無法觸及的地方。
사건 saggeon	사 건 事件	事件	歷史上或社會上發生的重大事情。有一定社會意義或影響的大事情。
사격 sagyeog	사 격 射擊	射擊	用槍炮等火器向目標發射彈頭；一種體育運動。包括了手槍和步槍的訓練和競賽。
사견 sagyeon	사 견 私見	私見	個人的見解。
사계 sagae	사 계 四季	四季	一年的春季、夏季、秋季、冬季的總稱。
사고 sago	사 고 事故	事故	不幸的事件或災禍（多指安全方面的）；原因。
사고 sago	사 고 思考	思考	指進行分析、綜合、推理、判斷等思維活動。
사교 sagyo	사 교 社交	社交	社會中人與人的交際往來。
사기 sagi	사 기 士氣	士氣	軍隊的戰鬥意志。亦泛指一般比賽、工作時的精神、幹勁。
사기 sagi	사 기 詐欺	詐欺	欺詐，欺騙。作假欺騙，騙取金錢和貴重物品。
사려 saryeo	사 려 思慮	思慮	對出現的事情做出無聲的推測推演及辯論，以便做出決定。

韓文	韓文漢字	中文字	意思
사례 sarae	^{사 례}**謝禮**	謝禮	表達謝意的財物。
사막 samag	^{사 막}**砂漠**	砂漠	主要是指地面完全被沙所覆蓋、植物非常稀少、雨水稀少、空氣乾燥的荒蕪地區。
사망 samang	^{사 망}**死亡**	死亡	喪失生命，生命終止。指維持一個生物存活的所有生物學功能的永久終止。
사면 samyeon	^{사 면}**赦免**	赦免	減輕或免除對罪犯的刑罰。
사명 samyeong	^{사 명}**使命**	使命	比喻所肩負的重大責任；指使者所接受的命令。
사모 samo	^{사 모}**思慕**	思慕	思念愛慕（自己敬仰的人）。
사모 samo	^{사 모}**師母**	師母	學生稱老師的妻子為「師母」。
사무 samoo	^{사 무}**事務**	事務	事情，職務。
사물 samool	^{사 물}**事物**	事物	指客觀存在的一切事情（現象）和物體。
사방 sabang	^{사 방}**四方**	四方	指各處，泛指地面的 4 個方向，即：東、南、西、北；天下；也可指正方形。
사법 sabeob	^{사 법}**司法**	司法	現指檢察機關或法院依照法律對民事、刑事案件進行偵察、審判。
사변 sabyeon	^{사 변}**事變**	事變	政治或軍事上突然發生的重大變故。
사상 sasang	^{사 상}**思想**	思想	思維的結果或認知的心理歷程。特指人的觀點或社會意識。

韓文	韓文漢字	中文字	意思
사상 sasang	사 상 死傷	死傷	死亡和受傷。多指死者和傷者的人數。
사색 sasaeg	사 색 思索	思索	反覆思考探索。是對意識到的事物的再認識、回憶、組織的過程。
사생 sasaeng	사 생 寫生	寫生	直接以實物為對象進行描繪的作畫方式。
사생활 sasaenghwal	사 생 활 私生活	私生活	涉及個人行為,不屬於社會活動範圍的,沒有義務公開的私人活動。
사실 sasil	사 실 事實	事實	事情的真實情況。
사실 sasil	사 실 寫實	寫實	指據事直書、如實地描繪事物,或照物體進行寫實描繪,並做到與對象基本相符的境界。
사악 saag	사 악 邪惡	邪惡	邪辟罪惡;(性情、行為)不正而且兇惡。憎恨正義,以陷人於苦難為樂。
사업 saeob	사 업 事業	事業	有條理、規模且有益於公眾的事;以營利為目的從事的經濟活動。
사욕 sayog	사 욕 私欲	私欲	只考慮到個人的、自己的慾望。
사원 sawon	사 원 寺院	寺院	指供奉佛菩薩的廟宇場所,有時也指其他宗教的修道院。
사원 sawon	사 원 社員	社員	社團組織或以社為名的機關團體中的成員。
사월 sawol	사 월 四月	四月	是公曆年中的第 4 個月,是小月,共有 30 天。
사유 sayu	사 유 私有	私有	屬於私人或私立團體所有。

人

韓文	韓文漢字	中文字	意思
사유 sayu	事由	事由	事情原委、來由。
사의 sai	謝意	謝意	感謝的意思。
사의 sai	辭意	辭意	請求離去的意願。
사익 saig	私益	私益	指個人或小團體的利益。
사인 sain	死因	死因	致死的原因。
사임 saim	辭任	辭任	辭去職務、工作等。
사자 saja	獅子	獅子	猛獸名。體大雄壯，身毛呈棕黃色，尾端生叢毛。
사장 sajang	社長	社長	公司或機關團體以社為名，其領導人多稱為「社長」。
사재 sajae	私財	私財	私人的財物。
사적 sajeog	史蹟	史蹟	過去發生的事件所遺留下來的文物或境域。
사전 sajeon	事前	事前	事情發生或處理、了結以前。
사전 sajeon	辭典	辭典	主要用來解釋詞語的意義、概念、用法的工具書。
사절 sajeol	謝絕	謝絕	婉言拒絕或推辭。

韓文	韓文漢字	中文字	意思
사죄 sajwe	謝罪	謝罪	請罪、賠罪。承認自己的過錯，請求別人的諒解。
사증 sajeung	查證	查證	調查情況以求證實。
사직 sajig	辭職	辭職	自請解除所擔任的職務。
사창 sachang	私娼	私娼	未得政府許可而非法從事賣淫的娼妓。相對於公娼而言。
사취 sachwi	詐取	詐取	騙取。
사치 sachi	奢侈	奢侈	揮霍浪費錢財，過分追求享受。
사탕 satang	砂糖	砂糖	由蔗糖製成的顆粒狀糖。
사태 satae	事態	事態	事情的情況。
사퇴 satwe	辭退	辭退	推辭，拒絕。
사형 sahyeong	死刑	死刑	依法律剝奪犯人生命的刑罰。
사활 sahwal	死活	死活	生與死。
사회 sahwae	社會	社會	由人所形成的集合體；某一階級或某些範圍的人所形成的集合體。其組合分子具有一定的關係。
사후 sahoo	事後	事後	事情發生之後，或處理事務之後。

韓文	韓文漢字	中文字	意思
삭풍 sakpoong	朔風	朔風	北方吹來的寒風。
산 san	山	山	陸地上高起的部分。
산란 salan	散亂	散亂	散漫凌亂。沒有條理規矩。
산록 salog	山麓	山麓	山腳。
산림 salim	山林	山林	被林木覆蓋的山區。
산만 sanman	散漫	散漫	指注意力分散，不專心；任意隨便，不守紀律，自由散漫。
산맥 sanmaeg	山脈	山脈	山巒相連並依一定方向起伏延伸，狀似脈絡而成系統的山群。
산문 sanmoon	散文	散文	指不講究韻律的散體文章。一種文學體裁，包括雜文、隨筆、遊記、小說等。
산물 sanmool	産物	產物	生產物品；在某種條件下產生的事物或結果。
산미 sanmi	酸味	酸味	由酸刺激產生的主要味覺。
산발 sanbal	散髮	散髮	披頭散髮。韓語還有「理髮」的意思。
산성 sanseong	酸性	酸性	化合物在溶液中能放出氫離子，有酸味，能使石蕊試紙變紅。
산세 sansae	山勢	山勢	山的形勢或氣勢。

韓文	韓文漢字	中文字	意思
산수 sansoo	^{산 수} 山水	山水	山和水，泛指山、江、河、湖、海。也指自然景觀；山水畫的簡稱，指以風景為題材的中國畫。
산수 sansoo	^{산 수} 算數	算數	計算數量；指算術（小學教科之一）。
산신 sansin	^{산 신} 山神	山神	神話裡主管山林的神。
산악 sanag	^{산 악} 山嶽	山嶽	高聳入雲而延綿不斷的山嶺。
산양 sanyang	^{산 양} 山羊	山羊	羊的一種。形似綿羊而體較小。牝牡都有角，角尖向後。毛直而不卷。牡羊頷下有鬚。性活潑，喜登高，好採食短草、灌木和樹葉等。
산업 saneob	^{산 업} 產業	產業	農業、林業、魚業、礦業、工業等生產事業；特指現代工業生產部門。
산장 sanjang	^{산 장} 山莊	山莊	山中或鄉下僻靜的別墅；山裡的村莊。
산적 sanjeog	^{산 적} 山賊	山賊	據山立寨或出入山林的盜賊。
산정 sanjeong	^{산 정} 山頂	山頂	山的頂端，最高的地方。
산채 sanchae	^{산 채} 山菜	山菜	山上自生的野菜。
산천 sancheon	^{산 천} 山川	山川	指山岳、江河。泛指自然界的景色或形勢。
산촌 sanchon	^{산 촌} 山村	山村	山野間的村莊。

韓文	韓文漢字	中文字	意思
산출 sanchool	産出	產出	生產出（產品）。
산하 sanha	山河	山河	山與河，泛指自然的地形。
산호 sanho	珊瑚	珊瑚	珊瑚蟲鈣質骨骼的聚集體。形狀通常像樹枝，顏色多樣，鮮豔美觀，可供觀賞，也可做裝飾品及工藝品。
산회 sanhwae	散會	散會	會議結束，參加的人離開會場。
살상 salssang	殺傷	殺傷	打殺成傷。打死打傷。
살생 salssaeng	殺生	殺生	佛家用以指殺害生靈。
살인 sarin	殺人	殺人	是殺害另一個人的行為，即以任何方法結束他人生命。
살해 salhae	殺害	殺害	謂為了不正當的目的殺人致死。
삼 sam	三	三	數位，比 2 大 1 的正整數。
삼각 samgag	三角	三角	三角形。
삼림 samnim	森林	森林	樹木密生的寬廣地區。
삼월 samwol	三月	三月	3 月是公曆年中的第 3 個月，是大月，共有 31 天。
삼진 samjin	三振	三振	棒球比賽時，二好球後，投手再投出好球而打擊者未揮棒，或投手投球後，打擊者揮棒落空，球被捕手捕接，此時，打擊手遭出局判決。

韓文	韓文漢字	中文字	意思
삽입 sabib	삽입 插入	插入	從中加入。
삽지 sapjji	삽지 插枝	插枝	將植物枝條斜切，插入水或土壤，保持適宜溫度，使生根成長的繁殖方式。柳、菊等皆可用此法繁殖。
삽화 sapwa	삽화 插花	插花	一種將花材作適當的安排，使之美觀，藉以陶冶心性的藝術。插花於冠帽以為飾。
삽화 sapwa	삽화 插畫	插畫	插畫是將文字內容、故事或思想以視覺化的方式呈現。插附在書刊中的圖片（包括影印的文字資料）。用以補充說明文字的內容或增加文字的感染力。
상 sang	상 喪	喪	喪儀；喪事。
상 sang	상 賞	賞	把財物賜給有功的人。
상관 sanggwan	상관 相關	相關	彼此有關係。
상궤 sanggwae	상궤 常軌	常軌	慣常遵行的法則。
상극 sanggeug	상극 相剋	相剋	互相剋害，犯衝。
상금 sanggeum	상금 賞金	賞金	獎賞的金錢。
상대 sangdae	상대 相對	相對	相向，面對面。韓文還有「對方、對手」之意。
상도 sangdo	상도 常道	常道	原來的軌道；一定的規律、法則；要遵守的道理。

▶韓文	▶韓文漢字	▶中文字	▶意思
상류 sangnyu	상 류 上流	上流	指河流的上游；社會地位尊高。
상반 sangban	상 반 相反	相反	事物的兩個方面互相矛盾、互相排斥。
상반신 sangbansin	상 반 신 上半身	上半身	整個身體的上半部分。
상벌 sangbeol	상 벌 賞罰	賞罰	獎賞和懲罰。
상법 sangbbeob	상 법 商法	商法	調整商業活動的法律規範的總稱。一般包括公司、票據、保險、商標、海商等方面的法規。
상봉 sangbong	상 봉 相逢	相逢	彼此遇見、會見或碰見。
상사 sangsa	상 사 上司	上司	公司、公家機關裡比自己地位高的上級長官。
상사병 sang sabbyeong	상 사 병 相思病	相思病	指男女之間因相思過度而精神萎靡、失眠厭食甚至身體消瘦等現象。
상상 sangsang	상 상 想像	想像	假想。對不在眼前的事物，利用過去的記憶或類似的經驗，構想具體的形象。
상세 sangsae	상 세 詳細	詳細	有十分清楚，讓人明白的意思。
상순 sangsoon	상 순 上旬	上旬	每月 1 日至 10 日這段時間。
상술 sangsool	상 술 詳述	詳述	詳細說明。
상승 sangseung	상 승 上昇	上昇	由低處向高處移動。

Track
13

韓文	韓文漢字	中文字	意思
상식 sangsig	^{상 식} **常識**	常識	普遍知識或基本知識，是指普通社會上智力正常的人皆有或普遍擁有的知識。
상실 sangsil	^{상 실} **喪失**	喪失	失去。
상심 sangsim	^{상 심} **傷心**	傷心	心靈受傷，形容極其悲痛。
상아 sanga	^{상 아} **象牙**	象牙	大象上頜的門牙，伸出口外，略呈圓錐形，微彎。質地堅硬、細密，白色有光澤。可製工藝品。現國際上已禁止象牙貿易。
상업 sangeob	^{상 업} **商業**	商業	指介於生產者跟需要者之間，以貨幣為媒介進行交換從而實現商品的流通的經濟活動。
상연 sangyeon	^{상 연} **上演**	上演	（戲劇、舞蹈等）在舞臺上演出。
상영 sangyeong	^{상 영} **上映**	上映	（新影片等）上市放映。
상오 sango	^{상 오} **上午**	上午	清晨至正午 12 時。
상용 sangyong	^{상 용} **商用**	商用	用於營利事業的。商業上使用的。
상의 sangi	^{상 의} **上衣**	上衣	上身所穿的衣服。
상인 sangin	^{상 인} **商人**	商人	做買賣的人。
상자 sangja	^{상 자} **箱子**	箱子	裝各種東西用的方形容器，可用木頭、塑膠、皮革等制成，方形有底蓋可貯藏物件的器具。

人

韓文	韓文漢字	中文字	意思
상점 sangjeom	商店	商店	買賣貨物的店鋪。
상징 sangjing	象徵	象徵	用具體的事物表示某種特殊意義。
상처 sangcheo	喪妻	喪妻	是指妻子死去。
상태 sangtae	狀態	狀態	人或事物表現出來的形態、情形、情況。
상표 sangpyo	商標	商標	是識別某商品、服務或與其相關具體個人或企業的顯著標誌，可以是圖形或文字，也可以聲音、氣味或立體圖來表示。
상품 sangpoom	商品	商品	為買賣而製造的物品。
상해 sanghae	傷害	傷害	使在精神或感情上受損傷。
상호 sangho	相互	相互	彼此對待的一種關係。
상환 sanghwan	償還	償還	歸還所欠的。多用於債務或各種實物等。
상황 sanghwang	狀況	狀況	指事物的性質、結構、水平和發展要求。
신랑 silang	新郎	新郎	稱剛結婚或正要舉行結婚典禮的男子。
색맹 saengmaeng	色盲	色盲	是指看見顏色及辨別顏色的能力減退的狀況。

韓文	韓文漢字	中文字	意思
색인 saegin	색 인 **索引**	**索引**	根據一定需要，把書刊中的主要內容或各種題名摘錄下來，標明出處、頁碼，按一定次序分條排列，以供人查閱的資料。
색정 saekjjeong	색 정 **色情**	**色情**	是指通過文字、視覺、語言描繪，或者是表現裸體、性器官、性交等一切與性有關的形象，使觀賞之人產生性興趣、性興奮的事物。
색조 saekjjo	색 조 **色調**	**色調**	各種色彩間，因明暗、深淺、濃淡、寒暖等所形成的差異。
색채 saekchae	색 채 **色彩**	**色彩**	物體表面所呈現的顏色。比喻人的某種思想傾向或事物的某種特色。
생강 saenggang	생 강 **生薑**	**生薑**	薑的新鮮根莖。有辣味，是常用的調味品，亦可入藥。
생계 saenggae	생 계 **生計**	**生計**	生活上的種種開支用度等事物。泛指生活。
생기 saenggi	생 기 **生氣**	**生氣**	生動活潑的氣象。
생동 saengdong	생 동 **生動**	**生動**	靈活而不呆板、有變化。具有活力能使人感動的。
생명 saengmyeong	생 명 **生命**	**生命**	生物生存的壽命。
생모 saengmo	생 모 **生母**	**生母**	生育自己的母親。 相對於養母、繼母而言。
생물 saengmool	생 물 **生物**	**生物**	泛指自然界中一切有生命的物體。能攝取營養生長、活動並進行繁殖。
생사 saengsa	생 사 **生死**	**生死**	生存和死亡。

人

韓文	韓文漢字	中文字	意思
생식 saengsig	生殖	生殖	生物產生幼小的個體以繁殖後代。
생진 saengjin	生辰	生辰	生日，誕生之日。
생애 saengae	生涯	生涯	指所過的生活或所經歷的人生。
생일 saengil	生日	生日	誕生之日。
생전 saengjeon	生前	生前	死者還活著的時候。
생존 saengjon	生存	生存	是生活存在簡稱，生命持續。也是自然界一切存在的事物保持其存在及發展變化的總稱。
생태 saengtae	生態	生態	現在通常指生物的生活狀態。指生物在特定自然環境下生存和發展的狀態，也指生物的生理特性和生活習性。
생활 saenghwal	生活	生活	人和動物在生存和發展過程中進行各種活動；謀生。
서가 seoga	書架	書架	放置書籍的架子。
서거 seogeo	逝去	逝去	死去；逝世。
서광 seogwang	曙光	曙光	指破曉時的陽光；比喻已經在望的光明前景。
서남 seonam	西南	西南	方位名。介於西方、南方之間。
서론 seoron	序論	序論	它是論文的開頭部分。即是提出問題，明確中心論點，使讀者對文章所要論述的內容，首先有一個概括的瞭解，並引起注意。

韓文	韓文漢字	中文字	意思
서막 seomag	序幕	序幕	戲劇上指某些多幕劇在第一幕前的一場戲;借指重大事件的開端。
서명 seomyeong	署名	署名	在書信、文件或文稿上,簽上自己的名字。
서민 seomin	庶民	庶民	沒有特別地位、權能的平民、百姓。
서부 seoboo	西部	西部	位在某一地區的西方部分。
서북 seoboog	西北	西北	方位名。介於西方、北方之間。
서신 seosin	書信	書信	往來通問的信件。寫給具體收信人的私人通信。
서양 seoyang	西洋	西洋	泛指西方國家,主要指歐美國家。
서자 seoja	庶子	庶子	嫡子以外的眾子或妾所生的兒子。
서장 seojang	署長	署長	中央政府組織中,以署為單位名稱的最高首長。
서적 seojeog	書籍	書籍	書本冊籍的總稱。
서점 seojeom	書店	書店	出售書籍的商店。
서정 seojeong	抒情	抒情	有抒發自己的感情的含義。
서체 seochae	書體	書體	是指傳統書寫字體、字形的不同形式和區別;字體。

人

韓文	韓文漢字	中文字	意思
서평 seopyeong	서 평 書評	書評	即評論並介紹書籍的文章。
석가 seokgga	석 가 釋迦	釋迦	佛祖釋迦牟尼的簡稱。釋迦牟尼為佛教的創始人；印度的一支氏族。佛陀釋迦牟尼是此一族人。
석고 seokggo	석 고 石膏	石膏	無機化合物，無色或白色，硬度小，加熱後脫去部分水分成為熟石膏。常用於建築、雕塑等，也可以做藥材。
석기 seokggi	석 기 石器	石器	石器時代以石頭為原料製成的工具，是人類最早使用的生產工具。
석사 seokssa	석 사 碩士	碩士	一種學位。凡具有學士學位的人，進入大學或獨立學院的研究所繼續研習，經碩士考試成績及格，由主管機關覆核無異後，所授予的學位。
석양 seogyang	석 양 夕陽	夕陽	傍晚時將西下的太陽。
석유 seogyu	석 유 石油	石油	從油井中汲出的碳氫化合物的混合物。為黑色黏滯性大的液體。是有機物質在古地質年代沉積而成。
석재 seokjjae	석 재 石材	石材	供建築或製造各種器具用的石質材料。
선 seon	선 善	善	善行。善舉。善事。
선 seon	선 線	線	像線一般細長的東西；邊緣、邊界；交通路徑；祕密尋求關於人、事、物的門路。
선거 seongeo	선 거 選舉	選舉	政治組織或社會團體中，依規定由全部或部分成員以投票等方式，選擇一個或少數人，擔任某職務的程序。
선고 seongo	선 고 宣告	宣告	宣佈，告知。

韓文	韓文漢字	中文字	意思
선구자 seongooja	先驅者	先驅者	首先嘗試新事物或在前領導的人。
선녀 seonnyeo	仙女	仙女	形容品德高尚，智慧非凡，纖塵不染，高雅脫俗，且具有非凡能力、長生不死的女子和較高地位的神。
선도 seondo	先導	先導	在前引路。
선동 seondong	煽動	煽動	鼓動、從旁慫恿。
선례 seolae	先例	先例	最先出現的或已有的事例。
선명 seonmyeong	鮮明	鮮明	色彩鮮豔耀眼。
선발 seonbal	選拔	選拔	挑選優秀、適合的人選。
선생 seonsaeng	先生	先生	老師。
선서 seonseo	宣誓	宣誓	參加某一組織或擔任某一職務時，在一定的儀式下當眾說出表示忠誠和決心的話。
선수 seonsoo	選手	選手	由多人挑選出來的能手。多指參加體育、辯論等比賽的人。
선심 seonsim	善心	善心	形容好心。善良的心意。是一種好的心態，好的思想。
선악 seonag	善惡	善惡	指善與惡；好壞；褒貶。
선양 seonyang	宣揚	宣揚	廣泛宣傳，使大家知道。

▶韓文	▶韓文漢字	▶中文字	▶意思
선어 seoneo	^{선 어} 鮮魚	鮮魚	活魚；新鮮的魚。
선열 seonyeol	^{선 열} 先烈	先烈	尊稱已故有功烈的人。
선원 seonwon	^{선 원} 船員	船員	是指包括船長在內的船上一切任職人員。
선율 seonyul	^{선 율} 旋律	旋律	指若干樂音有規律、有節奏的組合。是音樂的內容、風格、體裁和民族特徵等的主要表現手段。
선의 seoni	^{선 의} 善意	善意	善良的心意；好意。
선전 seonjeon	^{선 전} 宣傳	宣傳	公開傳播宣揚，使眾人知曉。
선정 seonjeong	^{선 정} 煽情	煽情	以文字、言語、動作等煽動人內心的情緒。
선진 seonjin	^{선 진} 先進	先進	先輩、前輩。
선택 seontaeg	^{선 택} 選擇	選擇	挑選、擇取。從一群或一組中挑選。是人在經過思量後所採取的自願性行動。
선포 seonpo	^{선 포} 宣佈	宣佈	公開告示，使眾人知道。
선풍 seonpoong	^{선 풍} 旋風	旋風	螺旋狀的風。某處氣壓驟低時，四面空氣，向該處急吹而形成；喻來勢猛的某種運動或活動。
설계 seolgae	^{설 계} 設計	設計	即「設想和計劃，設想是目的，計劃是過程安排」，通常是指有目標和計劃的創作行為及活動。
설날 seolal	^{설 날} 元旦	元旦	一年中的第一天。
설립 seolib	^{설 립} 設立	設立	成立（組織、機構等）。

韓文	韓文漢字	中文字	意思
설명 seolmyeong	^{설 명} **說明**	說明	解釋清楚，講明白某事物的內容、理由、意義等。
설비 seolbi	^{설 비} **設備**	設備	進行某項工作或提供某種需要所必需的成套器物或建築。
설상가상 seolsang gasang	^{설 상 가 상} **雪上加霜**	雪上加霜	比喻在一次災禍以後，接連又遭受新的災禍，使損害愈加嚴重。
설전 seoljeon	^{설 전} **舌戰**	舌戰	比喻激烈的辯論。
설치 seolchi	^{설 치} **設置**	設置	設立；安裝。
섬광 seomgwang	^{섬 광} **閃光**	閃光	忽然一現或搖動不定的亮光。
섬세 seomsae	^{섬 세} **纖細**	纖細	細長柔美；細微。細小。細膩。
섬유 seomyu	^{섬 유} **纖維**	纖維	一種天然或人造的細絲，韌性很強。如植物纖維的棉、麻，動物纖維的蠶絲、羊毛，人造纖維的尼龍等。
섭씨 seopssi	^{섭 씨} **攝氏**	攝氏	寒暑表（溫度計）的刻度單位。用來表示溫度的高低。符號為°C。
섭취 seopchwi	^{섭 취} **攝取**	攝取	指吸收，吸取。
성 seong	^성 **姓**	姓	表示個人所屬家族及區別家族系統的符號。
성 seong	^성 **性**	性	人或動物自然具有的本質、本能；性質，思想、感情等方面的表現；男女或雌雄的特質；有關生物生殖的；表示名詞（以及代詞、形容詞）的類別的語法範疇。

Track
14

韓文	韓文漢字	中文字	意思
성격 seongggyeog	性格	性格	在態度和行為方面表現出來的心理特徵。
성경 seonggyeong	聖經	聖經	基督教的經典。分舊約、新約兩種。
성공 seonggong	成功	成功	它指達到或實現某種價值尺度的事情或事件，從而獲得預期結果叫做成功。
성과 seongggwa	成果	成果	指工作或事業方面的成就。指學習、工作、勞動上的成效和成績。
성년 seongnyeon	成年	成年	發育到成熟的年齡，承認其有完全能力。日本與我國法律以年滿 20 歲為成年，韓國則以 19 歲為成年。
성당 seongdang	聖堂	聖堂	通常為傳道區、牧區所在。
성대 seongdae	盛大	盛大	規模大，儀式隆重。
성명 seongmyeong	姓名	姓名	人的姓氏和名字。
성명 seongmyeong	聲明	聲明	指公開表態或說明。
성별 seongbyeol	性別	性別	生理學上指男性、女性、雌性、雄性或其他可能的性別。
성병 seong bbyeong	性病	性病	一種透過直接性接觸而傳染的疾病。
성분 seongbun	成分	成分	指構成事物的各種不同的物質或因素；任一事物的組成部分。
성쇠 seongswe	盛衰	盛衰	興盛與衰敗。

韓文	韓文漢字	中文字	意思
성숙 seongsoog	성 숙 成熟	成熟	植物成長的顛峰時期，一般指開花、結果的階段；指人類生理、心理上的完全發育狀態；事物或行為發展到完善的程度。
성실 seongsil	성 실 誠實	誠實	真實表達主體所擁有信息的行為（指好的一方面），也就是行為忠於良善的心。
성심 seongsim	성 심 誠心	誠心	真誠懇切的心意。
성씨 seongssi	성 씨 姓氏	姓氏	表明個人家族系統的符號。姓本起於女系，氏起於男系，今姓氏合稱，則指男系而言。
성악 seongag	성 악 聲樂	聲樂	以人聲歌唱為主的音樂。演唱方式有獨唱、重唱、齊唱和合唱4種，作品以清唱劇、歌劇、藝術歌曲等為主。
성어 seongeo	성 어 成語	成語	語言中簡短有力的固定詞組。可作為句子的成分，形式不一，以四言為主。一般而言都有出處來源與引申的比喻義，而非單純使用字面上的意思。
성욕 seongyog	성 욕 性欲	性欲	對性行為的欲望和要求。
성운 seongwoon	성 운 星雲	星雲	在我們的銀河系或其他星系的星際空間中由非常稀薄的氣體或塵埃構成的許多巨大天體之一。
성원 seongwon	성 원 成員	成員	集體或家庭的組成者、參加者。
성원 seongwon	성 원 聲援	聲援	因支持而響應、援助。
성의 seongi	성 의 誠意	誠意	指誠懇的心意；使意念發於精誠，不欺人，不自欺，一般用於人與人之間相處態度誠懇，真心實意。
성인 seongin	성 인 成人	成人	是指成年的人，即是已經完全發育成熟的人，與兒童相對。

韓文	韓文漢字	中文字	意思
성인 seongin	聖人	聖人	稱智慧卓越、品德高超、人格完美的人。
성장 seongjang	成長	成長	指長大、長成成人，泛指事物走向成熟，擺脫稚嫩的過程；發展；增長。
성적 seongjeog	成績	成績	工作或學習所取得的成就收穫。
성질 seongjil	性質	性質	事物本身具有的特性或本質；稟性；氣質。
성취 seongchwi	成就	成就	完成、實現了心中所願。
성패 seongpae	成敗	成敗	成功與失敗（指行動的結果）。
성행 seonghaeng	盛行	盛行	廣泛流行。
성화 seonghwa	聖火	聖火	奧林匹克運動會開幕時點燃的火炬。古希臘在奧林匹亞舉行競賽前的祭典中，引太陽光點燃火炬，輾轉相傳，表示繼往開來。象徵著和平、光明、團結與友誼等意義。
세 sae	歲	歲	表示年齡。
세계 saegae	世界	世界	狹義來講，通常指人類現今所生活居住的地球、全球，而更偏重於空間；廣義來講，可等於宇宙，即包含了地球之外的空間；指社會狀況；指人們活動的某一領域或範圍。

韓文	韓文漢字	中文字	意思
세관 saegwan	^{세 관} 稅關	稅關	徵收貨物及商船噸稅的機關。設在水陸交通、貿易頻繁之處。可分為國境稅關與國內稅兩種，前者如海關，後者如舊時的常關、釐卡。
세균 saegyun	^{세 균} 細菌	細菌	一種單細胞的微生物。可分為桿菌、球菌和螺旋菌3類，以分裂法繁殖，多靠寄生或腐生方法生存，普遍分布在自然界中。
세금 saegeum	^{세 금} 稅金	稅金	依稅法繳納的金額稱為「稅金」。
세기 saegi	^{세 기} 世紀	世紀	一個世紀代表100年，通常是指連續的100年；時代。
세뇌 saenwe	^{세 뇌} 洗腦	洗腦	透過系統性的方法，對人進行密集性觀念灌輸，以改變其原有的思想和態度的一連串的手法與過程。
세력 saeryeog	^{세 력} 勢力	勢力	權力、威勢，多指軍事、政治、經濟等方面的力量。
세련 saeryeon	^{세 련} 洗練	洗練	形容語言、文字、技藝等，運用得非常簡練俐落；清洗磨練，指修身養性。
세례 saerae	^{세 례} 洗禮	洗禮	基督教及天主教的入教禮。原意為藉著受祝福後的聖水，洗去人的原罪；比喻鬥爭中的磨練和考驗。
세말 saemal	^{세 말} 歲末	歲末	指的是一年當中的最後一個月。一年快完的時候。
세무 saemoo	^{세 무} 稅務	稅務	與稅捐有關的各種事務。
세법 saebbeob	^{세 법} 稅法	稅法	規定稅目、納稅義務人、課徵範圍、稅率計算及有關罰則等的法律。
세상 saesang	^{세 상} 世上	世上	世界上，社會上。

韓文	韓文漢字	中文字	意思
세속 saesog	세 속 世俗	世俗	指當時社會的風俗習慣；塵世。世間；指俗人。
세습 saeseub	세 습 世襲	世襲	指爵位、領地等可以世代傳給子孫，稱為「世襲」。
세심 saesim	세 심 細心	細心	用心，心思周密。
세월 saewol	세 월 歲月	歲月	通常用來指時間，尤其是過去的日子。常用來形容一段歷史時期，也用來形容一段生活經歷，還經常用來承載人們的感情。
세정 saejeong	세 정 世情	世情	世態人情。
세차 saecha	세 차 洗車	洗車	洗刷車輛；特指洗刷汽車。
세태 saetae	세 태 世態	世態	世俗的情態。
세포 saepo	세 포 細胞	細胞	構成生物體的最小單位，其基本構造包括細胞膜、細胞質及 DNA；現又可比喻事物的基本構成部分。
소극 sogeug	소 극 消極	消極	逃避現實，意志消沉，不求進取。否定的；反面的；阻礙發展的。
소녀 sonyeo	소 녀 少女	少女	未婚的年輕女子。通常的年齡範圍是小學～中學。
소년 sonyeon	소 년 少年	少年	年輕的男子。通常的年齡範圍是10 ～ 18 歲。
소독 sodog	소 독 消毒	消毒	是利用化學品或其他方法消滅大部份微生物，使常見的致病細菌數目減少到安全的水平。

韓文	韓文漢字	中文字	意思
소득 sodeug	소 득 所得	所得	得到的（財物、知識、勞動成果等）。
소량 soryang	소 량 少量	少量	數量或份量較少。
소맥 somaek	소 맥 小麥	小麥	是單子葉植物，是一種在世界各地廣泛種植的禾本科植物，小麥的穎果是人類的主食之一，磨成麵粉後可製作麵包、饅頭、餅乾、麵條等食物；發酵後可製成啤酒、酒精、白酒（如伏特加），或生質燃料。
소멸 somyeol	소 멸 消滅	消滅	消失，滅亡。消除毀滅。
소모 somo	소 모 消耗	消耗	（精神、力量或物資等）因使用或損耗而逐漸減少。
소묘 somyo	소 묘 素描	素描	繪畫技法，以單色線條和塊面塑造物體形象，是一切造型藝術的基礎。繪圖工具為鉛筆、木炭、毛筆等。
소박 sobag	소 박 素樸	素樸	指樸實；質樸無華。
소변 sobyeon	소 변 小便	小便	人排尿。
소비 sobi	소 비 消費	消費	為了滿足生產和生活的需求而消耗物質財富；消磨。浪費。
소설 soseol	소 설 小說	小說	一種通過人物、情節和環境的具體描寫來反映現實生活的文學體裁。
소송 sosong	소 송 訴訟	訴訟	是一種法律行動，分為民事和刑事兩類，前者原訴人是受害者當事人，因為有未可解決的爭議，所以訴諸法律。後者涉及刑事犯罪，由政府當局控告疑犯（提起公訴）。

人

▶韓文	▶韓文漢字	▶中文字	▶意思
소수 sosoo	소 수 少數	少數	較少的數量。
소시 sosi	소 시 少時	少時	年紀尚小的時候;片刻、不多時。
소식 sosig	소 식 消息	消息	音信、訊息;情況報道。
소실 sosil	소 실 消失	消失	是指事物漸漸減少以至沒有;事物不復存在。
소심 sosim	소 심 小心	小心	留心、謹慎。
소아 soa	소 아 小兒	小兒	小孩子、幼兒、兒童。
소양 soyang	소 양 素養	素養	平日的修養。
소원 sowon	소 원 所願	所願	願望;希望。
소원 sowon	소 원 疏遠	疏遠	不親近;關係上感情上有距離。
소위 sowi	소 위 所謂	所謂	世人所說的。
소유 soyu	소 유 所有	所有	權利的歸屬。指擁有。
소재 sojae	소 재 素材	素材	文學或藝術作品裡所用的題材。
소질 sojil	소 질 素質	素質	原有的資質、稟賦、天分。

▶韓文	▶韓文漢字	▶中文字	▶意思
소탕 sotang	소 탕 掃蕩	掃蕩	用武力或其他手段肅清敵人。
소형 sohyeong	소 형 小型	小型	形體較小或規模較小的。
소홀 sohol	소 홀 疏忽	疏忽	草率,疏忽大意。
소화 sohwa	소 화 消化	消化	食物在體內經過種種變化,成為身體能夠利用物質的過程;比喻對知識的吸收、理解。
속도 sokddo	속 도 速度	速度	事物進行過程的快慢程度。
속독 sokddog	속 독 速讀	速讀	一種增加閱讀速度和閱讀量的閱讀方法。訓練閱讀者將平常閱讀時,逐字閱讀或在口中、心中逐字默念的習慣,改變為由眼睛看到文字,能立即反映到腦中,直接了解文意的閱讀方式。
속물 songmool	속 물 俗物	俗物	庸俗無趣的人。
속박 sokbbag	속 박 束縛	束縛	拘束或限制。
속성 soksseong	속 성 速成	速成	在短期間內很快完成。
속세 sokssae	속 세 俗世	俗世	泛指紅塵人間。
속수무책 soksoomoo chaek	속 수 무 책 束手無策	束手無策	面對問題時,毫無解決的辦法。
속전속결 sokjjeonsok gyeol	속 전 속 결 速戰速決	速戰速決	以最快的速度發動攻勢,並儘快達成預期的目的。比喻迅速將事情處理完畢。

人

韓文	韓文漢字	中文字	意思
속죄 sokjwe	속 죄 **贖罪**	**贖罪**	用行動或財物來抵銷所犯的罪過或免除刑罰。
속칭 sokching	속 칭 **俗稱**	**俗稱**	通俗的稱呼；非正式的名稱；一般大眾給予的稱呼。
손 son	손 **孫**	**孫**	兒女的兒女。
손상 sonsang	손 상 **損傷**	**損傷**	是指人體受到外界各種創傷因素作用所引起的皮肉、筋骨、臟腑等組織結構的破壞，及其所帶來的局部和全身反應。
손색 sonsaeg	손 색 **遜色**	**遜色**	比較差，不如人。
손실 sonsil	손 실 **損失**	**損失**	指失去東西，不會有補償。
손해 sonhae	손 해 **損害**	**損害**	是指一定行為或事件使某人的人身遭受到不利、不良後果或不良狀態。
솔직 soljjig	솔 직 **率直**	**率直**	坦率而爽直。
송별 songbyeol	송 별 **送別**	**送別**	送人離別。
쇄국 swaeguk	쇄 국 **鎖國**	**鎖國**	謂閉關自守，不同外國進行文化、經濟、貿易等交流。
쇄신 swaesin	쇄 신 **刷新**	**刷新**	革新。指刷洗之後使之變新，比喻突破舊的而創造出新的；改革。
쇠망 swaemang	쇠 망 **衰亡**	**衰亡**	由衰落直到滅亡。

▲韓文	▲韓文漢字	▲中文字	▲意思
쇠약 swaeyag	^{쇠 약} **衰弱**	衰弱	指身體的機能、精力衰退減弱。
쇠퇴 swaetwae	^{쇠 퇴} **衰退**	衰退	（身體、精神、意志、能力、氣勢等）衰弱退步。
수 soo	^수 **手**	手	人體的兩臂；人體上肢腕以下由指、掌組成的部分。
수 soo	^수 **首**	首	頭、腦袋。
수명 soomyeong	^{수 명} **壽命**	壽命	生存的年限；後亦比喻存在的期限或使用的期限。
수건 soogeon	^{수 건} **手巾**	手巾	盥洗時用來擦拭手、臉的毛巾。
수긍 soogeung	^{수 긍} **首肯**	首肯	點頭表示同意、肯定。
수난 soonan	^{수 난} **受難**	受難	遭受災難。受苦難。
수녀 soonyeo	^{수 녀} **修女**	修女	是天主教、東正教、聖公會以及信義宗的女性修行人員，通常須發三願（即神貧、貞潔、服從），從事祈禱和協助神父進行傳教。
수단 soodan	^{수 단} **手段**	手段	為達到某種目的而採取的方法和措施。
수도 soodo	^{수 도} **首都**	首都	一個國家政治決策的中心都市，中央政府所在的都市。
수도 soodo	^{수 도} **修道**	修道	宗教徒虔誠的學習教義，並將教義貫徹於自己的行動中。

韓文	韓文漢字	中文字	意思
수동 soodong	手動	手動	用手來做。
수량 sooryang	數量	數量	事物的多少。個數和分量。
수려 sooryeo	秀麗	秀麗	清秀優雅，美麗脫俗。泛指風景優美也指人的樣貌清秀靚麗。
수력 sooryeog	水力	水力	江、河、湖、海的水流所產生的動力，可轉化為機械能、電能等。
수련 sooryeon	睡蓮	睡蓮	初秋開花，重瓣，晝開夜垂似睡，故名。
수렴 sooryeom	收斂	收斂	匯聚於一點；使肌體皺縮；徵收租稅。
수렵 sooryeob	狩獵	狩獵	利用獵具或獵狗等捕捉野生鳥獸。
수령 sooryeong	首領	首領	為首的領導、最高領導。俗稱一把手、頭頭。
수류탄 sooryutan	手榴彈	手榴彈	用手投擲的小型爆炸彈。
수면 soomyeon	睡眠	睡眠	眼睛閉上、身心鬆弛的一種休息狀態。
수목 soomog	樹木	樹木	木本植物的通稱。包括喬木與灌木。
수묵화 soomookwa	水墨畫	水墨畫	由水和墨經過調配水和墨的濃度所畫出的畫，是繪畫的一種形式，更多時候，水墨畫被視為中國傳統繪畫，也就是國畫的代表。也稱國畫，中國畫。

韓文	韓文漢字	中文字	意思
수밀도 soomildo	水蜜桃	水蜜桃	桃的一個品種。果實形狀尖圓，肉厚核小，汁多味甜。
수법 soobbeob	手法	手法	（文學藝術作品的）創作技巧。
수비 soobi	守備	守備	守禦防備。
수산 soosan	水產	水產	海洋、江河、湖泊里出產的動物或藻類等的統稱，一般指有經濟價值魚、蝦、蟹、貝類、海帶、石花菜等。
수상 soosang	手相	手相	手相又稱掌相，是一種以手掌的形態和紋理去推論運程的占卜方法。
수상 soosang	首相	首相	內閣制度國家的行政首長。也稱為「內閣總理」。
수색 soosaeg	搜索	搜索	仔細尋找（隱藏的人或東西）；檢察機關為發現被告、犯罪證據或得沒收之物品，而對於被告或第三人之身體、物件、電磁紀錄、住宅或其他處所，所實施之強制處分行為。
수선 sooseon	水仙	水仙	植物名。石蒜科水仙屬，多年生草本。底部的鱗莖略呈卵狀，外皮黑色，下端有白色鬚根。葉叢生，呈狹長線狀，質厚，帶白綠色。冬末春初時開花，花白黃色，有香味。通常生長於暖地的河邊，或栽培於庭園以及作為盆栽。
수속 soosog	手續	手續	辦事的程序，規定步驟。
수송 soosong	輸送	輸送	運輸工具將人或物，從一處運到另一處。
수수 soosoo	授受	授受	給予和接受。

韓文	韓文漢字	中文字	意思
수술 soosool	手術	手術	指凡透過器械，經外科醫生或其他專業人員的操作下，進入人體或其他生物組織，以外力方式排除病變、改變構造或植入外來物的處理過程。
수습 sooseup	收拾	收拾	整頓，整理。
수습 sooseup	修習	修習	學習，研習。
수시 soosi	隨時	隨時	指任何時候。不拘何時。不論何時。
수양 sooyang	修養	修養	培養高尚的品質和正確的待人處世的態度，求取學識品德之充實完美。
수업 sooeob	授業	授業	傳授學業。
수여 sooyeo	授與	授予	給與、付與。給與（勛章、獎狀、學位、榮譽等）。
수예 sooye	手藝	手藝	即用手工從事的技藝，工匠們靠著常年熟練的功夫，製作出各式各樣的作品、器物、和裝飾品。
수완 soowan	手腕	手腕	人體連接手掌和前手臂的部位，也稱腕部。本領；方法和技巧。
수요 sooyo	需要	需要	應該要有或必須要有；對事物的欲望或要求。
수용 sooyong	收容	收容	收留並加以照顧。
수입 sooib	收入	收入	收進的款項。

韓文	韓文漢字	中文字	意思
수입 sooib	수 입 輸入	輸入	外國或外地的貨物輸入本國或本地。
수재 soojae	수 재 水災	水災	因久雨、河水氾濫、融雪或山洪暴發等因素而造成的災害。
수제 soojae	수 제 手製	手製	親手製作。
수절 soojeol	수 절 守節	守節	不因利益等而改變原來的節操。
수정 soojeong	수 정 受精	受精	指精子與卵細胞結合形成受精卵。
수정 soojeong	수 정 修訂	修訂	編者對文章的修改訂正。
수족 soojog	수 족 手足	手足	手和腳；指黨羽。爪牙。
수족관 soojokggwan	수 족 관 水族館	水族館	收集、飼養和展覽水生動物的設施、機構。
수준 soojoon	수 준 水準	水準	指地球各部分的水平面。古代測定水平面的器具；標準、程度。
수증기 soojeunggi	수 증 기 水蒸氣	水蒸氣	氣態水，水加溫至 100°C 氣化升騰而成。
수지 sooji	수 지 收支	收支	收入和支出的款項。
수직 soojig	수 직 垂直	垂直	兩條直線相交成直角，一條直線和一個平面或兩個平面相交成直角時，均稱為互相垂直；向下伸直。
수집 soojib	수 집 收集	收集	聚集物品。

人

147

▶韓文	▶韓文漢字	▶中文字	▶意思
수집 soojib	수 집 蒐集	蒐集	搜求聚集。
수채화 soochaehwa	수 채 화 水彩畫	水彩畫	用水彩顏料繪制的畫。
수출 soochool	수 출 輸出	輸出	將本國貨物運到外國。
수치 soochi	수 치 羞恥	羞恥	是指一種自覺有過錯、缺失或無能、卑下時，引發的痛苦情緒，基本上是產生在人我關係之間。
수필 soopil	수 필 隨筆	隨筆	隨意隨事自由抒發紀錄的散文體裁。小品文。
수학 soohag	수 학 數學	數學	是研究數量、結構、變化、空間以及信息等概念的一門學科，從某種角度看屬於形式科學的一種。
수혈 soohyeol	수 혈 輸血	輸血	治療措施之一。把健康人的血液用特殊的裝置輸送到病人體內。
수호 sooho	수 호 守護	守護	指看守保護。
수확 soohwag	수 확 收穫	收穫	是指收割成熟的農作物；泛指得到成果或利益。
숙녀 soongnyeo	숙 녀 淑女	淑女	閑雅貞靜，有德性的女子。
숙련 sungnyeon	숙 련 熟練	熟練	指對技術精通而有經驗。熟知並做來順手。
숙면 soongmyeon	숙 면 熟眠	熟眠	指睡得香甜、深沉。
숙명 soongmyeong	숙 명 宿命	宿命	因決定果，前生決定後世，前因決定後果，福禍之因，皆自圓成。借指生來註定的命運。

韓文	韓文漢字	中文字	意思
숙모 soongmo	^{숙 모} **叔母**	叔母	叔父的妻子。
숙부 sookbboo	^{숙 부} **叔父**	叔父	父親的弟弟。
숙원 soogwon	^{숙 원} **宿願**	宿願	長久以來的心願；（佛）前生的誓願。
숙질 sookjjil	^{숙 질} **叔姪**	叔姪	叔父與姪甥。
숙취 sookchwi	^{숙 취} **宿醉**	宿醉	酒醉隔天仍未清醒。酒喝多了，第二天起來後頭痛、胃痛，胃返氣等症狀。
순 soon	^순 **旬**	旬	10 天叫一旬，一個月分上、中、下 3 旬。
순간 soongan	^{순 간} **瞬間**	瞬間	一轉眼，形容非常短的時間。
순결 soongyeol	^{순 결} **純潔**	純潔	純粹潔淨。通常指心地純一清淨，沒有邪惡的念頭。沒有污點。
순경 soongyeong	^{순 경} **巡警**	巡警	執行巡邏任務的警察。
순금 soongeum	^{순 금} **純金**	純金	含雜質極少的金，不含雜質的金。
순백 soonbaek	^{순 백} **純白**	純白	不摻雜任何顏色的白色。
순서 soonseo	^{순 서} **順序**	順序	依次而不亂；次序。

韓文	韓文漢字	中文字	意思
순수 soonsoo	^{순 수} 純粹	純粹	純正不雜，不摻雜別的成分的；完全。
순위 soonwi	^{순 위} 順位	順位	依次排列的序位。
순정 soonjeong	^{순 정} 純情	純情	純真的感情。
순종 soonjong	^{순 종} 純種	純種	血統純正，祖先未曾與其他種類交配的品種。
순찰 soonchal	^{순 찰} 巡察	巡察	邊走邊察看；巡視考察。
순환 soonhwan	^{순 환} 循環	循環	事物周而復始的運轉或變化。
순회 soonhwae	^{순 회} 巡廻	巡迴	按一定的路線、範圍到各處進行活動。
숫자 sootjja	^{숫 자} 數字	數字	表示數目的文字或符號。
숭배 soongbae	^{숭 배} 崇拜	崇拜	打從心底，敬仰佩服。
슬하 seulha	^{슬 하} 膝下	膝下	膝蓋底下；父母跟前。
습격 seupggyeok	^{습 격} 襲擊	襲擊	出其不意地攻打。
습관 seupggwan	^{습 관} 習慣	習慣	是指積久養成的生活方式；泛指一地方的風俗、社會習俗、道德傳統等。
습기 seupggi	^{습 기} 濕氣	濕氣	因水分多而蒸發的氣息。

韓文	韓文漢字	中文字	意思
습자 seupjja	習字	習字	是指練習寫字。
습작 seupjjak	習作	習作	練習寫作；練習的作業。
습지 seupjji	濕地	濕地	指地下水面高，經常為水所淹沒的地帶。如沼澤、窪地、水塘等。可防止潮汐入侵內地、淨化沉澱水源、提供鳥類、水生、兩棲類及淡鹹水過渡植物的生長環境。
승객 seunggaeg	乘客	乘客	乘坐車、船、飛機等公共交通工具的旅客。
승격 seungggyeok	昇格	昇格	升級。地位或級別提高。
승낙 seungnag	承諾	承諾	應允同意他人的請求等。
승려 seungnyeo	僧侶	僧侶	出家人。亦指其他宗教的修道人。
승리 seungni	勝利	勝利	在戰場或競爭中打敗對方。
승부 seungboo	勝負	勝負	勝敗，輸贏；指爭輸贏，比高下。
승산 seungsan	勝算	勝算	可以獲勝的計謀、把握。
승차 seungcha	乘車	乘車	乘坐車輛。
승패 seungpae	勝敗	勝敗	指勝利或者失敗。

▶韓文	▶韓文漢字	▶中文字	▶意思
시 si	시 詩	詩	指以精粹而富節奏的語言文字來表現美感、抒發情緒的藝術性作品。
시가 sigga	시 가 市價	市價	市場上當時交易的價格。
시각 sigag	시 각 時刻	時刻	是時間上的某個瞬間,或是時間軸上的某個點。
시각 sigag	시 각 視覺	視覺	物體的影像刺激眼睛所產生的感覺。
시간 sigan	시 간 時間	時間	泛指時刻的長短,如地球自轉一周是一日,公轉一周是一年,日與年等都是時間的單位。
시국 sigoog	시 국 時局	時局	當前國家社會的情勢。
시기 sigi	시 기 時期	時期	事物發展過程中的一段具有一定特徵的、較長的時間。
시기 sigi	시 기 時機	時機	進行某行動的適當時刻或機會。
시기 sigi	시 기 猜忌	猜忌	不信任別人,猜想別人將對自己不利。針對比自己優秀的人,心懷嫉妒、討厭。
시녀 sinyeo	시 녀 侍女	侍女	服侍他人及供人使喚的女僕。
시대 sidae	시 대 時代	時代	歷史上以經濟、政治、文化等狀況為依據而劃分的時期;現代。
시력 siryeog	시 력 視力	視力	眼力。即常人在一定距離內,眼睛辨識事物的能力。
시련 siryeon	시 련 試練	試練	考驗和鍛鍊。

Track 160

韓文	韓文漢字	中文字	意思
시민 simin	시 민 市民	市民	城市居民。通常是指具有城市有效戶籍和常住在市區的合法公民。
시범 sibeom	시 범 示範	示範	說明或展現可供大家學習的方法或典範。
시비 sibi	시 비 是非	是非	正確與錯誤。
시사 sisa	시 사 示唆	示唆	啟示。
시사 sisa	시 사 時事	時事	最近期間的國內外大事。
시선 siseon	시 선 視線	視線	用眼睛看東西時，眼睛和物體之間的假想直線。
시세 sisae	시 세 時勢	時勢	指時代的趨勢；當時的形勢；即指某一段時間的情勢。韓文也指一定期間的市場價格。
시속 sisog	시 속 時速	時速	是速度的一種表達形式，指物體在 1 小時內的運行總距離。
시시비비 sisibibi	시 시 비 비 是是非非	是是非非	確定對的，否定錯的。指能明辨是非對錯。
시야 siya	시 야 視野	視野	視力所及的範圍；比喻見聞。指思想或知識的領域。
시운 siwoon	시 운 時運	時運	當前的氣運、命運。
시월 siwol	시 월 十月	十月	是公曆年中的第 10 個月，是大月，共有 31 天。
시위 siwi	시 위 示威	示威	向對方顯示自己的威力。

韓文	韓文漢字	中文字	意思
시의회 siuihwae	시 의 회 **市議會**	**市議會**	市級地方民意機關。
시인 siin	시 인 **詩人**	**詩人**	指寫詩的作家。
시일 siil	시 일 **時日**	**時日**	時期、時間。
시장 sijang	시 장 **市長**	**市長**	是近現代城市或市鎮中最高行政首長的職稱。在許多政府系統裡，市長是由市民選出為一個城市最高行政長官、或為一個儀式的職務。
시장 sijang	시 장 **市場**	**市場**	買賣商品的場所，把貨物的買主和賣主正式組織在一起進行交易的地方。
시절 sijeol	시 절 **時節**	**時節**	節令；季節；時候。
시점 sijjeom	시 점 **視點**	**視點**	解釋觀察和思考問題的角度；觀察或分析事物的著眼點。
시정 sijeong	시 정 **施政**	**施政**	實施政務。
시조 sijo	시 조 **始祖**	**始祖**	有史料可考的最早的祖先；指首創某種學術、技藝或宗教等的人。
시종 sijong	시 종 **始終**	**始終**	開頭和結尾；自始至終，一直。
시종 sijong	시 종 **侍從**	**侍從**	指在帝王或官吏身邊侍候衛護的人。
시주 sijoo	시 주 **施主**	**施主**	供養財物、飲食給出家人或寺院的俗家信徒。

韓文	韓文漢字	中文字	意思
시집 sijib	^{시 집} 詩集	詩集	詞語解釋由一人或多人的詩編輯而成的集子。
시차 sicha	^{시 차} 時差	時差	不同時區之間的時間差別。
시찰 sichal	^{시 찰} 視察	視察	為了得知實情而實地察看。審察。考察。
시청 sicheong	^{시 청} 視聽	視聽	看和聽。
시체 sichae	^{시 체} 屍體	屍體	人或動物死後的軀體。
시행 sihaeng	^{시 행} 施行	施行	法令公布後，經過一定期間而見諸實施，即使法令發生效力；實際進行。
시행 sihaeng	^{시 행} 試行	試行	未正式實行前作試驗性的施行。
시효 sihyo	^{시 효} 時效	時效	在某一時間中方存在的效果。法律所規定的有關刑事責任和民事訴訟權利的有效期限。
식당 sikddang	^{식 당} 食堂	食堂	餐廳。供應食物或有時供應飲料的地方；舊時寺院或公堂中的會食之所。
식물 singmool	^{식 물} 植物	植物	生物的一大類。沒有神經，沒有感覺，一般有葉綠素，能自己製造營養，多以無機物為養料。
식별 sikbbyeol	^{식 별} 識別	識別	對事物不同之處加以辨認、鑒別、區分、分辨。
식언 sigeon	^{식 언} 食言	食言	不遵守諾言。
식욕 sigyog	^{식 욕} 食欲	食欲	指人進食的欲望。

韓文	韓文漢字	中文字	意思
식용 sigyong	食用	食用	可當食物使用或可以吃的。
식자 sikjja	識字	識字	有時稱讀寫能力，指人閱讀和書寫文字的基本能力。一般指讀書和寫字的能力水準到達可溝通的能力。
신경 singyeong	神經	神經	人體的感應組織，分布全身，主知覺、運動及聯絡各部器官相互間的關係。
신기 singi	神奇	神奇	神妙奇特，不可思議。
신기 singi	新奇	新奇	新鮮奇特。
신기록 singirog	新記錄	新記錄	（體育競賽、某些行業等）新創造出來的最高成績。
신기원 singiwon	新紀元	新紀元	泛指一切具有劃時代意義的開始。
신년 sinnyeon	新年	新年	一年的開始，一般指元旦和元旦過後的幾天。
신념 sinnyeom	信念	信念	認為正確而堅信不疑的觀念。
신도 sindo	信徒	信徒	本指信仰某一宗教的人；也泛指信仰某種主義、學派、主張及其代表人物的人。
신랄 silal	辛辣	辛辣	文辭、言語尖銳，刺激性強。
신록 silog	新綠	新綠	剛萌發綠葉的草木。初春草木顯現的嫩綠色。
신뢰 silwae	信賴	信賴	信任依賴。

韓文	韓文漢字	中文字	意思
신문 sinmoon	訊問	訊問	審問追究。
신발명 sinbalmyeong	新發明	新發明	創造出新事物或新方法。
신방 sinbang	新房	新房	剛興建完工或剛買的房子；新婚夫婦的臥室。
신변 sinbyeon	身邊	身邊	身體的周邊。
신부 sinboo	神父	神父	天主教、東正教的男性神職人員。職位在主教之下，通常負責管理一個教堂，主持宗教活動。
신부 sinboo	新婦	新婦	新娘。
신분 sinboon	身分	身分	人的出身、資格或在社會上的地位。
신비 sinbi	神秘	神秘	難以捉摸，高深莫測。
신사 sinsa	紳士	紳士	是指舉止優雅、待人謙和、談吐得當的男士。
신생아 sinsaenga	新生兒	新生兒	從剛出生到一個月大的嬰兒。
신선 sinseon	新鮮	新鮮	形容食物清潔鮮美而沒有變質；清新的；新奇的、沒發生過的。
신세 sinsae	身世	身世	指人的出身環境、背景或人生的境遇。
신세계 sinsaegae	新世界	新世界	新大陸；新世界。比喻未經見的新奇或新穎的境界。

韓文	韓文漢字	中文字	意思
신속 sinsog	^{신 속} 迅速	迅速	速度高，非常快。
신앙 sinang	^{신 앙} 信仰	信仰	對某種主張、主義、宗教的極度信服和敬慕。
신용 sinyong	^{신 용} 信用	信用	能履行約定並取得他人的信任；聽信而納用；誠實不欺的美德。
신음 sineum	^{신 음} 呻吟	呻吟	因病痛或哀傷而發出聲音。
신의 sini	^{신 의} 信義	信義	信用和道義。
신인 sinin	^{신 인} 新人	新人	某方面新出現的新手、新參加的人、新人物等。
신임 sinim	^{신 임} 信任	信任	相信並放心地託付事情。
신장 sinjang	^{신 장} 身長	身長	身高。
신장 sinjang	^{신 장} 腎臟	腎臟	是脊椎動物體內的一種器官，屬於泌尿系統的一部分，負責過濾血液中的雜質、維持體液和電解質的平衡，最後產生尿液經由後續管道排出體外。
신조 sinjo	^{신 조} 信條	信條	普遍相信的任何原則或主張，（自己）堅信的事項；在宗教社群中，是一種固定而形式化的陳述，將這個群體中共有的信仰，歸結為一組核心的準則，作為宗教信仰的基礎。
신중 sinjoong	^{신 중} 愼重	慎重	謹慎認真不苟且。沉著冷靜而不輕率從事。

韓文	韓文漢字	中文字	意思
신진대사 sinjindaesa	신 진 대 사 新陳代謝	新陳代謝	指生物體不斷用新物質代替舊物質的過程；一切事態更新除舊的過程。
신청 sincheong	신 청 申請	申請	人民對政府或下級對上級的請求認可、許可等事項。
신체 sinchae	신 체 身體	身體	指人或動物的全身。
신축 sinchoog	신 축 伸縮	伸縮	伸展與收縮。
신춘 sinchoon	신 춘 新春	新春	指初春，早春。尤指春節過後的1、20天。
신출귀몰 sinchool gwimol	신 출 귀 몰 神出鬼沒	神出鬼沒	像神鬼那樣出沒無常，不可捉摸。
신통 sintong	신 통 神通	神通	神奇、高超的本領或手段。
신호 sinho	신 호 信號	信號	代替語言來傳達訊息、命令、報告的符號。如旗號、燈號等。用來傳遞消息或命令的光、電波、聲音、動作等的統稱。
신혼 sinhon	신 혼 新婚	新婚	指新近結婚。剛剛結婚不久。
신화 sinhwa	신 화 神話	神話	由人民集體口頭創作。關於天地的初創、神靈的奇蹟，以及說明風俗習慣、禮儀和信仰的起源與意義的故事。多為先民對無法理解的自然現象和社會生活的一種主觀幻想的解釋和美麗的嚮往，富有浪漫的色彩。
실권 silggwon	실 권 實權	實權	實際的權力。

▶韓文	▶韓文漢字	▶中文字	▶意思
실내 silae	실 내 室內	室內	一所建築物的內部;屋裡。
실력 silyeog	실 력 實力	實力	實際擁有的力量;實在的力量。多指物資、兵力等。
실례 silae	실 례 失禮	失禮	不合禮節;沒有禮貌。
실례 silae	실 례 實例	實例	實際存在的事例。
실록 silog	실 록 實錄	實錄	就是按照真實情況,把實際情況記錄或錄製下來。
실리 sili	실 리 實利	實利	實際利益。
실망 silmang	실 망 失望	失望	希望沒能實現。表示一種心理的期待落空。
실명 silmyeong	실 명 失明	失明	眼睛喪失了視力。
실명 silmyeong	실 명 實名	實名	真實的姓名。
실물 silmool	실 물 實物	實物	實際存在的東西。
실색 silsaek	실 색 失色	失色	失去原本的色彩或光彩;形容神色因驚惶改變。
실선 silseon	실 선 實線	實線	就整體看,不間斷、不彎曲、不交叉的直線。
실수 silsoo	실 수 失手	失手	因不小心而造成的錯誤。

韓文	韓文漢字	中文字	意思
실습 silseub	_{실 습} 實習	實習	實地練習及操作。
실언 sireon	_{실 언} 失言	失言	無意中說出不該說的話；說錯了話。
실업 sireob	_{실 업} 失業	失業	失去工作或找不到工作。
실업 sireop	_{실 업} 實業	實業	農、礦、工、商等經濟事業的總稱。
실연 siryeon	_{실 연} 失戀	失戀	戀愛中的男女，失去了對方的愛情。
실용 siryong	_{실 용} 實用	實用	有實際使用價值的。實際應用。
실의 siri	_{실 의} 失意	失意	不如意，不得志。
실적 siljjeok	_{실 적} 實績	實績	實際的成績。
실적 siljjeog	_{실 적} 業績	業績	泛指工作的成果、績效。
실전 siljjeon	_{실 전} 實戰	實戰	實際作戰。實際戰鬥。
실정 siljjeong	_{실 정} 實情	實情	真實的心情；實際情形。
실제 siljjae	_{실 제} 實際	實際	具體存在於眼前的事實及狀況。
실종 siljjong	_{실 종} 失踪	失蹤	指不落不明，找不到蹤跡。
실직 siljjik	_{실 직} 失職	失職	失業。

人

161

韓文	韓文漢字	中文字	意思
실책 silchaeg	실 책 失策	失策	指策劃不當或不周。失算。
실천 silcheon	실 천 實踐	實踐	實際去做；指改造社會和自然的有意識的活動。
실패 silpae	실 패 失敗	失敗	指嘗試去做，但事情沒有成功。
실험 silheom	실 험 實驗	實驗	科學上為闡明某現象或驗證某理論，用種種人為方法，加以反覆試驗，並觀察其變化；實際的經驗。
실현 silhyeon	실 현 實現	實現	使原本不存在的情況成為事實。
실화 silhwa	실 화 失火	失火	意外著火。發生火災。
실황 silhwang	실 황 實況	實況	實際情況。
심경 simgyeong	심 경 心境	心境	心中苦樂的情緒。
심리 simni	심 리 心理	心理	心理學上指人的頭腦對客觀事物的反映，包括感覺、知覺、記憶、思維和情緒等。
심사 simsa	심 사 心思	心思	思慮。
심사 simsa	심 사 深思	深思	深刻的思考。
심산 simsan	심 산 心算	心算	計劃，籌劃。盤算。
심산 simsan	심 산 深山	深山	幽深僻遠的山區。

韓文	韓文漢字	中文字	意思
심술 simsool	^{심 술} 心術	心術	居心，存心。
심신 simsin	^{심 신} 心身	心身	身體和精神。
심야 simya	^{심 야} 深夜	深夜	是指半夜以後，從零時起到天亮前的一段時間。
심오 simo	^{심 오} 深奧	深奧	（道理、含義）高深不易了解。
심의 simi	^{심 의} 審議	審議	審查討論。就一定的事件，為得出結論而開會調查其內容的意思。
심장 simjang	^{심 장} 心臟	心臟	中空、紅色的肌肉質器官，其大如拳，上大下小，略如圓錐，居胸腔中央，中分 4 室，行規則性的收縮，以保持血液的循環作用。主要功能是為血液流動提供動力，把血液運行至身體各個部分；比喻中心地帶或最重要的地方。
심정 simjeong	^{심 정} 心情	心情	內心的感情狀態。
심중 simjoong	^{심 중} 心中	心中	內心，心裡。
심취 simchwi	^{심 취} 心醉	心醉	形容極度傾倒愛慕、佩服。
심판 simpan	^{심 판} 審判	審判	對案件進行審理並加以判決。
심혈 simhyeol	^{심 혈} 心血	心血	心思、精神氣力。 為取得某種利益或結果而消耗的東西。
심호흡 simhoheub	^{심 호 흡} 深呼吸	深呼吸	把空氣深深的吸入肺中，再把它呼出。

人

▶韓文	▶韓文漢字	▶中文字	▶意思
십분 sipbbun	십 분 **十分**	**十分**	充分，十足。
십이월 sibiwol	십 이 월 **十二月**	**十二月**	西曆年中的第 12 個及每年最後的一個月，是大月，共有 31 天。
십이지장 sibijijang	십 이 지 장 **十二指腸**	**十二指腸**	十二指腸介於胃與空腸之間，十二指腸成人長度為 20～25cm，功能是消化及吸收營養物質。
십일월 sibirwol	십 일 월 **十一月**	**十一月**	西曆年中的第 11 個月，是小月，共有 30 天。
쌍방 ssangbang	쌍 방 **雙方**	**雙方**	指在某種場合中相對的兩個人或兩個集體。
쌍수 ssangsoo	쌍 수 **雙手**	**雙手**	兩隻手。兩手。

☀ 時間的念法

1 點 **한시** han.si	2 點 **두시** du.si	3 點 **세시** se.si	4 點 **네시** ne.si
5 點 **다섯시** da.seot.si	6 點 **여섯시** yeo.seot.si	7 點 **일곱시** il.gop.si	8 點 **여덟시** yeo.deol.si
9 點 **아홉시** a.hop.si	10 點 **열시** yeol.si	11 點 **열한시** yeol.han.si	12 點 **열두시** yeol.du.si

ㅇ行

아동 (兒童) /韓文+漢字 · 兒童/中文字
adong

指年紀小，未成年的男女。一般指小學生。《兒童權利公約》界定兒童是指 18 歲以下的任何人。

▶韓文	▶韓文漢字	▶中文字	▶意思
아량 aryang	雅量	雅量	寬宏的氣度。寬宏大量。
아사 asa	餓死	餓死	得不到食物供應，飢餓而死。
아세아 asaea	亞細亞	亞細亞	指整個亞洲。
악 ag	惡	惡	不良善的、壞的。與「善」相對。
악곡 akggog	樂曲	樂曲	凡符合音樂 3 要素（旋律、節奏、和聲）的有組織的聲音，稱為「樂曲」。
악기 akggi	樂器	樂器	泛指可以發聲演奏音樂的工具。
악단 akddan	樂團	樂團	演出音樂的團體。
악독 akddok	惡毒	惡毒	形容（心術、手段、語言）陰險狠毒。
악마 angma	惡魔	惡魔	比喻極為凶惡狠毒的人；宗教上指引誘人作惡，阻礙人修持善道的惡神。指擁有超自然力量的邪惡的鬼神、超自然的邪惡力量等邪惡存在。
악명 angmyeong	惡名	惡名	壞名聲。

韓文	韓文漢字	中文字	意思
악몽 angmong	^{악 몽} **惡夢**	惡夢	指睡眠時做的令人恐懼的夢，有時伴有胸悶氣短等難受感覺；也指引起難以擺脫的恐怖幻象或經歷。
악성 aksseong	^{악 성} **惡性**	惡性	不良的。能產生嚴重後果的。
악수 akssoo	^{악 수} **握手**	握手	彼此伸手相互握住，是見面時的禮節，亦可表示親近、信任、和好或合作等。
악습 aksseub	^{악 습} **惡習**	惡習	不良的習慣、壞習慣。
악어 ageo	^{악 어} **鰐魚**	鱷魚	動物名。一種爬蟲類。外形似蜥蜴，全身皮膚堅硬，前肢5趾，後肢有4趾，趾間有蹼。多生活於淡水中，游泳時，靠身體擺動及尾部拍擊前進。
악운 agoon	^{악 운} **惡運**	惡運	壞運氣，不好的遭遇。
악취 akchwi	^{악 취} **惡臭**	惡臭	難聞的臭氣。
악평 akpyeong	^{악 평} **惡評**	惡評	惡意的評價、評分。
악화 akwa	^{악 화} **惡化**	惡化	情況向壞的方面發展。
안건 anggeon	^{안 건} **案件**	案件	有關訴訟和違法的事件；泛指需要進行調查、審議的事件。
안경 angyeong	^{안 경} **眼鏡**	眼鏡	是鑲嵌在框架內的透鏡鏡片，戴在眼睛前方，以改善視力、保護眼睛或作裝飾打扮用途。
안과 anggwa	^{안 과} **眼科**	眼科	醫學上指治療眼病的一科。

▶韓文	▶韓文漢字	▶中文字	▶意思
안락 alak	安樂	安樂	安逸，快樂，舒適。
안마 anma	按摩	按摩	用手在人身上推、按、捏、揉，以促進血液循環，通經絡，調整神經功能。
안면 anmyeon	安眠	安眠	安穩地熟睡。
안면 anmyeon	顏面	顏面	面部。臉部。
안부 anboo	安否	安否	表示安或不安，吉還是兇。
안색 ansaek	顏色	顏色	臉色。
안약 anyag	眼藥	眼藥	眼藥。
안전 anjeon	安全	安全	沒有危險或不受威脅。
안정 anjeong	安定	安定	指（生活、形勢等）平靜正常，穩定，沒有波折或騷擾。
안타 anta	安打	安打	指打者把投手投出來的球擊出到界內，使打者本身能至少安全上到一壘的情形。
암기 amgi	暗記	暗記	默記。
암살 amsal	暗殺	暗殺	乘人不備而殺害（通常是謀殺政治立場、思想等不同的著名人物）。
암석 amseog	岩石	岩石	由一或多種礦物合成的集合體，是構成地殼的主要物質。據成因可分為火成岩、沉積岩、變質岩3類。

韓文	韓文漢字	中文字	意思
암시 amsi	^{암 시} 暗示	暗示	不明說而用別的話或表情、動作等向人示意;心理學名詞。謂用言語、手勢、表情等使人不加考慮地接受某種意見或做某事。催眠就是暗示作用。
암초 amcho	^{암 초} 暗礁	暗礁	水面下的不容易發現的礁石,常成為航行的障礙;比喻潛藏的障礙或危險。
암호 amho	^{암 호} 暗號	暗號	指為了不洩漏給第三者,而彼此約定的祕密信號(利用聲音、動作等)。
압도 apddo	^{압 도} 壓倒	壓倒	勝過;超越。
압력 amnyeog	^{압 력} 壓力	壓力	物體上所承受的作用力;逼人的威勢。
애국 aegoog	^{애 국} 愛國	愛國	忠愛自己的國家。
애도 aedo	^{애 도} 哀悼	哀悼	哀傷悼念往生者。
애매 aemae	^{애 매} 曖昧	曖昧	含混不清、幽暗不明;行為不光明磊落,有不可告人的隱私。
애모 aemo	^{애 모} 愛慕	愛慕	喜愛仰慕。
애석 aeseog	^{애 석} 哀惜	哀惜	哀憐。哀悼惋惜。
애석 aeseog	^{애 석} 愛惜	愛惜	愛護珍惜。
애수 aesoo	^{애 수} 哀愁	哀愁	哀傷悲愁。

韓文	韓文漢字	中文字	意思
애인 aein	애 인 **愛人**	**愛人**	情人；友愛他人。重視人類。
애절 aejeol	애 절 **哀切**	**哀切**	悲慘，淒切，十分悲痛。
애정 aejeong	애 정 **愛情**	**愛情**	愛的感情。從心裡覺得某人或某物很重要、很寶貴的心情；特指男女相戀的感情。
애증 aejeung	애 증 **愛憎**	**愛憎**	喜好和厭惡。
애통 aetong	애 통 **哀痛**	**哀痛**	哀傷悲痛。
애호 aeho	애 호 **愛好**	**愛好**	喜好、喜歡、喜愛。具有濃厚興趣並積極參加。
액운 aegwoon	액 운 **厄運**	**厄運**	困苦、悲慘的遭遇。
액체 aekchae	액 체 **液體**	**液體**	有一定體積，無一定形狀，而能流動的物體。如常溫下的水、油等。
야간 yagan	야 간 **夜間**	**夜間**	夜裡、晚間。指從日落到日出的這段時間。
야경 yagyeong	야 경 **夜景**	**夜景**	夜間的景色。
야만 yaman	야 만 **野蠻**	**野蠻**	未開化的；粗魯、蠻橫而不講理。
야생 yasaeng	야 생 **野生**	**野生**	未經人工飼養或培植而自然成長。
야성 yaseong	야 성 **野性**	**野性**	不馴順的性情。粗野的性質。

韓文	韓文漢字	中文字	意思
야수 yasoo	야 수 **野獸**	**野獸**	生長在山野間，沒有經過人工飼養、繁殖的獸類。
야심 yasim	야 심 **野心**	**野心**	貪婪非分的欲望。
야외 yawae	야 외 **野外**	**野外**	離市區較遠的地方。郊外。人煙稀少的地方。
야유 yayu	야 유 **揶揄**	**揶揄**	嘲笑，戲弄。
야합 yahap	야 합 **野合**	**野合**	不合社會規範的婚姻。
야행 yahaeng	야 행 **夜行**	**夜行**	夜間行走、行動。
약 yag	약 **藥**	**藥**	可以治病的東西；某些能發生特定效用的化學物質。如火藥等。
약국 yakggug	약 국 **藥局**	**藥局**	藥師根據醫師處方進行配藥的場所。泛指一般販賣藥品的西藥房。
약방 yakbbang	약 방 **藥房**	**藥房**	販賣藥品的商店。
약속 yakssok	약 속 **約束**	**約束**	約定。
약자 yakjja	약 자 **弱者**	**弱者**	身體不強健或力量薄弱的人。或社會地位勢力弱的人。
약점 yakjjeom	약 점 **弱點**	**弱點**	人的性格或性情最易受影響的方面；力量薄弱。不足的地方。
약주 yakjju	약 주 **藥酒**	**藥酒**	以各種藥材浸泡調製的酒。

韓文	韓文漢字	中文字	意思
약화 yakwa	약 화 弱化	弱化	逐漸衰弱；使變弱。削弱。
약효 yakyo	약 효 藥效	藥效	藥物的效用。
양 yang	양 羊	羊	泛稱哺乳綱偶蹄目牛科部分動物。如綿羊、山羊、羚羊等。皮、毛、角、骨都具利用價值，肉、乳可供人食用。
양가 yangga	양 가 良家	良家	清白人家。良民的家。
양귀비 yanggwibi	양 귀 비 楊貴妃	楊貴妃	唐代玄宗的寵妃。
양기 yanggi	양 기 陽氣	陽氣	春天陽光重回大地的氣息。
양단 yangdan	양 단 兩端	兩端	兩頭，事物的兩個端點。
양력 yangnyeog	양 력 陽曆	陽曆	陽曆（又稱太陽曆），起源於 6000 多年前的古埃及，為據地球圍繞太陽公轉軌道位置，或地球上所呈現出太陽直射點的週期性變化，所制定的曆法。
양보 yangbo	양 보 讓步	讓步	是指在爭執中部分地或全部地放棄自己的意見和利益。與對方的意見達成妥協。
양부모 yangboomo	양 부 모 養父母	養父母	合法收養關係中的收養人。
양분 yangboon	양 분 養分	養分	富有營養的成分。
양산 yangsan	양 산 陽傘	陽傘	用來遮避陽光的傘。以鐵、木或竹等作傘骨，用布、塑膠或油紙做成傘面。

▶韓文	▶韓文漢字	▶中文字	▶意思
양성 yangseong	養成	養成	培養而使之形成或成長。
양식 yangsik	洋式	洋式	歐美的式樣。
양식 yangsig	樣式	樣式	樣子、形式；指文藝作品的體裁。如詩歌、小說、散文、戲劇等。
양식 yangsig	養殖	養殖	培育和繁殖（水產動植物）。
양식 yangsig	糧食	糧食	烹飪食品中各種植物種子總稱，又稱「穀物」，含豐富營養，主要為蛋白質、維生素、膳食纖維、脂肪等。
양심 yangsim	良心	良心	善良的心地（多指內心對是非善惡合於道德標準的認知）。
양육 yangyuk	養育	養育	撫養教育。
양자 yangja	養子	養子	收養的而非親生的兒子。
양장 yangjang	洋裝	洋裝	西式的女子服裝；書籍採用西式的裝訂法。其裝訂線藏於封皮內。
양주 yangjoo	洋酒	洋酒	指源自西洋（歐洲及北美洲地區），或是在這個地區製造的各種酒和含酒精飲料。其中以葡萄酒、威士忌等最著名。這個名詞盛行於中國、日本與韓國等東亞地區。
양호 yangho	良好	良好	很好、極好的狀態。
어부 eoboo	漁夫	漁夫	泛指捕魚的人，包括漁民，屬第一級產業的職業。漁夫每次捕魚時要使用一些工具，再拿到市場販賣。

韓文	韓文漢字	中文字	意思
어시장 eosijang	어 시 장 魚市場	魚市場	買賣魚類的場所。
어업 eoeob	어 업 漁業	漁業	捕撈或養殖水生動植物的生產事業。一般分為海洋漁業和淡水漁業。
어학 eohag	어 학 語學	語學	研究言語、文字的性質及用法的學問；指對於外語的研究。外語的能力。
어항 eohang	어 항 魚缸	魚缸	養魚的容器。
어항 eohang	어 항 漁港	漁港	是指具有漁業功能、停泊漁船的港口。
어획 eohweg	어 획 漁獲	漁獲	捕撈魚類得到的收獲。
어휘 eohwi	어 휘 語彙	語彙	語言所用的語詞和固定詞組的總稱。除一般語詞外，並包括古語、方言、外來語詞語及各科術語等。
억만 eongman	억 만 億萬	億萬	泛稱極大的數目。
억울 eogwool	억 울 抑鬱	抑鬱	是情緒低落、厭惡活動的一種狀態，對人的思想、行為、感覺和身體健康都有一定影響。
억제 eokjje	억 제 抑制	抑制	指以一種力量阻止或預先防止的某些活動，或者限制人的活動於一定範圍之內。
언론 eolon	언 론 言論	言論	指言談；談論；發表的意見或議論。
언어 eoneo	언 어 言語	言語	所說的話。
엄밀 eommil	엄 밀 嚴密	嚴密	周密，沒有疏漏。細密周到地嚴格進行。

▶韓文	▶韓文漢字	▶中文字	▶意思
엄선 eomseon	엄 선 **嚴選**	**嚴選**	精選。嚴格挑選。精心挑選，高品質，最頂級的。
엄수 eomsoo	엄 수 **嚴守**	**嚴守**	嚴格遵守。
엄숙 eomsook	엄 숙 **嚴肅**	**嚴肅**	態度嚴正莊重。
엄중 eomjoong	엄 중 **嚴重**	**嚴重**	嚴肅認真；尊重、敬重。
업자 eopjja	업 자 **業者**	**業者**	經營某一行業的人或公司。
업주 eopjjoo	업 주 **業主**	**業主**	產業的所有者。
여가 yeoga	여 가 **餘暇**	**餘暇**	閒暇的時間。業餘時間。
여객 yeogaeg	여 객 **旅客**	**旅客**	臨時客居在外的人；旅行的人。
여경 yeogyeong	여 경 **女警**	**女警**	女性警察。
여공 yeogong	여 공 **女工**	**女工**	指從事紡織、刺繡、縫紉等工作的女性工人。
여관 yeogwan	여 관 **旅館**	**旅館**	營業性的供旅客住宿的地方。
여권 yeoggwon	여 권 **女權**	**女權**	婦女在社會上應享的權利。

韓文	韓文漢字	中文字	意思
여기자 yeogija	女記者 (여 기 자)	女記者	女性記者。
여력 yeoryeok	餘力 (여 력)	餘力	多餘的精力、經濟立，殘存的力量。
여론 yeoron	輿論 (여 론)	輿論	社會中相當數量的人對於一個特定話題所表達的個人觀點、態度和信念的集合體。
여명 yeomyeong	黎明 (여 명)	黎明	天快要亮或剛亮的時候。
여비서 yeobiseo	女秘書 (여 비 서)	女秘書	主要職責是協助領導人綜合情況，調查研究，聯繫接待，辦理文書和交辦事項等的女性。
여색 yeosaeg	女色 (여 색)	女色	女子的美色；色情。
여생 yeosaeng	餘生 (여 생)	餘生	指人的晚年或殘存的生命。
여성 yeoseong	女性 (여 성)	女性	是指雌性的人類。
여신 yeosin	女神 (여 신)	女神	是女性的神明或至尊的稱謂，特指神話傳說中的女性至高者。
여아 yeoa	女兒 (여 아)	女兒	家庭中的成員，由父母所生子女中的女性孩子，也可能是繼女，即配偶與前妻、前夫或他人所生的女兒。
여운 yeowoon	餘韻 (여 운)	餘韻	餘音；留下來的韻味、韻致。
여인 yeoin	女人 (여 인)	女人	泛稱成年女子。
여자 yeoja	女子 (여 자)	女子	泛指女性。

韓文	韓文漢字	中文字	意思
여학생 yeohaksaeng	여 학 생 **女學生**	**女學生**	仍然處在受教育階段的未婚適齡女性學生。
여행 yeohaeng	여 행 **旅行**	**旅行**	去外地辦事、謀生或為觀賞不同景色及了解異與自身文化的差別而遊覽。
여흥 yeoheung	여 흥 **餘興**	**餘興**	正事辦完後所舉行的娛樂活動。
역경 yeokggyeong	역 경 **逆境**	**逆境**	坎坷不順的境遇。
역대 yeokddae	역 대 **歷代**	**歷代**	過去的各世代、朝代。
역량 yeongnyang	역 량 **力量**	**力量**	力氣；能力。
역류 yeongnyu	역 류 **逆流**	**逆流**	迎著水流來的方向。
역사 yeokssa	역 사 **歷史**	**歷史**	指人類社會過去的事件和行動，以及對這些事件行為有系統的記錄、詮釋和研究；來歷。
역습 yeoksseup	역 습 **逆襲**	**逆襲**	謂防禦時以小部隊進行的反擊。
역전 yeokjjeon	역 전 **逆轉**	**逆轉**	指形勢或情況向相反的方向轉化。
역행 yeokaeng	역 행 **逆行**	**逆行**	指朝著與規定方向或自然法則，相反的方向行進。
연감 yeongam	연 감 **年鑑**	**年鑑**	每年出版的作為一年的統計、實況等的報告或總覽的書。
연고 yeongo	연 고 **軟膏**	**軟膏**	為一種或數種藥品，加以軟膏基劑，經研合均勻所製成的半固體外用製劑。

韓文	韓文漢字	中文字	意思
연고 yeongo	연 고 緣故	緣故	事情發生的因由。
연구 yeongoo	연 구 研究	研究	深入探索事物的性質、規律、道理等。
연금 yeongeum	연 금 年金	年金	為撫卹死亡、傷殘或獎勵退休、有功人員所定期支付的固定金額。
연기 yeongi	연 기 延期	延期	延長或推遲時日。
연기 yeongi	연 기 演技	演技	表演技巧，指演員運用各種技術和手法創造形象的能力。
연년 yeonnyeon	연 년 年年	年年	指每年。
연대 yeondae	연 대 年代	年代	將一世紀以連續的 10 年為階段劃分的叫法，通常適用於用公元紀年；特指一個朝代經歷的時間；年數。
연도 yeondo	연 도 年度	年度	根據業務性質和需要而規定的有一定起訖日期的 12 個月。
연도 yeondo	연 도 沿道	沿道	沿途。
연락 yeolag	연 락 連絡	連絡	通訊聯繫。是互相之間取得聯通關係的意思。
연령 yeolyeong	연 령 年齡	年齡	年紀，歲數。
연로 yeolo	연 로 年老	年老	年紀大的。
연료 yeolyo	연 료 燃料	燃料	可供燃燒而釋出熱能的物質。如煤、炭、汽油、煤氣等。

▲韓文	▲韓文漢字	▲中文字	▲意思
연루 yeoloo	연 루 連累	連累	因事拖連別人，使別人受到損害。
연륜 yeolyun	연 륜 年輪	年輪	樹木在一年內生長所產生的一個層，從橫斷面上看像一個(或幾個)輪，圍繞著過去產生的同樣的輪。
연말 yeonmal	연 말 年末	年末	一年的最後一段時間。
연맹 yeonmaeng	연 맹 聯盟	聯盟	兩個或兩個以上的獨立的國家或民族為了互相保衛通過正式協定(條約或合同)建立的集團。
연명 yeonmyeong	연 명 延命	延命	延長壽命。
연명 yeonmyeong	연 명 連名	連名	聯合簽名。
연미복 yeonmibog	연 미 복 燕尾服	燕尾服	一種男子西式的晚禮服。前短齊腹，後長齊膝關節，後下端開如燕尾。
연민 yeonmin	연 민 憐憫	憐憫	哀憐同情。
연분 yeonboon	연 분 緣分	緣分	人與人之間能夠相投契合的定分。
연상 yeonsang	연 상 連想	連想	聯想。
연설 yeonseol	연 설 演說	演說	指在聽眾面前，就某一問題表達自己的意見或闡明某一事理。
연소 yeonso	연 소 燃燒	燃燒	物質劇烈氧化而發熱發光。
연속 yeonsog	연 속 連續	連續	一個接一個；一次連一次。

韓文	韓文漢字	中文字	意思
연습 yeonseub	연 습 演習	演習	依照推測的各種可能情況，擬訂計畫，實際操練，使能熟習並改正缺點；練習、溫習使熟悉。
연습 yeonseub	연 습 練習	練習	反覆作習，使之熟練。
연안 yeonan	연 안 沿岸	沿岸	陸地和水域相接的部分。
연애 yeonae	연 애 戀愛	戀愛	指男女依戀相愛。兩個人互相愛慕行動的表現。
연약 yeonyag	연 약 軟弱	軟弱	不堅強。
연예 yeonye	연 예 演藝	演藝	戲劇、影視、歌舞、曲藝、雜技等表演藝術。
연유 yeonyu	연 유 緣由	緣由	事情的緣起與由來。
연인 yeonin	연 인 戀人	戀人	是指兩個人相互傾慕，在一起生活、一起攜手他們愛的對方的人。
연일 yeonil	연 일 連日	連日	接連數日。
연장 yeonjang	연 장 延長	延長	擴展長度，使更長。
연재 yeonjae	연 재 連載	連載	報刊雜誌分若干次連續刊載長篇作品。
연정 yeonjeong	연 정 戀情	戀情	愛慕的感情。
연주 yeonjoo	연 주 演奏	演奏	在公開的儀式中獨奏或合奏音樂。

韓文	韓文漢字	中文字	意思
연지 yeonji	연 지 臙脂	胭脂	紅色系列的化妝用品。多塗抹於兩頰、嘴脣，亦可用於繪畫。
연체 yeonchae	연 체 延滯	延滯	拖延耽誤。
연출 yeonchool	연 출 演出	演出	把戲劇、舞蹈、曲藝、雜技等演給觀眾欣賞。
연패 yeonpae	연 패 連霸	連霸	連續在競賽中獲得冠軍。
연필 yeonpil	연 필 鉛筆	鉛筆	將石墨粉和黏土製成的筆心，嵌入圓條形的木管或其他質料的筆管中，所做成的書寫工具。
연합 yeonhab	연 합 聯合	聯合	放在一起形成一個單位。結合。
연해 yeonhae	연 해 沿海	沿海	順著海邊或靠海地帶。
연혁 yeonhyeog	연 혁 沿革	沿革	沿襲和變革。指稱事物變遷的過程。
열기 yeolgi	열 기 熱氣	熱氣	熱的氣體；溫度較高的空氣；激情、熱情。
열대 yeolddae	열 대 熱帶	熱帶	赤道兩側南回歸線和北回歸線之間的地帶。
열도 yeolddo	열 도 列島	列島	排列成線形或成弧形的群島。
열등 yeolddeung	열 등 劣等	劣等	低劣的檔次；最次的級別。
열람 yeolam	열 람 閱覽	閱覽	觀看，閱讀 (文字、圖表等)。

韓文	韓文漢字	中文字	意思
열량 yeolyang	열 량 熱量	熱量	食物經消化吸收後，在體內部分轉變為能量，然後以熱的形式，或以能的形式被利用。
열정 yeoljjeong	열 정 熱情	熱情	指人參與活動或對待別人所表現出來的熱烈，積極，主動，友好的情感或態度。
열세 yeolssae	열 세 劣勢	劣勢	條件或處境較差的形勢。
열심 yeolssim	열 심 熱心	熱心	形容人做事積極且富關懷熱情。
열전 yeoljjeon	열 전 熱戰	熱戰	泛指各種激烈的競爭；相對於冷戰而言。
열차 yeolcha	열 차 列車	列車	行駛於軌道上，由機頭牽引車廂，連掛成列的車輛。
열탕 yeoltang	열 탕 熱湯	熱湯	沸水；熱水。
염가 yeomgga	염 가 廉價	廉價	便宜的價錢。
염료 yeomnyo	염 료 染料	染料	供染色用的物質。有用化學方法所製成的人工染料，或直接染色於纖維或織品的染料。
염불 yeombool	염 불 念佛	念佛	佛教修行方法的一類，即口誦「阿彌陀佛」或「南無阿彌陀佛」。用以表示感謝佛的保佑等。
염세 yeomsae	염 세 厭世	厭世	消極悲觀，對人生不抱希望。
염오 yeomo	염 오 厭惡	厭惡	極度的反感或不喜歡。
염치 yeomchi	염 치 廉恥	廉恥	廉潔的情操與羞恥心。

韓文	韓文漢字	中文字	意思
영 yeong	영 零	零	數的空位，亦指小於所有正數，大於所有負數的數。阿拉伯數字作「0」。
영감 yeonggam	영 감 靈感	靈感	指文藝、科技活動中瞬間產生的富有創造性的突發思維狀態；靈驗有感應。
영결 yeonggyeol	영 결 永訣	永訣	永別。指死別。
영구 yeonggoo	영 구 永久	永久	時間上沒有終止，永遠。
영국 yeonggoog	영 국 英國	英國	國名。西北歐島國。東瀕北海，南隔英吉利海峽與法國相望，西北瀕大西洋。
영도 yeongdo	영 도 領導	領導	統率，引導。
영락 yeongnag	영 락 零落	零落	人事衰頹。身世落魄。
영롱 yeongnong	영 롱 玲瓏	玲瓏	玉聲、清越的聲音；明亮的樣子。
영리 yeongni	영 리 營利	營利	營利是指以金錢、財務、勞務等為資本而獲得經濟上的利益。盈利即贏利。
영면 yeongmyeon	영 면 永眠	永眠	永遠安睡。作為死亡的代詞。
영문 yeongmoon	영 문 英文	英文	英國的語言和文字。
영사 yeongsa	영 사 領事	領事	一國根據協議派駐他國某城市或某地區的代表。一般有總領事、領事、副領事和領事代理人。
영상 yeongsang	영 상 映像	映像	（太陽或月光）投映照射。

韓文	韓文漢字	中文字	意思
영수 yeongsoo	^{영　수} **領袖**	領袖	衣服的領子和袖子；是指有組織的社會結構中握有最高權力的人或團體，不同組織的領袖有不同的銜稱，例如村落的領袖稱為村長、國家的領袖稱為國王、元首、皇帝、總統等。
영아 yeonga	^{영　아} **嬰兒**	嬰兒	指剛出生小於1週歲的兒童。
영애 yeongae	^{영　애} **令愛**	令愛	敬稱他人的女兒。
영약 yeongyag	^{영　약} **靈藥**	靈藥	具有神奇效果的藥品。
영양 yeongyang	^{영　양} **營養**	營養	提供個體能量，維持生命活力、抵抗力的養分。
영어 yeongeo	^{영　어} **英語**	英語	英、美等民族的語言。屬於印歐語系，在世界6大洲廣泛使用。分布在英國、美國、加拿大、澳大利亞等地。文字採用拉丁字母。
영업 yeongeob	^{영　업} **營業**	營業	經營業務。指以營利為目的，經商、做生意。
영역 yeongyeog	^{영　역} **領域**	領域	國家主權所及的區域。包括陸、海、空3方面；事物的範圍。
영예 yeongye	^{영　예} **榮譽**	榮譽	光榮的名譽。
영웅 yeongwoong	^{영　웅} **英雄**	英雄	指品格優秀、做出超越常人事績的人。在傳說中，英雄往往具有超人的能力或勇武；在歷史上，英雄往往具有很強的人格魅力，親自做出或領導人們做出有重大意義的事情，受到民眾擁戴。
영원 yeongwon	^{영　원} **永遠**	永遠	永久，恆久，長遠。

Track
19

183

▲韓文	▲韓文漢字	▲中文字	▲意思
영재 yeongjae	영 재 英才	英才	才華特出的人。
영지 yeongji	영 지 靈芝	靈芝	植物名。多孔菌科靈芝屬。子實體有一長柄，其上具有一腎形菌蓋，呈黑褐色，有雲狀環紋。
영토 yeongto	영 토 領土	領土	是指主權國家所管轄的地區範圍，通常包括一個該國國界（邊境）內的陸地（即領陸）、內水（包括河流、湖泊、內海），以及它們的底床、底土和上空（領空），有時亦會包括領海。
영하 yeongha	영 하 零下	零下	表示溫度在零度以下的用詞。
영해 yeonghae	영 해 領海	領海	距離一國海岸線一定寬度的海域，是該國領土的一部分。
영향 yeonghyang	영 향 影響	影響	以間接或無形的方式來作用或改變（人或事）的行為、思想或性質。
영혼 yeonghon	영 혼 靈魂	靈魂	迷信者認為附於人體的精神或心意之靈。
예리 yeri	예 리 銳利	銳利	刀鋒尖銳鋒利；比喻目光、言論或文筆很尖銳、犀利。
예물 yemul	예 물 禮物	禮物	通常是人和人之間互相贈送的物件。而目的是為了取悅對方，或表達善意、敬意。
예법 yebbeob	예 법 禮法	禮法	禮儀法度。
예불 yebool	예 불 禮佛	禮佛	就是向佛禮拜，懺悔吾人所造之業，以為滅障消災增加福慧的殊勝法門。
예술 yesool	예 술 藝術	藝術	人以形象、聲音等表達概念，創作具審美價值的事物。如詩詞歌賦、戲劇、音樂、繪畫、雕塑、建築等。

韓文	韓文漢字	中文字	意思
예외 yewae	예외 **例外**	例外	指超出常例之外。即在一般的規律、規定之外的情況。
예의 yei	예의 **禮儀**	禮儀	禮節的規範與儀式。禮儀是指人們在社會交往活動中形成的行為規範與準則。具體表現為禮貌、禮節、儀表、儀式等。
예절 yejeol	예절 **禮節**	禮節	禮制的儀式、規矩。
오감 ogam	오감 **五感**	五感	身體能感知到5種基本感覺,這5種感覺是聽覺、觸覺、視覺、味覺和嗅覺。
오곡 ogog	오곡 **五穀**	五穀	泛指各種主要的穀物。普通說法以稻、小米、高粱、大麥、豆類為五穀。
오기 ogi	오기 **傲氣**	傲氣	指自尊心很強,驕傲而且對自己的各方面有自信和滿足,但有時會看不起別人,認為自己是最好的。
오락 orag	오락 **娛樂**	娛樂	是一項能吸引觀眾的注意力與興趣,並讓觀眾感到愉悅與滿足的,具有快樂、解悶、放鬆、休閒等特徵,且有別於教育和營銷的活動。既可以是一個想法、一項任務,但更可能是一個活動或事件。
오만 oman	오만 **傲慢**	傲慢	是貶義詞。指一種精神狀態,含有自高自大、目空一切的意味,用於形容人的態度、表情、舉止。也指看不起別人,對人不敬重,主要用於描述人的態度。
오명 omyeong	오명 **污名**	污名	壞名聲。
오열 oyeol	오열 **嗚咽**	嗚咽	指傷心哽泣的聲音,形容低沉悽切悲感的聲音。
오염 oyeom	오염 **污染**	污染	是指使沾上髒物;也有感染,因有害物質的傳播而造成危害。

韓文	韓文漢字	中文字	意思
오장육부 ojangyukbboo	오 장 육 부 **五臟六腑**	五臟六腑	五臟六腑為人體內臟器官的總稱。五臟，指心、肝、脾、肺、腎。六腑，指胃、大腸、小腸、三焦、膀胱、膽。
오점 ojjeom	오 점 **汚點**	污點	沾染在人身或物體上的污垢；不光彩的事跡。
오차 ocha	오 차 **誤差**	誤差	一般用來說明事實和事實真象之間的差距；數學上指近似值與真值之間的差，稱為「誤差」。
오찬 ochan	오 찬 **午餐**	午餐	中午食用的餐點。
오한 ohan	오 한 **惡寒**	惡寒	凡患者自覺怕冷，多加衣被，或近火取暖，仍感寒冷不能緩解的，稱為惡寒。
오해 ohae	오 해 **誤解**	誤解	對事實或語言，理解得不正確。
온건 ongeon	온 건 **穩健**	穩健	想法或言行舉止，穩重、不浮躁。不輕舉妄動。
온난 onnan	온 난 **溫暖**	溫暖	暖和。天氣溫暖。
온당 ondang	온 당 **穩當**	穩當	牢靠妥當；穩重妥當。
온도 ondo	온 도 **溫度**	溫度	根據某個可觀察現象（如水銀柱的膨脹），按照幾種任意標度之一所測得的冷熱程度。
온실 onsil	온 실 **溫室**	溫室	指有防寒、加溫和透光等設施，供冬季培育喜溫植物的房間。
온정 onjeong	온 정 **溫情**	溫情	溫順體貼的情意。
온천 oncheon	온 천 **溫泉**	溫泉	是一種由地下自然湧出的泉水，其水溫較環境年平均溫高攝氏 5 度，或華氏 10 度以上。在學術上，湧出地表的泉水溫度高於當地的地下水溫者，即可稱為溫泉。

韓文	韓文漢字	中文字	意思
온화 onhwa	온 화 溫和	溫和	使人感到暖和的適當溫度；形容人的性情或態度平和溫順。
옹색 ongsaek	옹 색 擁塞	擁塞	阻塞不通暢。
옹호 ongho	옹 호 擁護	擁護	支持、愛護。
와병 wabyeong	와 병 臥病	臥病	因病躺臥在床。
와해 wahae	와 해 瓦解	瓦解	比喻解體、分裂或潰散。
완강 wangang	완 강 頑強	頑強	堅強固執。頑強不屈。
완구 wangoo	완 구 玩具	玩具	泛指可寓教於樂用來玩的物品，玩具有不同的材質和遊玩形式，可以是自然物體如泥土、石塊、樹枝、貝殼等；玩具也可以是人工製作，如布偶、卡牌、積木、拼圖等；可供遊戲玩弄的東西。
완두 wandoo	완 두 豌豆	豌豆	植物名。豆科一年生草本植物，蔓生，複葉，夏初開蝶形小花，結實成莢，嫩莢及種子皆可食。
완력 walyeog	완 력 腕力	腕力	手腕的力量；腕部的力量、臂力。
완료 walyo	완 료 完了	完了	(事情) 結束。
완만 wanman	완 만 緩慢	緩慢	不快、遲緩；（辦事方法）不嚴、怠慢。
완전 wanjeon	완 전 完全	完全	完美；完善；全部；完整。應有盡有。

韓文	韓文漢字	中文字	意思
완충 wanchoong	緩衝	緩衝	使衝突或緊張的情緒、氣氛緩和平穩。
완화 wanhwa	緩和	緩和	使局勢、氣氛等變得平和。
왕년 wangnyeon	往年	往年	以往的年頭;過去,從前。
왕래 wangnae	往來	往來	原指去與來;後多指人與人之間的彼此往來、聚會應酬;反覆來回。
왕비 wangbi	王妃	王妃	帝王的姬妾。
왕성 wangseong	旺盛	旺盛	生命力強,精力旺盛。
왕실 wangsil	王室	王室	王族,皇家。
왕자 wangja	王子	王子	一國之君的兒子。
왕후 wanghoo	王后	王后	帝王的正妻。皇后。
왜소 waeso	矮小	矮小	低小,短小。是指身高低於平均身高的人。矮小的身材。
외계 waegae	外界	外界	某個範圍以外的空間、環境。
외과 waeggwa	外科	外科	臨床醫學的一大分支。對外傷或體內各種疾病通過手術治療的一個醫學分科。相對於內科而言。
외관 waegwan	外觀	外觀	外表的形態。事物從外側看到的樣子。

韓文	韓文漢字	中文字	意思
외교 waegyo	外交	外交	一個國家處理對外關係及參與國際活動的行為或政策。
외국 waegoog	外國	外國	本國以外的國家。
외근 waegeun	外勤	外勤	某些單位經常在外面進行的工作，如營業、採訪、採購、勘探等。相對於內勤而言。
외래 waerae	外來	外來	從外界或外部而來。從外地或外國來的。
외면 waemyeon	外面	外面	物體外側的面，表面。
외모 waemo	外貌	外貌	最常用於描述人的外表，容貌；也形容空間以及物體的外觀結構，容貌。
외부 waeboo	外部	外部	物體的表面，事物的外面；某一範圍以外。
외빈 waebin	外賓	外賓	來自他國的賓客。
외상 waesang	外傷	外傷	身體或物體由於外界物體的打擊、碰撞或化學物質的侵蝕等造成的外部損傷。
외설 waeseol	猥褻	猥褻	指粗鄙下流的言語或行為。
외손 waeson	外孫	外孫	對女兒的兒子的稱呼。
외손녀 waesonnyeo	外孫女	外孫女	稱女兒的女兒。
외야 waeya	外野	外野	棒球場地中，一、二、三壘的接觸線與全壘打線間的範圍，稱為「外野」。

▲韓文	▲韓文漢字	▲中文字	▲意思
외조모 waejomo	外祖母	外祖母	對媽媽的母親的稱呼。
외조부 waejoboo	外祖父	外祖父	對媽媽的父親的稱呼。
외지 waeji	外地	外地	指國外。
외출 waechool	外出	外出	出外。特指因事到外地去。
외투 waetoo	外套	外套	在平常服裝外面所加的禦寒外衣。
요란 yoran	擾亂	擾亂	破壞，騷擾；紛擾，紛亂。
요령 yoryeong	要領	要領	比喻事情的要點、主旨、綱領；訣竅，竅門。
요리 yori	料理	料理	菜餚。
요새 yosae	要塞	要塞	多指軍事或國防上的重要據點。
요소 yoso	要素	要素	構成事物的必要因素。必要不可欠缺的根本條件。
요술 yosool	妖術	妖術	怪異邪惡的法術。
요양 yoyang	療養	療養	治療、休養以恢復健康或體力。
요절 yojeol	夭折	夭折	短命早死。

韓文	韓文漢字	中文字	意思
요점 yojjeom	要點	要點	言詞、書籍等的重要處。
요지 yoji	要旨	要旨	主要的旨趣、意思。重要的本意。
요통 yotong	腰痛	腰痛	下背痛。
요행 yohaeng	僥倖	僥倖	憑藉機運而意外獲得成功，或倖免於難。
욕망 yongmang	欲望	欲望	想要得到某種東西或目的的意念、願望。
욕실 yokssil	浴室	浴室	洗澡用的房間。
용 yong	龍	龍	傳說中的動物。頭生角、鬚，身似大蛇，有鱗、爪，能飛天、潛水，忽來忽去，有雲相襯。古代用以比喻君王。
용기 yonggi	勇氣	勇氣	是選擇和意志去直面苦惱，痛苦，危險，不確定性或威脅，在這些複雜情況和危險之下，主體依然可以意識到內在的力量，保持自信，泰然處之。
용기 yonggi	容器	容器	盛物品的器具。
용납 yongnap	容納	容納	包容，接受。
용도 yongdo	用途	用途	應用的層面、範圍。
용모 yongmo	容貌	容貌	面貌，相貌。

韓文	韓文漢字	中文字	意思
용법 yongbbeob	용 법 **用法**	**用法**	使用的方法。
용사 yongsa	용 사 **勇士**	**勇士**	有勇氣膽量的人。
용어 yongeo	용 어 **用語**	**用語**	措辭、說話或作文時所使用的語詞；術語，專業性質的語詞。
용이 yongi	용 이 **容易**	**容易**	簡單，不困難。
용적 yongjeog	용 적 **容積**	**容積**	容器或其他物體所能容受的體積。
용지 yongji	용 지 **用地**	**用地**	供作某項用途的土地。
용품 yongpoom	용 품 **用品**	**用品**	供使用的物品。
우둔 woodoon	우 둔 **愚鈍**	**愚鈍**	愚蠢、反應遲鈍。
우등 woodeung	우 등 **優等**	**優等**	上等，良好的等級。
우량 wooryang	우 량 **優良**	**優良**	優良指良好，十分好。
우려 wooryeo	우 려 **憂慮**	**憂慮**	憂愁擔心。感到不安。
우롱 woorong	우 롱 **愚弄**	**愚弄**	是指矇蔽捉弄他人。
우범 woobeom	우 범 **虞犯**	**虞犯**	即最有可能犯罪的人。

▶韓文	▶韓文漢字	▶中文字	▶意思
우산 woosan	^{우 산} **雨傘**	**雨傘**	遮雨用的傘。多用油紙、油布或塑膠布料等製成。
우선 wooseon	^{우 선} **優先**	**優先**	指放在他人或他事之前。在次序上先實行。
우세 woosae	^{우 세} **優勢**	**優勢**	處於較有利的形勢或環境。
우수 woosoo	^{우 수} **偶數**	**偶數**	雙數。即凡能以 2 除盡的數，如 2、4、6等。相等於奇數而言。
우수 woosoo	^{우 수} **憂愁**	**憂愁**	擔憂發愁。
우수 woosoo	^{우 수} **優秀**	**優秀**	才能傑出，超出眾人。
우아 wooa	^{우 아} **優雅**	**優雅**	優美高雅。高尚文雅。優雅是一種和諧，類似於美麗，只不過美麗是上天的恩賜，而優雅是藝術的產物。優雅從文化的陶冶中產生，也在文化的陶冶中發展。
우열 wooyeol	^{우 열} **優劣**	**優劣**	優和劣。指強弱、大小、好壞、工拙等。謂評定高下好壞等。
우울 woowool	^{우 울} **憂鬱**	**憂鬱**	一種情緒與心理狀態，指一個人呈現哀傷、心情低落的狀況，絕望與沮喪為其特色。這是人類正常的情緒之一，但是強烈而長久持續的憂鬱情緒，可能是精神疾病造成。
우월 woowool	^{우 월} **優越**	**優越**	優異，超越他人。
우유 wooyu	^{우 유} **牛乳**	**牛乳**	牛的乳汁。

Track **20**

| --- | --- | --- | --- |
우의 wooi	^{우 의} 雨衣	雨衣	遮雨的外衣。
우의 wooi	^{우 의} 友誼	友誼	朋友的交情、情誼。
우익 wooig	^{우 익} 右翼	右翼	右翅膀；軍隊前進時靠右邊的部隊；右傾，保守派，主張維持政經、社會等的現狀，反對激烈改革的一派；右外場。
우정 woojeong	^{우 정} 友情	友情	朋友間的情誼、交情。
우주 woojoo	^{우 주} 宇宙	宇宙	是所有時間、空間與其包含的內容物所構成的統一體；它包含了行星、恆星、星系、星系際空間、次原子粒子以及所有的物質與能量，宇指空間，宙指時間。
우천 woocheon	^{우 천} 雨天	雨天	下雨的日子。
우측 woocheuk	^{우 측} 右側	右側	右邊。
우표 woopyo	^{우 표} 郵票	郵票	黏貼在信件上的印花紙片。為已繳納郵費的憑證。
우호 wooho	^{우 호} 友好	友好	友愛和好。
우환 woohwan	^{우 환} 憂患	憂患	困苦患難或憂慮的事情。
우회 woohwae	^{우 회} 迂回	迂迴	曲折迴旋，走彎路；進攻的軍隊繞向敵人深遠側後作戰。
운동 woodong	^{운 동} 運動	運動	物體處於非靜止的狀態或改變位置的現象；活動筋骨，使血脈暢通，以增進身體健康；遊說他人或四處奔走以求達到某種目的。

韓文	韓文漢字	中文字	意思
운송 woosong	운 송 運送	運送	載運輸送物品等。
운하 woonha	운 하 運河	運河	運用人力開鑿或疏濬而成的內陸運輸水道。
웅변 woongbyeon	웅 변 雄辯	雄辯	形容論辯時，言辭強而有力、滔滔不絕。
웅지 woongji	웅 지 雄志	雄志	雄心壯志。遠大的志向。
원고 wongo	원 고 原稿	原稿	作品最初的底稿。
원로 wolo	원 로 元老	元老	意思是古時稱天子的老臣，現指政界輩份資望高的人，或組織機構的創始人及最早的一批開拓者。
원료 wolyo	원 료 原料	原料	製造物品所用的材料。
원류 wolyu	원 류 源流	源流	水的本源；比喻事物的起源和發展。
원리 woli	원 리 原理	原理	真理或規則的根據。
원만 wonman	원 만 圓滿	圓滿	完滿而無缺失。
원산지 wonsanji	원 산 지 原産地	原産地	來源地，由來的地方。
원성 wonseong	원 성 怨聲	怨聲	忿怨不平之聲。

韓文	韓文漢字	中文字	意思
원수 wonsoo	元首	元首	一國最高的首長。
원수 wonsoo	元帥	元帥	軍隊中的最高統帥。
원숙 wonsoog	圓熟	圓熟	嫻熟。熟練;精明老練。靈活變通。
원시 wonsi	原始	原始	最早期、尚未開發的狀態。
원앙 wonang	鴛鴦	鴛鴦	水鳥,比鴨小,棲息於池沼之上,雌雄常在一起。
원예 wonye	園藝	園藝	種植蔬菜、花卉、果樹等的學問及技藝。
원인 wonin	原因	原因	造成某種結果或引起另一件事情發生的條件。
원자 wonja	原子	原子	構成化學元素的最小粒子。由質子、中子和電子組合而成。
원점 wonjjeom	原點	原點	數學上座標系統的原點;今多比喻為開始的地方。出發的地方;指稱事件最初的狀態。
원조 wonjo	元祖	元祖	最初得姓的祖先。後用以稱有世系可考的最早的祖先;比喻學派或行業的創始者。
원조 wonjo	援助	援助	以出錢、出力或出主意以及提供精神上支持等方式幫助處於困境的人。
원칙 wonchik	原則	原則	作為依據的基本準則。
원한 wonhan	怨恨	怨恨	由於某些原因心裡充滿強烈仇恨;或一種對他人不滿的情緒反應,是潛藏心中隱忍未發的怒意。

韓文	韓文漢字	中文字	意思
월간 wolgan	월 간 月刊	月刊	月刊就是一個月出版一次的出版物。
월경 wolgyeong	월 경 月經	月經	生理機能成熟的女性，約在 14 歲至 45 歲之間，每月子宮黏膜脫落，所發生周期性陰道流血的現象。
월남 wolam	월 남 越南	越南	是位於東南亞的中南半島東端的社會主義國家，北鄰中國，西接柬埔寨和老撾，擁有超過 9,600 萬人口。越南的首都是河內市，最大城市是胡志明市。
월병 wolbyeong	월 병 月餅	月餅	一種包餡的糕餅點心，為中秋節應節食品。
월식 wolssig	월 식 月食	月食	地球運轉至月球與太陽之間時，造成月球部分或完全被地球的影子遮蔽的現象。也作「月蝕」。
월초 wolcho	월 초 月初	月初	每月起初的幾天。
위 wi	위 胃	胃	人或其他動物的消化器官之一，形狀像口袋，上端和食道相連接，下端則和十二指腸相連。能產生胃液，消化食物。
위급 wigeup	위 급 危急	危急	危險而緊急。
위기 wigi	위 기 危機	危機	指危險、困難的關頭。是給測試決策和問題解決能力的一刻，是人生、團體、社會發展的轉捩點，生死攸關、利益轉移，有如分叉路。
위대 widae	위 대 偉大	偉大	形容事物的成就卓越非凡，影響極大。
위독 widok	위 독 危篤	危篤	病勢危急。

▲韓文	▲韓文漢字	▲中文字	▲意思
위력 wiryeog	威力	威力	壓倒對方，令人畏懼的強大力量。
위문 wimoon	慰問	慰問	（用話或物品）安慰問候。
위반 wiban	違反	違反	違背，不遵守。
위배 wibae	違背	違背	違反、不遵守命令、規則、約定 等。
위법 wibeob	違法	違法	不守法，違背法律的規定。
위생 wisaeng	衛生	衛生	預防疾病，追求健康的觀念和措 施。
위선 wiseon	僞善	偽善	故意裝出來的友善，虛偽的善意。
위성 wiseong	衛星	衛星	凡環繞行星周圍運行的天體，稱為 「衛星」。
위세 wisae	威勢	威勢	威力權勢；指威力和氣勢。
위신 wisin	威信	威信	威望與信譽、信賴。
위엄 wieom	威嚴	威嚴	使人敬畏的莊嚴氣勢。
위원 wiwon	委員	委員	組織或團體中，被指派擔任特定工 作的人。
위인 wiin	爲人	為人	做人處世的態度。

韓文	韓文漢字	中文字	意思
위인 wiin	偉人	偉人	品格高超或功業不凡的人。
위임 wiim	委任	委任	委託，任用。
위자 wija	慰藉	慰藉	安撫、安慰。在精神層面給予安慰，在思想上給予鼓勵。
위장 wijang	胃腸	胃腸	消化系統的胃和小腸、大腸部分。胃和小腸是營養吸收的核心。人體需要的營養幾乎都需經過腸胃。
위장 wijang	僞裝	偽裝	假裝，改裝掩飾真正的面目或身分。
위조 wijo	僞造	偽造	模仿真品而加以製造。
위증 wijeung	僞證	偽證	法院審判案件時，其證人、鑑定人、通譯，對於有關案情的事項作虛偽的供述者。
위축 wichook	萎縮	萎縮	生物體因病變、機能減退而逐漸衰弱；衰退。
위치 wichi	位置	位置	指空間分佈，所在或所占的地方，所處的方位；所處地位或地方。
위탁 witag	委託	委託	委任、託付。委請託付別人代勞處理某件事情。
위통 witong	胃痛	胃痛	胃部疼痛。
위풍 wipoong	威風	威風	神氣、有氣派。
위험 wiheom	危險	危險	艱危險惡，不安全。謂有可能導致災難或失敗。

韓文	韓文漢字	中文字	意思
위협 wihyeop	^{위 협} 威脅	威脅	以權勢威力脅迫。
유감 yugam	^{유 감} 遺憾	遺憾	指不滿意、悔恨、不甘心的事情，由無法控制的或無力補救的情況所引起的後悔。
유괴 yugwae	^{유 괴} 誘拐	誘拐	引誘拐騙。
유교 yugyo	^{유 교} 儒敎	儒教	以儒家學說為中心而形成的思想學派或教義。
유년 yunyeon	^{유 년} 幼年	幼年	年歲幼小的時候。
유도 yudo	^{유 도} 柔道	柔道	一種徒手搏擊的武術運動。由中國柔術傳至日本發展而成。攻防、對練時以柔能克剛、剛柔並濟為特點，近似於摔跤。
유도 yudo	^{유 도} 誘導	誘導	勸誘開導。
유동 yudong	^{유 동} 流動	流動	不靜止，不固定。
유람 yuram	^{유 람} 遊覽	遊覽	遊歷參觀。
유랑 yurang	^{유 랑} 流浪	流浪	四處飄泊，沒有固定的居所。
유래 yurae	^{유 래} 由來	由來	事情發生的原因，歷來。
유력 yuryeog	^{유 력} 有力	有力	有財力或權威勢力；有力量；分量重。

韓文	韓文漢字	中文字	意思
유리 yuri	유리 有利	有利	有利益，有好處。
유리 yuri	유리 琉璃	琉璃	青色的寶石。
유린 yurin	유린 蹂躪	蹂躪	比喻用暴力欺壓、侮辱、侵害，搓 楞，虐襲。
유명 yumyeong	유명 有名	有名	名字為大家所熟知；出名。
유물 yumool	유물 遺物	遺物	死者遺留下來的物品。古代人類所 遺留下來的東西、器物。可供考古 學家研究，一為文化遺物，如器 物、建築等。
유방 yubang	유방 乳房	乳房	位於哺乳動物的胸部或腹部，左右 成對。雌性的乳房包含乳腺等腺 體，可分泌乳汁哺育幼兒。男性乳 房一般不發育，但存有乳腺組織。
유비무환 yubimoohwan	유비무환 有備無患	有備無患	事先有準備，即可免除急需時不就 手的困難。
유산 yusan	유산 流産	流産	指未發育完全的胎兒因自然或人為 因素，以致無法活而從子宮排出 的現象；比喻計畫或事情因故中止。
유산 yusan	유산 遺産	遺産	人死後所遺留下來的一切財產；泛 稱由古代遺留後世的文物、事蹟、 業績。
유산균 yusangyun	유산균 乳酸菌	乳酸菌	分解單醣並使乳酸發酵的細菌。對 於酸性有抵抗力，常用於發酵及酪 品製造。
유서 yuseo	유서 遺書	遺書	死者所遺留的文字、書信；由後人 所統整、刊行的前人遺著。
유성 yuseong	유성 流星	流星	夜晚快速飛越天空的輝亮星體。原 為太空中漂浮的塵埃、碎片，進入 地球大氣層後，與空氣摩擦燃燒發 光，而形成如箭的光跡。

▶韓文	▶韓文漢字	▶中文字	▶意思
유세 yusae	유 세 **遊說**	遊說	以言語說動他人，使聽從自己的主張。
유순 yusoon	유 순 **柔順**	柔順	溫柔和順。順從；溫順。
유실 yusil	유 실 **遺失**	遺失	由於疏忽而失掉。
유언 yueon	유 언 **遺言**	遺言	人在臨終前所遺留的言辭。
유연 yuyeon	유 연 **柔軟**	柔軟	身體軟而不堅硬；想法和順不剛硬。
유예 yuye	유 예 **猶豫**	猶豫	指遲疑，不果斷，缺少主見，對事難以做決定。唯唯諾諾，自己缺少對事情的看法，見解。
유용 yuyong	유 용 **有用**	有用	有用處、有用途。
유익 yuig	유 익 **有益**	有益	有幫助、有利益可尋。
유자 yuja	유 자 **柚子**	柚子	柚樹的果實。
유적 yujeok	유 적 **遺跡**	遺跡	指古代或舊時代的人和事物遺留下來的痕跡。
유전 yujeon	유 전 **遺傳**	遺傳	生物將自身的生理構造或心理特徵，經由基因傳遞給下一代的現象。
유죄 yujwae	유 죄 **有罪**	有罪	有犯法的行為。
유지 yuji	유 지 **維持**	維持	維繫保持。

韓文	韓文漢字	中文字	意思
유채 yuchae	유 채 油菜	油菜	植物名。十字花科蕓薹屬，2年生草本。根際葉大，濃綠色，呈倒卵形，邊緣有缺刻。夏季開黃花。果實為長角，圓柱形，種子可榨油，供食用或工業用。嫩葉可作蔬菜。
유치 yuchi	유 치 幼稚	幼稚	幼孩；形容知識淺薄、思想未成熟；缺乏經驗。
유쾌 yukwae	유 쾌 愉快	愉快	欣悅、快樂。指人的心情歡欣快樂。
유학 yuhak	유 학 儒學	儒學	儒家的思想教義。
유학 yuhag	유 학 留學	留學	到國外求學深造。
유해 yuhae	유 해 有害	有害	對某種事物會造成傷害損失。
유행 yuhaeng	유 행 流行	流行	盛行一時；散布、傳播、蔓延。
유혹 yuhog	유 혹 誘惑	誘惑	用技倆引誘、迷惑他人的心智。
유화 yuhwa	유 화 油畫	油畫	一種西洋繪畫。用容易乾燥的油料調和顏料，在布、木板或厚紙板上繪畫。其特點是顏料有較強的遮蓋力，能充分表現出物體的真實感和色彩效果。
유효 yuhyo	유 효 有效	有效	能實現預期目的。有效果。有成效；有效力。
유훈 yuhoon	유 훈 遺訓	遺訓	前人遺留下來的訓示、教誨。

Track
21

韓文	韓文漢字	中文字	意思
유희 yuhi	遊戲	遊戲	玩耍；娛樂活動。
육 yuk	六	六	介於 5 與 7 之間的數字。
육교 yukgyo	陸橋	陸橋	架設在道路上空，供行人穿越道路的橋梁；在各個地質年代中，連結大陸地塊的地峽。通過地峽，動植物乃得以擴大分佈至新的地區。
육군 yukggoon	陸軍	陸軍	是指在陸地上作戰的軍隊。
육아 yuga	育兒	育兒	哺育幼兒。
육욕 yugyok	肉慾	肉慾	男女間的情慾。
육지 yukjji	陸地	陸地	地球表面除去海洋、湖泊、河川等的部分。
육체 yukchae	肉體	肉體	人的身體。
윤곽 yungwag	輪廓	輪廓	指邊緣；物體的外周或圖形的外框。引申為事情的概略。
윤년 yunnyeon	閏年	閏年	指陽曆的 2 月有 29 天，或陰曆有閏月的一年。
윤락 yulag	淪落	淪落	落魄潦倒。
윤리 yuli	倫理	倫理	人與人之間相處的常理。

韓文	韓文漢字	中文字	意思
융자 yungja	융 자 融資	融資	資金融通。指貸款給需要者的行為。
융화 yunghwa	융 화 融和	融和	融洽和諧。
은둔 eundoon	은 둔 隱遁	隱遁	隱居避世。
은막 eunmag	은 막 銀幕	銀幕	放映電影時用來顯現影像的白色布幕。亦借指為電影（界）。
은밀 eunmil	은 밀 隱密	隱密	祕密、不顯露。不讓人知道。
은백색 eunbaeksaeg	은 백색 銀白色	銀白色	白色中略帶銀光的顏色。
은사 eunsa	은 사 恩師	恩師	對自己有恩惠的老師的敬稱。
은색 eunsaeg	은 색 銀色	銀色	像銀子般發亮的白色。
은신 eunsin	은 신 隱身	隱身	隱匿形體。
은인 eunin	은 인 恩人	恩人	對自己有恩惠、有幫助的人。
은정 eunjeong	은 정 恩情	恩情	恩惠、深厚的情義。施惠人給受惠人的好處，恩惠情誼。
은총 eunchong	은 총 恩寵	恩寵	特別的禮遇、寵幸。是帝王對臣下的優遇寵幸。也泛指對下屬的寵愛。
은퇴 euntwae	은 퇴 隱退	隱退	辭職隱居。

韓文	韓文漢字	中文字	意思
은폐 eunpae	은 폐 隱蔽	隱蔽	隱藏、遮掩。借旁的事物來遮掩。
은하 eunha	은 하 銀河	銀河	橫跨星空的一條乳白色亮帶的星群。
은행 eunhaeng	은 행 銀行	銀行	一種金融機構。以存款、放款、匯兌為主要業務，或兼事票券經理、紙幣兌換、代理國庫之出納等業務。
은행 eunhaeng	은 행 銀杏	銀杏	植物名。銀杏科銀杏屬，落葉喬木。葉呈扇形，春開小白花，結實頗多，核仁似杏，色白，可食，有鎮靜、止咳、殺菌效果。材質堅重，不易損裂。具觀賞價值。
은혜 eunhae	은 혜 恩惠	恩惠	施予他人或接受他人的情誼、好處。
음란 eumnan	음 란 淫亂	淫亂	淫逸放縱而悖於禮法。
음력 eumnyeog	음 력 陰曆	陰曆	一種根據月球繞行地球的週期而制定的曆法。回曆為標準的陰曆。今通稱我國民間普遍使用的農曆。
음료 eumnyo	음 료 飲料	飲料	經過加工製造供人飲用的液體。如汽水、果汁、酒等。
음모 eummo	음 모 陰謀	陰謀	有所企圖而暗中策劃不正當的計謀；暗中謀劃。
음부 eumboo	음 부 陰部	陰部	外生殖器官。
음색 eumsaeg	음 색 音色	音色	是指不同聲音表現在波形方面總是有與眾不同的特性，不同的物體振動都有不同的特點。不同的發聲體由於其材料、結構不同，則發出聲音的音色也不同。
음성 eumseong	음 성 陰性	陰性	進行病理檢驗時，若所得結果沒有任何不良反應現象，稱為「陰性」。如注射結核菌沒有發生紅腫的反應，則屬陰性。

韓文	韓文漢字	中文字	意思
음식 eumsig	음 식 **飲食**	飲食	吃喝。吃東西和喝東西。
음악 eumag	음 악 **音樂**	音樂	指任何以聲音組成的藝術。
음양 eumyang	음 양 **陰陽**	陰陽	本指化生萬物的兩種元素,即陰氣、陽氣。後泛指根據四時、節氣、方位、星象來斷定人事吉凶的術數;電磁中的陰極和陽極。
음주 eumjoo	음 주 **飲酒**	飲酒	喝酒。
음질 eumjil	음 질 **音質**	音質	從聲學的觀點說,指聲音的質素或個性,也就是指顫動形式的不同。如不同的樂器所發出的聲音的「個性」,就是音質。
음탕 eumtang	음 탕 **淫蕩**	淫蕩	淫亂放蕩。
음향 eumhyang	음 향 **音響**	音響	聲音及回響。
응급 eunggeup	응 급 **應急**	應急	應付緊急的需要。
응낙 eungnak	응 낙 **應諾**	應諾	答應,允諾。
응당 eungdang	응 당 **應當**	應當	應該。
응수 eungsoo	응 수 **應酬**	應酬	人和人彼此往來、聚會交流。
응시 eungsi	응 시 **凝視**	凝視	目不轉睛的看著。

韓文	韓文漢字	中文字	意思
응시 eungsi	^{응 시} **應試**	**應試**	參加考試。
응용 eungyong	^{응 용} **應用**	**應用**	將理論或已得知識，應用在事物上。
응접 eungjeob	^{응 접} **應接**	**應接**	應酬接待。
의거 uigeo	^{의 거} **依據**	**依據**	按照、根據。把某種事物作為依託或根據。也作為根據或依託的事物。
의견 uigyeon	^{의 견} **意見**	**意見**	人們對事物所產生的看法或想法。
의기 uigi	^{의 기} **意氣**	**意氣**	意志和氣概。做某事的積極心態。
의논 uinon	^{의 논} **議論**	**議論**	謂評論人或事物的是非、高低、好壞。亦指非議，批評。對人或事物所發表的評論性意見或言論。
의도 uido	^{의 도} **意圖**	**意圖**	希望達到某種目的的打算。
의료 uiryo	^{의 료} **醫療**	**醫療**	醫治療養。利用醫術治療疾病。
의무 uimoo	^{의 무} **義務**	**義務**	指應盡的責任，應該要做的事。義務可能來自於宗教、倫理道德、社會關係、法律等規定。
의문 uimoon	^{의 문} **疑問**	**疑問**	指有懷疑或不理解的問題。
의복 uibog	^{의 복} **衣服**	**衣服**	是指人類或通過人類來完成遮掩身體、載體的用布料（如棉布、絲綢、天鵝絨、化學纖維滌綸等）等材質做成的各種樣式的遮擋物。

韓文	韓文漢字	中文字	意思
의분 uiboon	義憤	義憤	出於正義的憤怒。
의사 uisa	意思	意思	心意，想法。
의사 uisa	醫師	醫師	經政府相關單位核可，替人治病的人。
의상 uisang	衣裳	衣裳	衣服。古時上衣稱衣，下裙稱裳，故衣服合稱為「衣裳」。
의식 uisig	意識	意識	泛指一切精神活動。如知覺、記憶、想像等；特定的觀念或思考形態；覺察、警悟。
의식 uisig	儀式	儀式	典禮的秩序、形式等。是對具有宗教或傳統象徵意義的活動的總稱。
의심 uisim	疑心	疑心	懷疑的感覺、念頭。猜疑之心。
의연 uiyeon	依然	依然	指照往常、依舊的意思。
의외 uiwae	意外	意外	料想不到；意料之外。
의의 uii	意義	意義	語言文字或其他信號所表示的內容；人對自然或社會事物的認識，是人給對象事物賦予的含義，是人類以符號形式傳遞和交流的精神內容。
의자 uija	椅子	椅子	泛指供人坐、臥的器具。其材質有木、竹、藤、金屬、塑膠等。
의존 uijon	依存	依存	相互依附而生存。

▲韓文	▲韓文漢字	▲中文字	▲意思
의지 uiji	^{의 지} **意志**	意志	思想志向，即人類自行決定，積極處理事物的行為能力。
의학 uihag	^{의 학} **醫學**	醫學	以預防、診斷、治療生理、心理疾病及保護人類健康、提高身心素質為目的和研究內容的應用科學。
의혹 uihog	^{의 혹} **疑惑**	疑惑	對人和事物有疑慮和困惑。
의회 uihwae	^{의 회} **議會**	議會	由人民代表組成的參政機關。可行使立法權。在內閣制國家中，兼有監督政府的權力。
이간 igan	^{이 간} **離間**	離間	搬弄是非，分化彼此感情，使人互相猜忌。
이견 igyeon	^{이 견} **異見**	異見	不同的見解。
이국 igoog	^{이 국} **異國**	異國	外國，他國。
이기 igi	^{이 기} **利己**	利己	謀求自己的利益幸福。讓自己得到好處。
이념 inyeom	^{이 념} **理念**	理念	理性概念，由思考或推理而得的概念或想法。
이동 idong	^{이 동} **移動**	移動	改變原來的位置或方向。
이력 iryeog	^{이 력} **履歷**	履歷	人生平的經歷、資格及學歷。
이론 iron	^{이 론} **理論**	理論	具有系統、組織的定律或論點。是由實際的驗證中歸納出，或由觀念推演而得。如科學上的理論。
이루 iroo	^{이 루} **二壘**	二壘	棒球中，在一壘跟三壘之間。

韓文	韓文漢字	中文字	意思
이민 imin	이 민 **移民**	移民	遷移到外國定居的人。
이별 ibyeol	이 별 **離別**	離別	暫時或永久離開；分手，分開。
이사 isa	이 사 **理事**	理事	代表公司、團體執行事務、行使權力的人。
이상 isang	이 상 **異常**	異常	不同於平常。
이상 isang	이 상 **理想**	理想	是對未來事物的美好想象和希望，也比喻對某事物臻於最完善境界的觀念。
이성 iseong	이 성 **理性**	理性	思考、判斷、推理等的能力；相對於感性而言。理智，冷靜。
이성 iseong	이 성 **異性**	異性	性別不同的人。
이식 isig	이 식 **移植**	移植	將植物從原來生長的地方，移栽至別的地方；將動物體的器官組織移到其他部位或另一動物體上。
이외 iwae	이 외 **以外**	以外	在某一界限、範圍之外。
이용 iyong	이 용 **利用**	利用	發揮物資的功用；用手段使人或事物為自己謀利。
이유 iyu	이 유 **理由**	理由	事情的道理、原由、依據。
이윤 iyun	이 윤 **利潤**	利潤	將營業所得扣除成本後所剩餘的利益。
이율 iyul	이 율 **利率**	利率	計算利息的比率。

韓文	韓文漢字	中文字	意思
이의 ii	^{이 의} **異議**	**異議**	別有所見的議論或持反對的意見；法律上對於法院或行政官署之處分不服時，或契約當事人之一方，對於他一方表示反對時，所提出之意見，稱為「異議」。
이익 iig	^{이 익} **利益**	**利益**	好處；盈利、利潤。人類用來滿足自身欲望的一系列物質、精神需求的產品，某種程度上來說，包括：金錢、權勢、色欲、榮譽、名氣、國家地位、領土、主權乃至於幫助他人所帶來的快感。
이전 ijeon	^{이 전} **以前**	**以前**	是指比現在或某一時間早的時期。泛指從前，以往。
이채 ichae	^{이 채} **異彩**	**異彩**	不同的色彩。
이하 iha	^{이 하} **以下**	**以下**	在某一界限或範圍之下。次序、位置、數目等在某一界限之下；人的容貌、才華、地位等較為低劣。
이해 ihae	^{이 해} **利害**	**利害**	利益和損害。
이해 ihae	^{이 해} **理解**	**理解**	了解、明白事理。
이혼 ihon	^{이 혼} **離婚**	**離婚**	夫婦依照法定手續解除婚姻關係。
이후 ihoo	^{이 후} **以後**	**以後**	在特定的某時間或事件之後。
익사 ikssa	^{익 사} **溺死**	**溺死**	淹死。
인격 inggyeog	^{인 격} **人格**	**人格**	人的品格；個人在適應環境的過程中，行為和思想上所形成的獨特個性；法律上指得為權利、義務之主體的資格。

韓文	韓文漢字	中文字	意思
인공 ingong	人工	人工	人做的、人為的。相對於天然而言。
인과 ingwa	因果	因果	原因和結果。指事情演化的前後關係;今生種因,來生結果。指事物的因果,種什麼因,結什麼果。
인구 ingoo	人口	人口	國家、家族或家庭的人數;人的嘴巴。指言語議論、言談。
인권 inggwon	人權	人權	人與生俱來就有的權利;人民在法律上所享有的權利,包括自由、人身安全、工作、受教育、集會結社、宗教、信仰、財產等。
인내 innae	忍耐	忍耐	按捺住感情或感受,不使發作。
인도 indo	引導	引導	帶領。使跟隨。
인력 ilyeog	人力	人力	人為的力量。
인류 ilyu	人類	人類	人的總稱。
인륜 ilyun	人倫	人倫	人與人之間的關係、秩序等;人才。
인망 inmang	人望	人望	指有眾人所屬望;為眾人所仰望的人。
인명 inmyeong	人名	人名	人的姓名、名號。
인명 inmyeong	人命	人命	人的生命。

韓文	韓文漢字	中文字	意思
인물 inmool	인 물 **人物**	**人物**	人；人的儀表、氣度；有品格、才幹的傑出人才；小說或戲劇中被描寫的人。
인민 inmin	인 민 **人民**	**人民**	百姓。組成國家的人。
인사 insa	인 사 **人士**	**人士**	有身分、名望或地位的人。
인산인해 insaninhae	인 산 인 해 **人山人海**	**人山人海**	形容非常多的人聚集在一起。
인삼 insam	인 삼 **人參**	**人參**	五加科人參屬，多年生宿根草本。主根肥大，形狀像人。
인상 insang	인 상 **印象**	**印象**	感官受外界事物刺激而留存於記憶中的意象。
인색 insaeg	인 색 **吝嗇**	**吝嗇**	氣量狹小，用度過分減省。
인생 insaeng	인 생 **人生**	**人生**	人的一生，人活在世上。
인쇄 inswae	인 쇄 **印刷**	**印刷**	運用照相及分色技巧，把文字、圖畫等原稿製成印版，加上油墨壓印，並可連續印出的技術。依版式分為凸版、平版、凹版及網版等4種印刷方式。
인심 insim	인 심 **人心**	**人心**	人的意志、思想。人們的心。
인연 inyeon	인 연 **因緣**	**因緣**	緣分、機緣（前世注定的）命運；佛教根本理論之一。指構成一切現象的原因。
인용 inyong	인 용 **引用**	**引用**	言論及文章中援用古書典故、名人格言以及俗語等的修辭法。用以加強言論的說服力。

韓文	韓文漢字	中文字	意思
인원 inwon	인 원 人員	人員	在某個團體中的一個成員。
인자 inja	인 자 仁慈	仁慈	寬厚慈善。
인장 injang	인 장 印章	印章	圖章。
인재 injae	인 재 人材	人材	有才能學識的人。
인적 injeok	인 적 人跡	人跡	人通過的足跡。
인정 injeong	인 정 人情	人情	人的常情，世情。
인질 injil	인 질 人質	人質	被對方所拘留，或為了取信對方而作為抵押的人。
인체 inchae	인 체 人體	人體	泛指人的全身。
인품 inpoom	인 품 人品	人品	人的品格。人的面貌、儀表。
일광 ilgwang	일 광 日光	日光	太陽的光。
일기 ilgi	일 기 日記	日記	每日的生活紀錄。
일년 ilyeon	일 년 一年	一年	一年就是 12 個月左右，不包括閏年，陽曆 365 或 366，陰曆 354 或 355 天。
일력 ilyeok	일 력 日曆	日曆	記載年、月、日、星期和節氣、紀念日等的印刷品。一年一本，一日一頁。

韓文	韓文漢字	中文字	意思
일루 iloo	일 루 一壘	一壘	棒球中，在二壘之前。
일류 ilyu	일 류 一流	一流	第一等，第一流；同類，之流；同一流派。
일률 ilyul	일 률 一律	一律	一個樣子、相同；適用於全體，無例外。
일망타진 ilmangtajin	일 망 타 진 一網打盡	一網打盡	用網子全部抓住。比喻徹底消滅。
일목요연 ilmogyoyeon	일 목 요 연 一目瞭然	一目瞭然	看一眼就能完全清楚。
일반 ilban	일 반 一般	一般	一樣、相同；普通（人）、通常；普遍，全般，總體上。
일본 ilbon	일 본 日本	日本	位於亞洲東部太平洋與日本海之間，由本州、四國、九州、北海道等四個大島及附近小島所組成，面積 37 萬 8 千平方公里，人口約 1 億 2150 萬人。首都為東京（Tokyo)，人民信仰日本神道教、道教、佛教，主要語言為日本語。為君主立憲的國家。
일부 ilboo	일 부 一部	一部	一部分。
일사천리 ilssacheoli	일 사 천 리 一瀉千里	一瀉千里	形容水的奔流通暢快速；比喻口才的雄辯。
일생 ilssaeng	일 생 一生	一生	是指自人從生到死，一輩子。
일석이조 ilsseogijo	일 석 이 조 一石二鳥	一石二鳥	一個石頭同時打下兩隻鳥。比喻做一件事獲得兩種效果。

韓文	韓文漢字	中文字	意思
일순간 ilsoongan	일순간 一瞬間	一瞬間	形容很短的時間。
일시 ilssi	일시 一時	一時	一段時期；暫時，短時間內。
일식 ilssig	일식 日食	日食	月球運行到地球和太陽之間，太陽照射地球的光被月球遮擋的現象。太陽光全部被遮住時叫日全食；部分被遮住時叫日偏食；中心部分被遮住時叫日環食。
일어 ireo	일어 日語	日語	日本語言。
일정 iljjeong	일정 日程	日程	按日排定的辦事或活動程式。
일조 iljjo	일조 一兆	一兆	一萬億。
일조 iljjo	일조 一朝	一朝	一旦，忽然有一天。
일족 iljjok	일족 一族	一族	一個宗族、家族。
일주 iljjoo	일주 一周	一周	循回一遍；一圈。
일주 iljjoo	일주 一週	一週	一個月有 4 週，一週為 7 天。一個星期。
일지 iljji	일지 日誌	日誌	每日工作、事件的紀錄。
일체 ilchae	일체 一切	一切	全部，所有。沒有例外。

韓文	韓文漢字	中文字	意思
일촉즉발 ilchokjeukbbal	^{일 촉 즉 발} 一觸即發	一觸即發	指箭在弦上，一觸動就會射出去。比喻事態已發展到非常緊張的階段。
일치 ilchi	^{일 치} 一致	一致	趨向相同，沒有不同。
임기 imgi	^{임 기} 任期	任期	任職的期限。
임기응변 imgieung byeon	^{임 기 응 변} 臨機應變	臨機應變	臨事能做適當的變通處置。
임명 immyeong	^{임 명} 任命	任命	命其擔任某官職或職務。
임무 immoo	^{임 무} 任務	任務	擔任的職務或使命。
임시 imsi	^{임 시} 臨時	臨時	臨到事情發生的時候；短時間的，暫時的。
임의 imi	^{임 의} 任意	任意	隨意而為，不受拘束。
임종 imjong	^{임 종} 臨終	臨終	將死之際。
입구 ipggoo	^{입 구} 入口	入口	進入建築物或特定場地，所經過的門或關卡。
입문 immoon	^{입 문} 入門	入門	進入門內；對某種知識或技藝的初步認識、了解。
입신 ipssin	^{입 신} 立身	立身	處事、為人。建立自身做人處世的基礎。
입장 ipjjang	^{입 장} 入場	入場	進入會場、試場或戲院等各種場合。

韓文	韓文漢字	中文字	意思
입장 ipjjang	입 장 立場	立場	批評、觀察或研究問題時所持的基本態度及思想。
입주 ipjjoo	입 주 入住	入住	住進去。
입체 ipchae	입 체 立體	立體	數學上指以面為界，有長、寬、厚，在空間占有一定位置的物體。
입학 ipag	입 학 入學	入學	開始進入某個學校學習，成為該校的學生。
입항 ipang	입 항 入港	入港	船舶進入港口。
입회 ipwae	입 회 入會	入會	加入團體組織成為會員。

☀ 身體器官的說法

頭 **머리** meo.ri	臉 **얼굴** eol.gul	眼睛 **눈** nun	鼻子 **코** ko	耳朵 **귀** gwi
嘴巴 **입** ip	脖子 **목** mok	胳膊 **팔** pal	腿，腳 **다리** da.ri	肩膀 **어깨** eo.kkae
胸部 **가슴** ga.seum	手 **손** son	拇指 **손가락** son.kka.rak	腳趾頭 **발가락** bal.kka.rak	心臟 **심장** sim.jang
肝臟 **간** gan	腎臟 **신장** sin.jang	胃 **위** wi	肺 **폐** pe	

자금 (資金) /韓文+漢字 · 資金 /中文字

jageum

發展工商業等經濟活動所需的物資或金錢。

韓文	韓文漢字	中文字	意思
자급 jageub	自給	自給	自己供給自己的需求。
자기 jagi	自己	自己	本身。
자동 jadong	自動	自動	指不用人力而用機械、電氣等裝置直接操作的；或自己主動。
자력 jaryeog	自力	自力	自己盡個人力量。
자료 jaryo	資料	資料	可供參考或研究的材料或記錄。
자립 jarib	自立	自立	靠自己的力量。
자막 jamag	字幕	字幕	在電視、影片上或舞臺等，用來說明內容情節或顯示對白的文字。
자발 jabal	自發	自發	出自本心，不假外力而自己發動或自然發展。
자본 jabon	資本	資本	為從事生產而投入的成本及資源，包括原料、設備、人力等。為生產要素之一。
자부 jaboo	自負	自負	自以為是、自認為了不起。
자비 jabi	自費	自費	費用由自己負擔。

韓文	韓文漢字	中文字	意思
자비 jabi	자 비 **慈悲**	慈悲	佛教用語。慈指給予眾生安樂。悲指拔除眾生的痛苦；後轉為慈愛、悲憫的意思。
자살 jasal	자 살 **自殺**	自殺	自己殺死自己。
자선 jaseon	자 선 **慈善**	慈善	仁慈而好善。
자세 jasae	자 세 **仔細**	仔細	詳細，周密，不輕率。
자손 jason	자 손 **子孫**	子孫	兒子和孫子。泛指後代。
자수 jasoo	자 수 **刺繡**	刺繡	一種女紅。利用各種色線在紡織品或其他物品上，以不同的方法繡出各種圖案。繡法分直紋、短針兩類。
자신 jasin	자 신 **自身**	自身	本身，本人；自己。
자신 jasin	자 신 **自信**	自信	信任自己，對自我有信心。
자애 jaae	자 애 **慈愛**	慈愛	仁慈且富有愛心。多指長輩對晚輩的愛而言。
자연 jayeon	자 연 **自然**	自然	所有天然生成的東西，如空氣、日光、山河等皆是；事物本來的狀態，非經人工製造的。
자웅 jawoong	자 웅 **雌雄**	雌雄	雌性及雄性；比喻勝敗高下。
자원 jawon	자 원 **自願**	自願	自己願意。
자원 jawon	자 원 **資源**	資源	可資利用的自然物質或人力。

▲韓文	▲韓文漢字	▲中文字	▲意思
자유 jayu	^{자 유} **自由**	**自由**	依照自己的意志行事，不受外力拘束或限制。
자의 jai	^{자 의} **恣意**	**恣意**	放任而不加以約束。
자전 jajeon	^{자 전} **字典**	**字典**	以字為單位，按一定體例編次，並解釋文字的音義或形構，以備查檢的工具書。
자제 jajae	^{자 제} **子弟**	**子弟**	兒子、弟弟；泛指年輕人。
자존심 jajonsim	^{자 존 심} **自尊心**	**自尊心**	保持自己尊嚴，不容別人歧視、輕蔑與侵犯的心理。
자주 jajoo	^{자 주} **自主**	**自主**	自己作主，不受別人支配。
자중 jajoong	^{자 중} **自重**	**自重**	謹言慎行，尊重自己的人格；自珍自愛。愛惜自己的身體使健康不受損害。
자질 jajil	^{자 질} **資質**	**資質**	天賦的材質。
자책 jachaeg	^{자 책} **自責**	**自責**	自我譴責、責備。
자초 jacho	^{자 초} **自招**	**自招**	不用刑，就自己招認罪狀；自取；自致。
자치 jachi	^{자 치} **自治**	**自治**	自己處理自己的事務，含有能約束自己行為之意；實行民主政治，在全國各地區由選舉產生權力機構，以管理地方的公共事務。
자태 jatae	^{자 태} **姿態**	**姿態**	神情舉止；容貌體態。

韓文	韓文漢字	中文字	意思
자포자기 japojagi	자 포 자 기 **自暴自棄**	自暴自棄	自己瞧不起自己，甘於落後或墮落。
작가 jakgga	작 가 **作家**	作家	對文學、藝術創作有成就的人。泛指以寫作為職業的人。
작곡 jakggog	작 곡 **作曲**	作曲	創作音樂曲譜。
작문 jangmoon	작 문 **作文**	作文	是經過人的思想考慮和語言組織，通過文字來表達一個主題意義的記敘方法。
작사 jakssa	작 사 **作詞**	作詞	作詞是運用文字帶動觀眾的情感、與生活的體悟來填詞。
작업 jageop	작 업 **作業**	作業	處理，操作。
작용 jagyong	작 용 **作用**	作用	對事物產生影響。
작자 jakjja	작 자 **作者**	作者	寫文章、著書或創作藝術作品的人。
작전 jakjjeon	작 전 **作戰**	作戰	戰鬥、打仗等一切軍事行動，總稱為「作戰」；為了獲取勝利，而擬定的作戰策略。
작품 jakpoom	작 품 **作品**	作品	文學藝術創造的成品。
잔당 janddang	잔 당 **殘黨**	殘黨	餘黨。殘餘的黨徒。
잔혹 janhog	잔 혹 **殘酷**	殘酷	指殘忍、冷酷。
잠복 jambog	잠 복 **潛伏**	潛伏	隱匿埋伏而不被人發覺；隱晦，不直露。

ㅈ

韓文	韓文漢字	中文字	意思
잠수 jamsoo	^{잠 수}**潛水**	潛水	潛入水面以下。
잠입 jamib	^{잠 입}**潛入**	潛入	暗中進入。暗中侵入。
잠재 jamjae	^{잠 재}**潛在**	潛在	潛藏於內在而未顯現出來的。
잠정 jamjeong	^{잠 정}**暫定**	暫定	暫時安排的、規定的。
잡념 jamnyeom	^{잡 념}**雜念**	雜念	紛雜或不純正的念頭。胡思亂想。
잡무 jammu	^{잡 무}**雜務**	雜務	專門業務之外的瑣碎事務。
잡식 japssik	^{잡 식}**雜食**	雜食	摻雜著各種動物植物來吃。
잡음 jabeum	^{잡 음}**雜音**	雜音	因故障或受干擾所發出不正常的聲響；讓人感到不快的嘈雜音；說長道短，胡言亂語。
잡지 japjji	^{잡 지}**雜誌**	雜誌	有固定刊名，以期、卷、號或年、月為序，定期或不定期連續出版的印刷讀物。它根據一定的編輯方針，將眾多作者的作品彙集成冊出版，定期出版的。
잡초 japcho	^{잡 초}**雜草**	雜草	雜生的野草。是指生長在有害於人類生存和活動場地的植物，一般是非栽培的野生植物或對人類有礙的植物。
장관 janggwan	^{장 관}**壯觀**	壯觀	壯麗雄偉的景象。
장관 janggwan	^{장 관}**長官**	長官	地位高的官吏。

韓文	韓文漢字	中文字	意思
장교 janggyo	^{장 교} 將校	將校	軍官的通稱。少尉以上的軍官。
장군 janggoon	^{장 군} 將軍	將軍	泛指軍中統帥全軍的高級將領。
장녀 jangnyeo	^{장 녀} 長女	長女	排行最大的女兒。
장단 jangdan	^{장 단} 長短	長短	長度。
장래 jangnae	^{장 래} 將來	將來	未來，尚未到的時間；帶來；拿來。
장려 jangnyeo	^{장 려} 獎勵	獎勵	以贈予榮譽、財物等方式獎賞鼓勵。
장례 jangnae	^{장 례} 葬禮	葬禮	埋葬死者的禮儀。
장로 jangno	^{장 로} 長老	長老	年長者的通稱；指佛教的得道高僧或基督教長老會中的執事者。
장면 jangmyeon	^{장 면} 場面	場面	表面的排場。場合、局面。
장물 jangmool	^{장 물} 贓物	贓物	用不正當的方法所獲得的財物。
장미 jangmi	^{장 미} 薔薇	薔薇	是薔薇屬部分植物的通稱，主要指蔓藤薔薇的變種及園藝品種。大多是一類藤狀爬籬笆的小花，是原產於中國的落葉灌木，變異性強。
장벽 jangbyeog	^{장 벽} 障壁	障壁	屏障；墻壁；比喻造成隔閡的東西。

韓文	韓文漢字	中文字	意思
장부 jangboo	장부 帳簿	帳簿	記載金錢貨物出入的簿冊。
장사 jangsa	장사 壯士	壯士	豪壯而勇敢的人。
장서 jangseo	장서 藏書	藏書	圖書館或私人等收藏的圖書。
장소 jangso	장소 場所	場所	活動的地方。
장수 jangsoo	장수 長壽	長壽	壽命長久。
장식 jangsig	장식 裝飾	裝飾	為了美化而修飾、點綴。
장악 jangag	장악 掌握	掌握	熟悉並能自由運用；亦喻控制的範圍。
장안 jangan	장안 長安	長安	西漢隋唐等朝的都城，在今陝西西安一帶。
장애 jangae	장애 障礙	障礙	阻礙；阻擋通行的東西。
장의사 januisa	장의사 葬儀社	葬儀社	負責辦理喪葬儀式，提供埋葬用具的店家、公司。
장인 jangin	장인 丈人	丈人	稱妻子的父親；古時對老人的尊稱。
장자 jangja	장자 長者	長者	是指年紀大、輩分高、德高望重的人。
장정 jangjeong	장정 壯丁	壯丁	年齡已達可服兵役的男子。或泛指年輕力壯的男子；年壯的男子。

韓文	韓文漢字	中文字	意思
장치 jangchi	^{장 치} 裝置	裝置	安裝配置。
장해 janghae	^{장 해} 障害	障害	阻礙，妨礙。
재간 jaegan	^{재 간} 才幹	才幹	果斷處理事物的才能、智慧或能力。
재경 jaegyeong	^{재 경} 財經	財經	財政和經濟。
재기 jaegi	^{재 기} 才氣	才氣	表現在外的才能氣度、才幹。
재난 jaenan	^{재 난} 災難	災難	天災或人禍所造成的嚴重損害。意想不到的不幸事件。
재능 jaeneung	^{재 능} 才能	才能	是指一個人已經具備但未表現出來的知識、經驗和體力、智力、才幹。
재단 jaedan	^{재 단} 財團	財團	是金融資本集團的簡稱。指由極少數金融寡頭所控制的巨大銀行和巨大企業結合而成的壟斷集團。
재덕 jaedeok	^{재 덕} 才德	才德	才能德行。
재력 jaeryeog	^{재 력} 財力	財力	經濟（多指資金）實力。
재료 jaeryo	^{재 료} 材料	材料	可供製作成品或半成品的物資、原料；寫作的素材。
재배 jaebae	^{재 배} 栽培	栽培	種植與培養。
재벌 jaebeol	^{재 벌} 財閥	財閥	在金融、工商界具有壟斷或巨大經濟勢力的人物或團體。

ㅈ

韓文	韓文漢字	中文字	意思
재봉 jaebong	재 봉 裁縫	裁縫	對布料的裁剪縫製。
재산 jaesan	재 산 財產	財產	是指擁有的金錢、物資、房屋、土地等物質財富。大體上，財產有 3 種，即動產、不動產和知識財產。
재색 jaesaeg	재 색 才色	才色	才華和姿色。
재생 jaesaeng	재 생 再生	再生	重新獲得生命。死而復活；將廢棄資源再加工，成為新產品。
재앙 jaeang	재 앙 災殃	災殃	災禍、災害。
재야 jaeya	재 야 在野	在野	本指不在朝廷擔任官職。後泛指不當政。
재차 jaecha	재 차 再次	再次	指再一次或第二次。
재판 jaepan	재 판 裁判	裁判	法院根據事實，依照法律，對訴訟案件加以裁定和判決；泛指對事情的是非曲直進行評判。
재판 jaepan	재 판 再版	再版	第二次出版或重新修訂出版。
재해 jaehae	재 해 災害	災害	是對能夠給人類和人類賴以生存的環境造成破壞性影響的事物總稱。
재혼 jaehon	재 혼 再婚	再婚	離婚或配偶死後再結婚。
재회 jaehwae	재 회 再會	再會	再次聚會或相見。
쟁의 jaengi	쟁 의 爭議	爭議	尚有爭論，未達成一致結論。

韓文	韓文漢字	中文字	意思
쟁취 jaengchwi	쟁 취 爭取	爭取	爭奪；力求獲得。
쟁탈 jaengtal	쟁 탈 爭奪	爭奪	爭相奪取，互不退讓。
저격 jeogyeog	저 격 狙擊	狙擊	暗中埋伏，伺機襲擊。
저기압 jeogiab	저 기 압 低氣壓	低氣壓	大氣中氣壓低於四周。在低氣壓的上空，低層的空氣由四周向中心流動，所以低壓地區的空氣有上升的現象，這些上升的空氣到高處冷卻凝結，形成雲雨，故低氣壓地區天氣較不穩定；沉悶不穩定的氣氛。
저능 jeoneung	저 능 低能	低能	人因生理或心理的缺陷，以致智力發展較慢，智商較低，學習困難，缺乏處理生活和適應環境的能力。
저당 jeodang	저 당 抵當	抵擋	抵抗；擋住壓力。
저명 jeomyeong	저 명 著名	著名	有顯赫名聲的。
저속 jeosog	저 속 低俗	低俗	低級庸俗。
저수 jeosoo	저 수 貯水	貯水	把水積存起來。
저술 jeosool	저 술 著述	著述	寫作撰述。
저자세 jeojasae	저 자 세 低姿勢	低姿勢	將身體放低。
저작 jeojag	저 작 著作	著作	撰述寫作。

Track
24

▲韓文	▲韓文漢字	▲中文字	▲意思
저장 jeojang	저 장 貯藏	貯藏	儲存收藏以供需要時使用。
저주 jeojoo	저 주 詛呪	詛咒	用惡毒的言語咒罵，或祈求鬼神降禍他人。
저축 jeochoog	저 축 貯蓄	貯蓄	積聚，指儲存的物品，把節約下來或暫時不用的錢存起來。多指存到銀行裏，或放在倉庫裏。也指積存的錢。
저항 jeohang	저 항 抵抗	抵抗	抵禦抗拒。用行動反抗或制止對方的攻擊。
적극 jeokggeug	적 극 積極	積極	意願強烈、主動力行。正面的、肯定的。
적금 jeokggeum	적 금 積金	積金	聚積的金錢。
적나라 jeongnara	적 나 라 赤裸裸	赤裸裸	光著身子，一絲不掛；比喻毫無掩飾。
적당 jeokddang	적 당 適當	適當	合適；妥當。
적대 jeokddae	적 대 敵對	敵對	是指因利害衝突而不能相容，矛盾衝突到了互不相容的地步，相互仇恨對立。
적도 jeokddo	적 도 赤道	赤道	沿地球表面與地軸垂直的一條假想大圓圈。緯度為零，並將地球劃分為南北半球。
적량 jeongnyang	적 량 適量	適量	適當的數量。
적령 jeongnyeong	적 령 適齡	適齡	切合某種規定的年齡。
적막 jeongmag	적 막 寂寞	寂寞	孤單冷清。

|------|----------|--------|------|
적성 jeoksseong	적 성 適性	適性	適合個性。適於某人的資質、才能。
적용 jeogyong	적 용 適用	適用	符合客觀條件的要求，適合應用。
적응 jeogeung	적 응 適應	適應	適合某種客觀條件或環境。
적의 jeogi	적 의 敵意	敵意	仇視的心理、不友善的態度。
전가 jeonga	전 가 轉嫁	轉嫁	將所應承受的負擔、罪名、損失等加諸在別人身上。
전개 jeongae	전 개 展開	展開	指張開，鋪開，伸展或大規模地進行。
전과 jeonggwa	전 과 前科	前科	指人曾經因犯罪而被判服刑的事實記錄。
전교 jeongyo	전 교 全校	全校	包括教職員工及學生在內的學校全體成員。
전국 jeongoog	전 국 全國	全國	整個國家。全國各地。
전기 jeongi	전 기 傳記	傳記	某人物人生的真實故事，解釋人物行為背後的原因和動機，詮釋人物的經歷和遭遇，甚至生命的意義。
전단 jeondan	전 단 傳單	傳單	印成單張散發給人的宣傳品。
전달 jeondal	전 달 傳達	傳達	將一方的意思轉告給另一方。
전당 jeondang	전 당 典當	典當	以物品質押貸款。

韓文	韓文漢字	中文字	意思
전도 jeondo	전도 前途	前途	前面的道路；比喻未來的景況。
전등 jeondeung	전등 電燈	電燈	照明用的電器，主要是藉電流流經電阻體而發光。
전람회 jeolamhwae	전람회 展覽會	展覽會	是指陳列物品並於特定時間內供人參觀的集會，為一種大型項目管理及社交活動，其活動展示商品、藝術、公司組織形象及服務。
전략 jeolyag	전략 戰略	戰略	指導戰爭全局的計劃和策略。
전력 jeolyeog	전력 全力	全力	是指盡所有的能力去做事情。
전력 jeolyeog	전력 電力	電力	發電機所產生的電能量。供電的能力。
전례 jeolae	전례 前例	前例	可以供後人參考或援用的事例。
전망 jeonmang	전망 展望	展望	指向遠處看；向將來看；估量事物發展的前途。
전면 jeonmyeon	전면 全面	全面	涵蓋全體的各個層面。
전모 jeonmo	전모 全貌	全貌	是指事物的全部情況，全部面貌。
전문 jeonmoon	전문 專門	專門	專精某一門技藝或學術。
전방 jeonbang	전방 前方	前方	正面所對著的方向。前面（跟「後方」相對）。

韓文	韓文漢字	中文字	意思
전보 jeonbo	전 보 電報	電報	以電的訊號來傳送消息的通信方式。通常利用架空線或地下電纜，傳送由長音、短音組合成的脈衝信號，接收端經解碼後即可明瞭信息的內容。
전복 jeonbog	전 복 顛覆	顛覆	傾覆、動亂。亦指進行推翻政治權勢的行動。
전부 jeonboo	전 부 全部	全部	整個、全體；所有的；整個部類。
전선 jeonseon	전 선 前線	前線	軍隊所在的地方，與敵人接近之地帶。
전선 jeonseon	전 선 電線	電線	傳送電力的導線，多用銅或鋁製成。
전선 jeonseon	전 선 戰線	戰線	兩軍交戰的接觸地帶；比喻政治團體或群眾的聯合。
전설 jeonseol	전 설 傳說	傳說	流傳在民間，關於某人、某事的敘述。內容多附會史實而有所改易，其中亦常夾雜神話。輾轉述說。
전성 jeonseong	전 성 全盛	全盛	最為興盛或強盛。
전속 jeonsok	전 속 專屬	專屬	專門歸屬。
전수 jeonsoo	전 수 傳授	傳授	將知識、技能教給他人。
전승 jeonseung	전 승 傳承	傳承	(制度、信仰、習俗等) 傳接繼承。
전시 jeonsi	전 시 展示	展示	展現、陳列作品等。

ㅈ

▶韓文	▶韓文漢字	▶中文字	▶意思
전신 jeonsin	전 신 **全身**	**全身**	整個身體。
전실 jeonsil	전 실 **前室**	**前室**	前妻。
전심 jeonsim	전 심 **全心**	**全心**	集中或用盡所有的心力。
전압 jeonab	전 압 **電壓**	**電壓**	使電流沿同一方向流動的外加力量。單位為伏特。
전액 jeonaeg	전 액 **全額**	**全額**	全部規定的數目。全部的數額。
전야 jeonya	전 야 **前夜**	**前夜**	昨天或昨天的前一天的晚上；亦指前些日子的一天晚上。比喻重大事件即將發生的時刻。
전업 jeoneob	전 업 **專業**	**專業**	專門從事某種職業。
전염 jeonyeom	전 염 **傳染**	**傳染**	病原從病體侵入另一個生物體內的過程；比喻因接觸而使情緒、風氣等受影響，發生類似變化。
전용 jeonyong	전 용 **專用**	**專用**	專供某種需要、目的使用；專供某個人使用。
전원 jeonwon	전 원 **全員**	**全員**	全體人員。
전율 jeonyul	전 율 **戰慄**	**戰慄**	因恐懼而顫抖。
전임 jeonim	전 임 **專任**	**專任**	專門負責擔任某事；專職。相對於兼任而言。
전자 jeonja	전 자 **前者**	**前者**	指所述兩種情況的前一種；所述兩物的前一物；所述的兩人、兩團體的前一人或前一團體。

韓文	韓文漢字	中文字	意思
전자 jeonja	^{전 자} 電子	電子	穩定的基本粒子。和原子核構成原子。帶電量為 -1.602 乘以 10 的 -19 次方庫侖，為電量的最小單位。
전쟁 jeonjaeng	^{전 쟁} 戰爭	戰爭	兩個以上的敵對雙方，為了屈服對方的意志，實現自己的主張，運用有形或無形的威力以決勝負的鬥爭。
전전긍긍 jeonjeon geunggeung	^{전 전 긍 긍} 戰戰兢兢	戰戰兢兢	因畏懼而顫抖。形容戒懼謹慎的樣子。
전제 jeonjae	^{전 제} 前提	前提	事物產生或發展的先決條件、必要條件；指邏輯推理中所根據的已知判斷，即推理的根據。
전제 jeonjae	^{전 제} 專制	專制	憑一己之意，獨斷行事，操縱一切。
전조 jeonjo	^{전 조} 前兆	前兆	是事情發生前的征兆，可方便我們確認事實。
전지 jeonji	^{전 지} 電池	電池	將機械能以外的其他形式能量直接轉化為電能的裝置。如化學電池、太陽能電池等。
전진 jeonjin	^{전 진} 前進	前進	向前行進。
전집 jeonjib	^{전 집} 全集	全集	把一個作者或幾個相關作者的全部著作編在一起的書（多用於書名）。
전차 jeoncha	^{전 차} 戰車	戰車	作戰用的車輛；坦克車或裝甲車。具有全裝甲結構、全履帶、炮塔、自動武器、通信及觀測等裝置，其越野機動與裝甲防護的能力優越，為地面部隊中具有決定性的戰鬥裝備。
전채 jeonchae	^{전 채} 前菜	前菜	是正餐中的第一道食物，在主菜之前上，起到開胃和打發時間的作用。
전처 jeoncheo	^{전 처} 前妻	前妻	再婚男子死去的或離了婚的妻子（區別於現在的妻子）。

韓文	韓文漢字	中文字	意思
전체 jeonchae	전 체 全體	全體	全部、整體；指整個身體。
전통 jeontong	전 통 傳統	傳統	世代相傳，有傳承延續性質的社會因素，如風俗、道德、習慣、信仰、思想、方法等。
전투 jeontoo	전 투 戰鬪	戰鬥	敵對雙方兵團、部隊、分隊（單機、單艦）進行的有組織的武裝衝突。是奪取戰爭勝利的主要手段。
전파 jeonpa	전 파 電波	電波	藉著電的振動所產生向四面八方，或固定方向進行的波動。可用來傳達訊息、偵測物體、測量距離等。
전파 jeonpa	전 파 傳播	傳播	廣泛散播。
전학 jeonhag	전 학 轉學	轉學	學生從甲校轉入乙校繼續學習。
전함 jeonham	전 함 戰艦	戰艦	具作戰能力的船艦。
전형 jeonhyeong	전 형 典型	典型	舊法、模範；某一類人事物中有概括性或代表性意義的。
전화 jeonhwa	전 화 電話	電話	利用電的作用使兩地互相通話、傳達溝通的工具。其原理在將聲波轉換成電的強弱信號，傳至他處，再還原成聲波。設備包括主機、按鍵、話筒等部分。
전화위복 jeonhwawibok	전 화 위 복 轉禍爲福	轉禍為福	將災禍轉為祥福。
전환 jeonhwan	전 환 轉換	轉換	轉變更換。
전후 jeonhoo	전 후 前後	前後	指事物的前邊和後邊；表示時間的先後；左右。大約在特定的時間。

절교 jeolgyo	절 교 絕交	絕交	斷絕友誼或外交關係。
절기 jeolgi	절 기 節氣	節氣	根據太陽的位置，在一年的時間中定出24個點，每一點叫一個節氣。通常也指每一點所在的那一天。
절도 jeolddo	절 도 竊盜	竊盜	偷竊盜取他人財物；竊賊。
절망 jeolmang	절 망 絕望	絕望	斷絕希望。
절묘 jeolmyo	절 묘 絕妙	絕妙	極其美妙。
절세 jeolsse	절 세 絕世	絕世	冠絕當時，舉世無雙。
절약 jeoryag	절 약 節約	節約	節制約束。節省，儉約。
절제 jeoljje	절 제 節制	節制	限制使合宜不過度。
절충 jeolchoong	절 충 折衷	折衷	採納雙方意見，取其共同可行之點。調和太過與不及，使之得當合理。
절취 jeolchwi	절 취 竊取	竊取	指偷取（金錢等）。
점거 jeomgeo	점 거 占據	佔據	用強力取得並保持（地域、場所等）。
점괘 jeomggwae	점 괘 占卦	占卦	據卦象推算吉凶禍福。
점등 jeomdeung	점 등 點燈	點燈	引火將燈點燃或打開電源使燈亮起。

ㅈ

韓文	韓文漢字	中文字	意思
점령 jeomnyeong	점령 **占領**	**占領**	侵略占有。占有對方所統轄的土地。
점원 jeomwon	점원 **店員**	**店員**	商店的員工。
점토 jeomto	점토 **粘土**	**黏土**	具塑性與黏性的土壤，由細粒的礦物所組成。依成分的不同，可用於燒製磚、瓦、陶瓷器，或其他工業製品。
점포 jeompo	점포 **店鋪**	**店鋪**	陳列商品進行銷售的商店。
점화 jeomhwa	점화 **點火**	**點火**	將物品引火點燃。
접견 jeopggyeon	접견 **接見**	**接見**	召見、會見。在正式場合會見級別較低的來訪者。
접근 jeopggeun	접근 **接近**	**接近**	離得近。靠近，相距不遠；與人親近。
접대 jeopddae	접대 **接待**	**接待**	迎接招待；佛教語。謂寺剎對掛單僧人免費供給食宿。
접목 jeommok	접목 **接木**	**接木**	將木本植物的枝或芽嫁接在另一株植物上，以利生長、繁殖。
접영 jeomyeong	접영 **蝶泳**	**蝶泳**	游泳姿勢之一，跟蛙泳相似，但兩臂劃水後須提出水面再向前擺去，因形似飛蝶而得名詳細解釋競技游泳比賽專案之一。
접지 jeopjji	접지 **摺紙**	**摺紙**	以紙折成各種物體的形狀。
접촉 jeopchog	접촉 **接觸**	**接觸**	碰著，挨上；指人們間的接近交往。

韓文	韓文漢字	中文字	意思
정가 jeonggga	정 가 **定價**	**定價**	規定的價格。
정거 jeonggeo	정 거 **停車**	**停車**	停止車輛的行駛。
정경 jeonggyeong	정 경 **情景**	**情景**	感情與景色，情景交融。
정교 jeonggyo	정 교 **精巧**	**精巧**	精細巧妙。細微之處都做得十分精緻巧妙。
정국 jeonggoog	정 국 **政局**	**政局**	政治局勢。
정권 jeongggwon	정 권 **政權**	**政權**	執政的權力。
정기 jeonggi	정 기 **定期**	**定期**	有一定期限、期間的。
정당 jeongdang	정 당 **正當**	**正當**	合乎道理的、正確的。
정당 jeongdang	정 당 **政黨**	**政黨**	由政治理想相同的人結合而成，在一定的紀律下，謀求政治權力，以合法控制政府人事及政策，進而實現其共同政見的組織。
정도 jeongdo	정 도 **程度**	**程度**	道德、知識、能力等的水準；事物發展所達到的水準、狀況。
정돈 jeongdon	정 돈 **整頓**	**整頓**	整把散亂或不健全的事物治理得有條不紊。
정력 jeongnyeog	정 력 **精力**	**精力**	精神氣力。專心竭力。

Track
25

韓文	韓文漢字	中文字	意思
정면 jeongmyeon	^{정 면} 正面	正面	人體臉、胸、腹所在的一面；建築物正門所在的一面；面對面，指直接。
정묘 jeongmyo	^{정 묘} 精妙	精妙	精緻巧妙。
정밀 jeongmil	^{정 밀} 精密	精密	精緻細密。精確周密。
정박 jeongbag	^{정 박} 停泊	停泊	船靠岸停駐。
정보 jeongbo	^{정 보} 情報	情報	關於某種情況的訊息報告。
정복 jeongbog	^{정 복} 征服	征服	戰勝；克服。
정부 jeongboo	^{정 부} 政府	政府	國家統治機關的總稱，為近代國家構成要素之一。凡具有制定法律及執行法律之權力的政治組織。
정부 jeongboo	^{정 부} 情夫	情夫	與已婚女性發生不當性關係的男性。
정부 jeongboo	^{정 부} 情婦	情婦	與已婚男性發生不當性關係的女性。
정분 jeongboon	^{정 분} 情分	情分	人與人之間的情誼。
정상 jeongsang	^{정 상} 正常	正常	符合一般常規的情況。
정서 jeongseo	^{정 서} 情緒	情緒	泛指心情。由外在刺激或內在身心狀態引發的喜、怒、哀、懼等個體主觀感受與生理反應；纏綿的情意。
정세 jeongsae	^{정 세} 情勢	情勢	事情的狀況發展和趨勢。

韓文	韓文漢字	中文字	意思
정식 jeongsig	정 식 **正式**	**正式**	正當的方式。
정신 jeongsin	정 신 **精神**	**精神**	心神、神志、氣力、精力；思想或主義；指意識、思維或一般的心理狀態。相對於物質或肉體而言。
정오 jeongo	정 오 **正午**	**正午**	中午 12 點鐘。
정원 jeongwon	정 원 **定員**	**定員**	規定的人數。
정원 jeongwon	정 원 **庭園**	**庭園**	房屋周圍的空地，通常可種植花木，作為休閒活動的場所。
정월 jeongwol	정 월 **正月**	**正月**	農曆每年的第一個月。
정의 jeongi	정 의 **正義**	**正義**	合於人心正道的義理；正確的或本來的意義。
정의 jeongi	정 의 **定義**	**定義**	能簡要完整表達某種概念的語言或文字。
정의 jeongi	정 의 **情誼**	**情誼**	人與人之間彼此關愛的情感。
정전 jeongjeon	정 전 **停電**	**停電**	停止供電，或因線路故障而斷電。
정정 jeongjeong	정 정 **訂正**	**訂正**	校訂改正。
정조 jeongjo	정 조 **貞操**	**貞操**	多指女子不失身或從一而終的操守；堅貞不渝的節操。
정종 jeongjong	정 종 **正宗**	**正宗**	正統的，道地的。

ㅈ

韓文	韓文漢字	中文字	意思
정중 jeongjoong	정 중 鄭重	鄭重	嚴肅認真，謹慎小心。
정지 jeongji	정 지 停止	停止	不繼續，不進行。
정직 jeongjik	정 직 正直	正直	公正無私；剛直坦率。不撒謊不騙人。
정차 jeongcha	정 차 停車	停車	停止車輛的行駛。
정찬 jeongchan	정 찬 正餐	正餐	一天中定時所吃的早、中、晚 3 餐。
정찰 jeongchal	정 찰 偵察	偵察	為探察實情而暗中進行的活動。
정책 jeongchaeg	정 책 政策	政策	指政府、機構、組織或個人為實現目標而訂立的計劃。
정체 jeongchae	정 체 停滯	停滯	停止，不動。指受某種阻礙，而處於原來狀況，無法繼續發展前進。
정치 jeongchi	정 치 政治	政治	泛指政府制定法令，管理國家事務的一切行為。
정탐 jeongtam	정 탐 偵探	偵探	暗中探察；從事暗中探察工作的幹員。
정통 jeongtong	정 통 正統	正統	君主時代，嫡系先後相承的系統；學術、政治、宗教等從創建以來一脈相傳的嫡派。
정통 jeongtong	정 통 精通	精通	深入研究而貫通。透徹理解並能熟練掌握。
정화 jeonghwa	정 화 淨化	淨化	清除雜質，使物體純淨；使人心靈純淨。

韓文	韓文漢字	中文字	意思
정확 jeonghwag	정 확 **正確**	**正確**	準確，無誤。
제공 jaegong	제 공 **提供**	**提供**	供應、供給。提出可供參考或利用的意見、資料、物資、條件等讓對方自由運用。
제도 jaedo	제 도 **制度**	**制度**	經制定而為大家共同遵守認同的辦事準則。
제명 jaemyeong	제 명 **除名**	**除名**	除去名籍，取消原有的資格或職位。
제목 jaemog	제 목 **題目**	**題目**	文章詩篇或演講等的標名；考試時要求應試人作答的問題。
제방 jaebang	제 방 **堤防**	**堤防**	在岸邊、港口以土、石等堆築成的建築物。有防止洪水氾濫、波浪侵蝕或泥沙淤積等作用。
제복 jaebog	제 복 **制服**	**制服**	機關團體如學校、公司所規定式樣統一的服裝。
제사 jaesa	제 사 **祭祀**	**祭祀**	泛稱祭神祀祖。
제안 jaean	제 안 **提案**	**提案**	提交會議討論決定的建議、意見。
제약 jaeyag	제 약 **製藥**	**製藥**	製造藥品。
제의 jaei	제 의 **提議**	**提議**	提出主張或意見，以供討論；所提出的意見。
제일 jaeil	제 일 **第一**	**第一**	列在等級、次序首位的；最先、最前、最好、最重要的。
제자 jaeja	제 자 **弟子**	**弟子**	學生，門徒。

ㅈ

韓文	韓文漢字	中文字	意思
제작 jaejag	제 작 製作	製作	將原料或粗製品做成器物或精製品。或策劃執行電影、戲劇、舞蹈、廣播或電視節目等影像作品。
제적 jaejeog	제 적 除籍	除籍	除去名籍。
제전 jaejeon	제 전 祭典	祭典	祭祀的禮儀法度。
제조 jaejo	제 조 製造	製造	把原材料加工成適用的產品製作，或將原材料加工成器物。
제지 jaeji	제 지 制止	制止	用強力迫使行動停止或情況不再發生。
제품 jaepoom	제 품 製品	製品	用某一種或某一類材料制成的物品。
제휴 jaehyu	제 휴 提携	提攜	攜手。合作。
조각 jogag	조 각 雕刻	雕刻	在金屬、象牙、骨頭或其他材料上雕琢刻鏤。
조건 joggeon	조 건 條件	條件	影響事物發生、存在或發展的因素；為某事而提出的要求或定出的標準。
조경 jogyeong	조 경 造景	造景	是通過人工手段，利用環境條件和構成園林的各種要素創作出所需要的景觀。
조국 jogoog	조 국 祖國	祖國	祖籍所在的國家，即父系祖先所在的國家。也指自己所生所居的國家。
조기 jogi	조 기 早起	早起	很早起床。
조기 jogi	조 기 早期	早期	某個時代或過程的最初階段。某一過程的最初階段、時間在前的。

韓文	韓文漢字	中文字	意思
조난 jonan	^{조 난} 遭難	遭難	遭到不幸和災難。
조력 joryeog	^{조 력} 助力	助力	幫助的力量。
조령모개 joryeong mogae	^{조 령 모 개} 朝令暮改	朝令暮改	早上下達的命令，到晚上就改變了。比喻政令、主張或意見反覆無常。
조롱 jorong	^{조 롱} 嘲弄	嘲弄	譏笑戲弄，拿人開心。
조롱 jorong	^{조 롱} 鳥籠	鳥籠	關養鳥的器具，以竹、鐵等製成。
조류 joryu	^{조 류} 潮流	潮流	海水受潮汐影響而產生的週期性流動；比喻社會發展的趨勢。
조모 jomo	^{조 모} 祖母	祖母	父親的母親。
조미 jomi	^{조 미} 調味	調味	調理食物的滋味。
조부 joboo	^{조 부} 祖父	祖父	父親的父親。
조부모 joboomo	^{조 부 모} 祖父母	祖父母	父親跟母親的父母親。
조사 josa	^{조 사} 調查	調查	為了瞭解情況而進行考察。
조석 joseok	^{조 석} 朝夕	朝夕	本指早晨和晚上。後亦比喻為從早到晚、時時刻刻。
조세 josae	^{조 세} 租稅	租稅	政府為執行職務，根據法律規定，向國民所徵收的各項稅捐。

ㅈ

韓文	韓文漢字	中文字	意思
조소 joso	^{조 소} 嘲笑	嘲笑	取笑，戲謔，開玩笑。含有諷刺、不滿意等意味的笑。
조수 josoo	^{조 수} 助手	助手	協助他人辦事的人。
조수 josoo	^{조 수} 潮水	潮水	受潮汐影響而定期漲落的水流。
조심 josim	^{조 심} 操心	操心	用心思慮；費心料理。
조약 joyag	^{조 약} 條約	條約	約定的事項、規章；國與國之間所締結的盟約。
조작 jojag	^{조 작} 操作	操作	照一定的步驟、程序來進行工作或使用機器。
조정 jojeong	^{조 정} 調整	調整	調理整頓人事物的現況。如人事異動、改變習慣，改訂價格等。
조종 jojong	^{조 종} 操縱	操縱	掌控管理機器；控制、指揮。
조직 jojig	^{조 직} 組織	組織	構成；一群人為達特定目標，經由一定的程序所組成的團體；生物學上指多細胞生物體中，各細胞和細胞間質依一定秩序聯合為一體，並產生一定功能的基本結構。
조퇴 jotwae	^{조 퇴} 早退	早退	在工作、學習或集體活動中不到規定時間就提前離開。
조화 johwa	^{조 화} 造化	造化	古代指創造、化育萬物的主宰；也指自然界。
조화 johwa	^{조 화} 調和	調和	調解使和好調和對立的觀點；和諧色彩調和；配合得適當。

韓文	韓文漢字	中文字	意思
족보 jokbbo	族譜	族譜	記載宗族或家族譜系的簿冊。
존경 jongyeong	尊敬	尊敬	尊崇敬重。
존엄 joneom	尊嚴	尊嚴	尊貴嚴肅，崇高莊嚴。
존재 jonjae	存在	存在	持續占據時間或空間，尚未消失。
존칭 jonching	尊稱	尊稱	尊貴的稱謂或稱號。敬稱。
종 jong	鐘	鐘	金屬製成的響器，中空，敲時發聲。
종결 jonggyeol	終結	終結	完結、收場，形容最後結束的意思。
종교 jonggyo	宗教	宗教	利用人類對於宇宙、人生的神祕所發生的驚奇和敬畏心理，構成一種勸善懲惡的教義，並用來教化世人，使人信仰的，稱為「宗教」。如佛教、基督教等。
종래 jongnae	從來	從來	從以前到現在。
종료 jongnyo	終了	終了	結束，完畢。發展或進行到最後階段，不再繼續。
종류 jongnyu	種類	種類	依據人物、事物的品名、性質或特點而分的類別。
종반 jongban	終盤	終盤	最終、最後階段的意思；指圍棋等比賽最後決定勝負的局面。

ㅈ

韓文	韓文漢字	中文字	意思
종별 jongbyeol	種別	種別	是指按類區別。
종사 jongsa	從事	從事	擔任，處理事務，投身。
종속 jongsog	從屬	從屬	依從；附屬。
종신 jongsin	終身	終身	一生，一輩子。
종씨 jongssi	宗氏	宗氏	同族，宗族。
종용 jongyong	慫慂	慫恿	從旁勸說鼓動別人去做某事。
종일 jongil	終日	終日	從早到晚整天。
종자 jongja	種子	種子	植物的雌蕊經過受精後，子房內的胚珠發育成熟的部分。主要由種皮、胚、胚乳3部分組成。
종적 jongjeog	蹤跡	蹤跡	足跡，形蹤。
종전 jongjeon	從前	從前	以前，過去。
종점 jongjjeom	終點	終點	道路或旅途結束的地方；引申為完畢、結局之意。
종합 jonghap	綜合	綜合	不同種類、不同性質的事物組合在一起。
종횡 jonghwaeng	縱橫	縱橫	南北和東西；放肆、恣肆；交錯眾多。

韓文	韓文漢字	中文字	意思
좌담 jwadam	^{좌 담} 座談	座談	不拘形式的自由討論。多人坐在一起談話。
좌선 jwaseon	^{좌 선} 座禪	坐禪	意思是閉目端坐，凝志靜修。用心看著頭腦中紛飛的念頭，念頭會慢慢地靜下來，靜下來的頭腦則會出現一片晴朗的天空（比喻）。
좌시 jwasi	^{좌 시} 坐視	坐視	旁觀而不理。視而不管。
좌우 jwawoo	^{좌 우} 左右	左右	左方與右方；附近；控制、支配；大約、上下。
좌우명 jwawoo myeong	^{좌 우 명} 座右銘	座右銘	記載在座位右邊，以警惕自己的格言。
좌절 jwajeol	^{좌 절} 挫折	挫折	事情進行不順利或遭遇失敗。
좌천 jwacheon	^{좌 천} 左遷	左遷	降職、貶官。古人尊右而卑左，故稱官吏被貶降職為「左遷」。
좌파 jwapa	^{좌 파} 左派	左派	指對現存社會經濟及政治秩序的現象，採行激進變革手段的某團體或個人。
좌표 jwapyo	^{좌 표} 座標	座標	表示平面上或空間中某一定點的位置標示。
죄 jwae	^죄 罪	罪	犯法的行為。也可泛指一般的過失；刑罰。
죄과 joeggwa	^{죄 과} 罪過	罪過	罪惡和過失。
죄악 joeag	^{죄 악} 罪惡	罪惡	違反法律、傷害他人或違背良心的行為。

韓文	韓文漢字	中文字	意思
죄인 joein	죄 인 罪人	罪人	有罪的人。
주 joo	주 週	週	一星期。通「周」。
주간 joogan	주 간 週刊	週刊	每星期出版一次的刊物。
주관 joogwan	주 관 主觀	主觀	根據自己的認知或想法對事物作判斷，而不求符合實際狀況。相對於客觀而言。
주권 jooggwon	주 권 主權	主權	獨立自主的權利。構成國家的要素之一。是國家至高無上的政治權力，對內具有排外的管轄權，對外則有不受他國干涉的權力。
주년 joonyeon	주 년 周年	周年	滿一年；標誌重要意義的一年。
주단 joodan	주 단 綢緞	綢緞	泛指絲織品。
주도 joodo	주 도 周到	周到	面面俱到，沒有疏漏。
주량 jooryang	주 량 酒量	酒量	一次能喝酒至不醉的最大限度。
주류 jooryu	주 류 主流	主流	一個水系中，匯集各支流的主要河川；控制事物發展方向的人物或中心力量；喻事物發展的主要趨向。
주말 joomal	주 말 週末	週末	一星期的最後一天。通常指星期六。也指星期六、日（有時也包括星期五）。
주모자 joomoja	주 모 자 主謀者	主謀者	共同做壞事時做主要的謀劃者。

韓文	韓文漢字	中文字	意思
주목 joomog	注目	注目	把視線集中在一點上；引申為注意，重視。
주문 joomoon	呪文	呪文	咒語。
주민 joomin	住民	住民	居住在一定區域內的人。
주밀 joomil	周密	周密	周全細密。
주방 joobang	廚房	廚房	烹調食物的地方。
주부 jooboo	主婦	主婦	操持家務的婦女。
주사 joosa	注射	注射	使用注射器將液態藥劑經皮層或靜脈管強迫注入體內。
주석 jooseog	註釋	註釋	以簡單的文字解釋複雜艱深的文句。
주시 joosi	注視	注視	集中視線，專心的看。
주식 joosig	主食	主食	主要食品，通常指用糧食製成的飯食，如米飯、麵食等。
주야 jooya	晝夜	晝夜	日夜。
주연 jooyeon	主演	主演	在電影或戲劇中，擔任主要角色的演出。
주연 jooyeon	酒宴	酒宴	酒席宴會。

ㅈ

韓文	韓文漢字	中文字	意思
주요 jooyo	主要	主要	最重要的。
주위 joowi	周圍	周圍	環繞在物體四周的部分。
주의 jooi	主義	主義	對事物或原理的基本主張，是觀念和信仰的形態，可形成一股思潮或學說。如資本主義、寫實主義。
주의 jooi	注意	注意	注意，留神。謂把心神集中在某一方面。
주인 jooin	主人	主人	接待賓客的人；權力的所有人；東家有其他人為其工作或在他手下工作的人。
주장 joojang	主張	主張	對事物所抱持的看法或意見。
주장 joojang	主將	主將	軍隊中負責指揮兵士的主要將領、統帥。
주저 joojeo	躊躇	躊躇	猶豫不決。
주제 joojae	主題	主題	文藝作品中所欲表現的中心思想；音樂中重復的並由它擴展的短曲。主旋律；泛指主要內容。
주택 jootaeg	住宅	住宅	住宅是指專供居住的房屋，包括別墅、公寓、職工家屬宿舍和集體宿舍、職工單身宿舍和學生宿舍等。
죽 joog	粥	粥	是一種用稻米、小米或玉米等糧食煮成的稠糊的食物。
죽순 jooksoon	竹筍	竹筍	是竹的幼芽，也稱為筍。竹為多年生常綠禾本目植物，食用部分為初生、嫩肥、短壯的芽或鞭。
준공 joongong	竣工	竣工	工程結束。

韓文	韓文漢字	中文字	意思
준비 joonbi	準備	準備	事先安排或籌劃。
준수 joonsoo	遵守	遵守	依照法律、規則或命令等規定行動而不違背的意思。
준엄 jooneom	峻嚴	峻嚴	嚴厲、嚴格。
중간 joonggan	中間	中間	指在事物兩端之間；兩者(人或地、時、物)之間；在…過程中。
중개 joonggae	仲介	仲介	從中為買賣雙方介紹、提供商品資訊等，並於成交後抽取部分佣金的行為。
중견 joonggyeon	中堅	中堅	古時指軍隊中最精銳的部分；現指集體中最有力的並起較大作用的成分。
중고 joonggo	中古	中古	較晚的古代；二手的意思。舊貨或使用過的物品。
중국 joonggoog	中國	中國	古代華夏族建國於黃河流域一帶，以為居天下之中，故稱中國。
중급 joonggeub	中級	中級	介於高級與低級、上階層與下階層之間的等級。
중년 joongnyeon	中年	中年	是指是年齡已越過青壯年，但尚未開始步入老年族群的人。世界衛生組織（WHO）對中年人的年齡界定為 45 至 59 周歲年紀的人。
중단 joongdan	中斷	中斷	是指半中間發生阻隔、停頓或故障而斷開。
중대 joongdae	重大	重大	作用、意義等比較大而重要。

韓文	韓文漢字	中文字	意思
중도 joongdo	中途	中途	為半路、進程中間或在起點到終點之間的任何地方。
중독 joongdog	中毒	中毒	人或動物由於某些有害的化學物質進入體內,導致生理機能障礙或死亡的現象。患者一般會有噁心、嘔吐、腹瀉、頭痛,眩暈等症狀。
중량 joongnyang	重量	重量	物理學上稱物體所受地心引力的大小。
중립 joongnib	中立	中立	是指不偏袒任何一方,對任何一方不表明任何態度和行為,處在任何對立事物中,任何對立事物不會對中立事物產生相互關係。
중병 joongbyeong	重病	重病	嚴重而危險的大病。
중복 joongbog	重複	重複	事物反覆相同。
중상 joongsang	中傷	中傷	惡意攻擊或陷害他人。
중상 joongsang	重傷	重傷	受的傷相當嚴重。
중소기업 joongsogieob	中小企業	中小企業	是指在經營規模上較小的企業,雇用人數與營業額皆不大。
중순 joongsoon	中旬	中旬	每月 11 日到 20 日。
중심 joongsim	中心	中心	正中央,指跟四周的距離相等的位置;核心,事物的主要部分。在某方面占重要地位、起主導作用。
중앙 joongang	中央	中央	中心的地方;中間;今指國家政權或政治團體的最高領導機構。

韓文	韓文漢字	中文字	意思
중요 joongyo	重要	重要	具有重大影響或後果的；有很大意義的。
중용 joongyong	中庸	中庸	待人處事不偏不倚，無過無不及；形容才德平凡；四書之一。
중임 joongim	重任	重任	擔當重任、委以重任。
중재 joongjae	仲裁	仲裁	雙方發生爭執時，由第三者或法院進行評斷裁決。
중점 joongjjeom	重點	重點	要緊的一點，重心的所在。
중지 joongji	中止	中止	中途停止。
중책 joongchaeg	重責	重責	重大的責任。
중학 joonghak	中學	中學	是中等學校的簡稱，為緊跟著小學教育之後的學歷教育機構，通常也稱為中等教育機構。
중화 joonghwa	中華	中華	中國別稱之一，古代華夏族多建都於黃河南北，以其在四方之中，因稱之為中華。
즉각 jeukggag	即刻	即刻	立刻，馬上。
즉시 jeukssi	即時	即時	立即。當下。立刻。
즉일 jeugil	即日	即日	當天。當日。
증가 jeungga	增加	增加	是在原來的基礎上添加。

韓文	韓文漢字	中文字	意思
증감 jeunggam	增減	增減	數量等的增添與減去。
증강 jeunggang	增強	增強	增進，強化。
증거 jeunggeo	證據	證據	證明事實的憑據。
증권 jeungggwon	證券	證券	是有價證券的簡稱，是一種表示財產權的有價憑證，持有者可以依據此憑證，證明其所有權或債權等私權的證明文件。
증기 jeunggi	蒸氣	蒸氣	物質受熱受壓後由液態變為氣態的形式。
증명 jeungmyeong	證明	證明	根據確實的材料判明真實性；據實以明真偽。
증발 jeungbal	蒸發	蒸發	物質從液態轉化為氣態的相變過程。
증상 jeungsang	症狀	症狀	生病時，身體所產生的種種異常狀態。
증언 jeungeon	證言	證言	證言是指證人就所瞭解的案件事實向法庭所作的陳述。
증여 jeungyeo	贈與	贈與	是贈與人將自己的財產無償給予受贈人、受贈人表示接受的一種行為。
증오 jeungo	憎惡	憎惡	憎恨惡人、壞事。
증인 jeungin	證人	證人	係指被告以外之人在他人之訴訟案件中，對自己過去親身所經驗之事實予以陳述之第三人。
증진 jeungjin	增進	增進	增加並促進。

韓文	韓文漢字	中文字	意思
지각 jigag	^{지 각} **知覺**	**知覺**	知覺是客觀事物直接作用於人的感覺器官，人腦對客觀事物整體的反映；知道、察覺。
지구 jigoo	^{지 구} **地球**	**地球**	太陽系八大行星之一，按離太陽由近及遠的次序排為第3顆，也是太陽系中直徑、質量和密度最大的類地行星，距離太陽1.5億公里。自西向東自轉，同時繞太陽公轉。現有40～46億歲，它有一個天然衛星。
지구 jigoo	^{지 구} **地區**	**地區**	較大範圍的地方。常為對一定的區域泛稱。
지급 jigeup	^{지 급} **至急**	**至急**	極為緊迫。
지대 jidae	^{지 대} **地帶**	**地帶**	地帶是具有獨特的天然邊界的區域，是具有某種性質或範圍的一片地方。
지도 jido	^{지 도} **地圖**	**地圖**	是根據一定的數學法則，即某種地圖投影，將地球或其他星球的自然現象和社會現象通過概括和符號縮繪在平面上的圖形。
지도 jido	^{지 도} **指導**	**指導**	指示教導。指點引導。
지뢰 jirwae	^{지 뢰} **地雷**	**地雷**	是一種放置或埋在地下的爆裂物，經常被用來殺傷經過的敵方人員或車輛，是一種被動式的陸戰軍事武器。
지리 jiri	^{지 리} **地理**	**地理**	土地、山川等的環境形勢。
지명 jimyeong	^{지 명} **知名**	**知名**	名聲出名等。
지명 jimyeong	^{지 명} **指名**	**指名**	指出特定的人或事物的名字。

ㅈ

韓文	韓文漢字	中文字	意思
지문 jimoon	지 문 **指紋**	指紋	指紋是人類手指末端指腹上由凹凸的皮膚所形成的紋路。
지반 jiban	지 반 **地盤**	地盤	房舍等建築物的地基；用特殊情勢所占據或控制的勢力範圍；地球表面由岩石所構成的堅硬部分。
지방 jibang	지 방 **地方**	地方	指地面的某一個特定地區，地點，各行政區、部分等；各級行政區劃的統稱。
지방 jibang	지 방 **脂肪**	脂肪	高級飽和脂肪酸與甘油組合的酯類，在常溫下為白色固體者。
지배 jibae	지 배 **支配**	支配	安排、分配；對人或事物起引導和控制的作用。
지상 jisang	지 상 **地上**	地上	地面上。陸地上；指人間，陽世。
지성 jiseong	지 성 **至誠**	至誠	十分誠懇。
지시 jisi	지 시 **指示**	指示	對部屬或晚輩說明處理事情的原則或方法；以手指點表示。
지식 jisig	지 식 **知識**	知識	人在學習、實踐過程中所獲得的學問、經驗等。
지역 jiyeog	지 역 **地域**	地域	通常是指一定的地域空間，是自然要素與人文因素作用形成的綜合體。
지옥 jiog	지 옥 **地獄**	地獄	多數宗教所描述的死後極苦的世界。
지원 jiwon	지 원 **支援**	支援	用人力、物力、財力或其他實際行動去支持和援助。
지원 jiwon	지 원 **志願**	志願	自願，出於自己的意願。

韓文	韓文漢字	中文字	意思
지위 jiwi	地位 지 위	地位	人或團體在社會關係中所處的位置。
지장보살 jijangbosal	地藏菩薩 지 장 보 살	地藏菩薩	佛教菩薩。四大菩薩之一。
지점 jijeom	地點 지 점	地點	所在的地方。
지정 jijeong	指定 지 정	指定	指明確定；認定。
지지 jiji	支持 지 지	支持	支撐，撐住；支援，贊同鼓勵。
지진 jijin	地震 지 진	地震	因地球內部突然的急速變化，由此產生波擾動向各方傳播，而引起地面震動的現象。
지출 jichool	支出 지 출	支出	支付，付出去。亦指支付的款項。
지침 jichim	指針 지 침	指針	鐘錶或儀表上用以標示時間或度數的針；比喻辨別正確方向的依據。
지평선 jipyeongseon	地平線 지 평 선	地平線	向水平的方向望去，大海或陸地與天空連成一條線，此線稱為「地平線」。
지폐 jipae	紙幣 지 폐	紙幣	紙制的貨幣。一般由國家銀行或由政府授權的銀行發行。
지하 jiha	地下 지 하	地下	地面以下；謂政黨、團體等處於非法、秘密活動狀態；指陰間。
지향 jihyang	志向 지 향	志向	指人們在某一方面決心有所作為的努力方向。
지혜 jihae	智慧 지 혜	智慧	高等生物具有的基於神經器官（物質基礎）一種高級的綜合能力，包含：感知、知識、記憶、理解、聯想、情感、邏輯、辨別、計算、分析、判斷、文化、中庸、包容、決定等能力。

ㅈ

韓文	韓文漢字	中文字	意思
지휘 jihwi	지 휘 **指揮**	**指揮**	發號施令，指示別人行動；樂隊、合唱團等表演時，以手或指揮棒指示節拍、表情的人。
직각 jikggag	직 각 **直角**	**直角**	兩邊互相垂直的角稱為直角，直角的度數為 90 度。
직무 jingmoo	직 무 **職務**	**職務**	按規定所擔任的工作。
직선 jiksseon	직 선 **直線**	**直線**	是一個點在平面或空間沿著一定方向和其相反方向運動的軌跡，是不彎曲的線。
직업 jigeob	직 업 **職業**	**職業**	個人所從事的作為主要生活來源的工作。
직영 jigyeong	직 영 **直營**	**直營**	指總公司直接經營的連鎖店，即由公司總部直接經營、投資、管理各個零售點的經營形態。
직원 jigwon	직 원 **職員**	**職員**	是指政府機構、學校、公司等擔任行政和業務工作的人員。
직장 jikjjang	직 장 **職場**	**職場**	工作的場所。與工作相關的環境、場所、人和事，還包括與工作相關的社會生活活動、人際關係等。
직접 jikjjeob	직 접 **直接**	**直接**	不經過中間事物的。不通過第三者的。沒有其他事物介入的。
직책 jikchaeg	직 책 **職責**	**職責**	指任職者為履行一定的組織職能或完成工作使命，所負責的範圍和承擔的一系列工作任務，以及完成這些工作任務所需承擔的相應責任。
진가 jingga	진 가 **真假**	**真假**	真實或虛假。
진격 jingyeog	진 격 **進擊**	**進擊**	進攻，攻擊。
진공 jingong	진 공 **眞空**	**真空**	完全沒有任何物質存在的狀態；比喻一無所有或活動停擺的狀態。

韓文	韓文漢字	中文字	意思
진귀 jingwi	진 귀 **珍貴**	**珍貴**	珍奇，貴重。
진급 jingeub	진 급 **進級**	**進級**	升高等級。
진단 jindan	진 단 **診斷**	**診斷**	醫生診視病患的症狀，以判定病情。
진도 jindo	진 도 **進度**	**進度**	指進展的程度，也指進行工作的先後快慢的計劃。
진동 jindong	진 동 **振動**	**振動**	指物體的全部或一部分沿直線或曲線往返顫動，有一定的時間規律和週期。
진력 jilyeog	진 력 **盡力**	**盡力**	竭盡自己全部的力量，竭盡全力。
진료 jilyo	진 료 **診療**	**診療**	指診斷治療。
진보 jinbo	진 보 **進步**	**進步**	（人或事物）向前發展，比原來好。
진수 jinsoo	진 수 **眞隨**	**真髓**	真義精要。
진실 jinsil	진 실 **眞實**	**真實**	真確實在。跟客觀事實相符合。
진심 jinsim	진 심 **眞心**	**真心**	純潔善良的心；誠心實意。
진압 jinab	진 압 **鎮壓**	**鎮壓**	用強力壓制，不許進行活動（多用於政治）。
진열 jinyeol	진 열 **陳列**	**陳列**	把物品依序排列、擺設出來以供人觀賞。

ㅈ

韓文	韓文漢字	中文字	意思
진위 jinwi	^{진 위} 眞僞	真偽	真假，真實或虛偽。
진입 jinib	^{진 입} 進入	進入	由外入內。
진정 jinjeong	^{진 정} 眞正	真正	真實的，名實相符的。
진정 jinjeong	^{진 정} 眞情	真情	真實的感情；實際的情形。
진정 jinjeong	^{진 정} 鎭定	鎮定	鎮壓；平定。
진정 jinjeong	^{진 정} 鎭靜	鎮靜	持重，沉靜。
진지 jinji	^{진 지} 眞摯	真摯	真實而誠懇。
진통 jintong	^{진 통} 陣痛	陣痛	有時發作有時停止，斷斷續續的疼痛。多指產婦分娩過程中，因子宮規則收縮所造成的一陣一陣的疼痛；也比喻在社會的變革中，出現的階段性劇烈爭鬥。
진통 jintong	^{진 통} 鎭痛	鎮痛	抑止疼痛。
진품 jinpoom	^{진 품} 珍品	珍品	珍貴的物品。稀世珍品。
진행 jinhaeng	^{진 행} 進行	進行	向前行走；事情依照次序向前推動、辦理。
진흥 jinheung	^{진 흥} 振興	振興	積極努力，使學術、產業等興盛起來。

韓文	韓文漢字	中文字	意思
질녀 jilyeo	姪女	姪女	稱兄弟的女兒或同輩男性親友的女兒。
질병 jilbyeong	疾病	疾病	由於環境致病因子與有機體的相互作用或有機體的內在缺陷，體內穩定狀態控制機制破壞的結果，導致正常結構和功能的紊亂。
질서 jilsseo	秩序	秩序	有條理，不混亂；符合社會規範化狀態。
질식 jilssik	窒息	窒息	因氧氣不足，或呼吸道阻塞不通，以致呼吸困難或停止的現象。
질의 jiri	質疑	質疑	心中懷疑而向人提出問題。
질책 jilchaeg	叱責	叱責	偏重於大聲喝叱，強調聲音大。
질투 jiltoo	嫉妒	嫉妒	因他人勝過自己而心生妒恨的心理狀態。
집단 jipddan	集團	集團	以一定目的集合在一起，並且行動一致的組織團體。
집중 jipjjoong	集中	集中	指把分散人、物或事集合在一起集中精力。
집착 jipchag	執著	執著	佛教上指將人、現象、思想、經驗等視為真實不變，而生起貪著的心態。後泛指堅持某觀點不改變。
집합 jipab	集合	集合	分散的人或事物聚集在一起。
집행 jipaeng	執行	執行	依法實施、實行；依據計畫或決議去做。
집회 jipwae	集會	集會	許多人聚在一起開會；聚集會合。

天行
ch

차 (車) ／韓文＋漢字　・車／中文字
cha

陸地上靠輪子轉動而運行的交通工具。

▶韓文	▶韓文漢字	▶中文字	▶意思
차 cha	차 茶	茶	是指利用茶樹的葉子所加工製成的飲料，多烹成茶湯飲用，也可以加入食物中調味，也可入中藥使用。現代的茶按製作工序主要分為6大類，綠茶、白茶、黃茶、青茶、紅茶、黑茶。
차고 chago	차 고 車庫	車庫	一般是指人們用來停放汽車的地方。
차내 chanae	차 내 車內	車內	車子裡面。
차단 chadan	차 단 遮斷	遮斷	遮蔽不見；掩蓋消失；阻斷；截斷。
차도 chado	차 도 車道	車道	是用在供車輛行經的道路。
차량 charyang	차 량 車輛	車輛	各種車的總稱。
차륜 charyun	차 륜 車輪	車輪	車下轉動的輪子。
차명 chamyeong	차 명 借名	借名	假借名義。
차별 chabyeol	차 별 差別	差別	指形式或內容上不同的地方。
차비 chabi	차 비 車費	車費	搭乘車輛，依車程長短所付的費用。

韓文	韓文漢字	中文字	意思
차액 chaaeg	차 액 **差額**	差額	與一定或標準數額相差的數。
차용 chayong	차 용 **借用**	借用	借來使用。
차이 chai	차 이 **差異**	差異	差別；不相同。
차표 chapyo	차 표 **車票**	車票	繳納對應車次車座的車資後，證明其許可乘車及車座位置的憑證。
착각 chakggag	착 각 **錯覺**	錯覺	是感覺的扭曲，是大腦對刺激的錯誤分析。
착란 changlan	착 란 **錯亂**	錯亂	雜亂無序；失卻常態。
착상 chakssang	착 상 **著想**	著想	構想；想像。
착색 chakssaeg	착 색 **著色**	著色	繪畫塗顏色。
착수 chakssoo	착 수 **著手**	著手	動工，開始做。
착안 chagan	착 안 **著眼**	著眼	考慮，觀察。
착오 chago	착 오 **錯誤**	錯誤	意為不正確，與正確答案相反；與客觀實際不相符合。
착취 chakchwi	착 취 **搾取**	搾取	擠壓取得；比喻剝削、搜括，搾取民脂民膏。
찬동 chandong	찬 동 **贊同**	贊同	贊成，同意。

ㅊ

韓文	韓文漢字	中文字	意思
찬미 chanmi	^{찬 미} 贊美	贊美	稱揚別人的長處或美德。
찬성 chanseong	^{찬 성} 贊成	贊成	對他人的主張或行為表示同意。
찬조 chanjo	^{찬 조} 贊助	贊助	贊同並幫助給予物質或金錢上的資助。
찰나 challa	^{찰 나} 剎那	剎那	表示極短的時間。
참고 chamgo	^{참 고} 參考	參考	查證有關材料來幫助研究和瞭解。
참관 chamgwan	^{참 관} 參觀	參觀	實地觀察（工作成績、事業、設施、名勝古蹟等）。
참배 chambae	^{참 배} 參拜	參拜	到廟宇、佛寺、神社等祭祀場所對祭祀對象表達敬意且含有宗教祭祀性質的禮儀。
참변 chambyeon	^{참 변} 慘變	慘變	悲慘的變故。
참사 chamsa	^{참 사} 慘事	慘事	悲慘的事情。
참선 chamseon	^{참 선} 參禪	參禪	佛教徒依禪師的教導修習佛法。佛教指靜坐冥想，領悟佛理。
참여 chamyeo	^{참 여} 參與	參與	參加（事務的計劃、討論、處理等）。
참조 chamjo	^{참 조} 參照	參照	參考並對照。
참패 champae	^{참 패} 慘敗	慘敗	慘重的失敗。徹底失敗。

韓文	韓文漢字	中文字	意思
참회 chamhwae	참 회 懺悔	懺悔	佛教上本指請對方容忍、寬恕自己的過錯。後泛指悔過。
창 chang	창 窓	窗	房屋中用來透光通氣的洞孔。
창가 changga	창 가 唱歌	唱歌	以抑揚有節奏的音調發出美妙的聲音，給人以享受。也指吟唱歌曲。也指歌唱藝術。
창간 changgan	창 간 創刊	創刊	書報雜誌的創辦刊行。
창고 changgo	창 고 倉庫	倉庫	儲藏貨物等地方。
창립 changnib	창 립 創立	創立	新設立某組織、機構或公司等。
창설 changseol	창 설 創設	創設	最先開創設立。
창시 changsi	창 시 創始	創始	開創建立。
창업 changeob	창 업 創業	創業	開創事業。
창의 changi	창 의 創意	創意	獨創的見解。表現出新意與巧思。
창작 changjag	창 작 創作	創作	出於己意而非模仿的文學或藝術作品的製作。
창조 changjo	창 조 創造	創造	想出新方法、建立新理論、做出新的成績或東西。
창해 changhae	창 해 滄海	滄海	青色的海，泛指大海。

ㅊ

韓文	韓文漢字	中文字	意思
채굴 chaegul	採掘	採掘	開採、挖掘地裡埋藏的礦物等。
채권 chaeggwon	債券	債券	是政府、金融機構、工商企業等機構直接向社會借債籌措資金時，向投資者發行，承諾按一定利率支付利息並按約定條件償還本金的債權債務憑證。
채권 chaeggwon	債權	債權	依據債約的關係，對於債務人依法要求其以金錢或履行一定行為償還債務之權利。
채무 chaemoo	債務	債務	負有以履行一定行為或金錢償還之給付義務；所欠的債。
채용 chaeyong	採用	採用	指採納應用；選取，任用。
채집 chaejib	採集	採集	就是標本及資料等的採摘和收集的意思。
채취 chaechwi	採取	採取	指選擇取用。採納聽取。選取實施。
책동 chaekddong	策動	策動	發動，推動。謀劃鼓動。
책략 chaengnyag	策略	策略	謀略，計畫。
책임 chaegim	責任	責任	本分上所應做的事；於道德或法律上，因某種行為的結果，而任人評論或處分。
책자 chaekjja	冊子	冊子	裝訂成的本子，小冊子
처 cheo	妻	妻	男子的正式配偶。

韓文	韓文漢字	中文字	意思
처녀 cheonyeo	^{처 녀} **處女**	**處女**	是指未有過性交經歷的女人；比喻初次。
처리 cheori	^{처 리} **處理**	**處理**	處置；辦理。
처방 cheobang	^{처 방} **處方**	**處方**	醫師針對病人病症所開具之醫療處置單子。
처벌 cheobeol	^{처 벌} **處罰**	**處罰**	指依據法令規章，加以懲罰，即使犯錯誤或犯罪的人受到政治或經濟上的損失而有所警戒。
처분 cheoboon	^{처 분} **處分**	**處分**	處罰，懲治；指處理，安排。
처세 cheosae	^{처 세} **處世**	**處世**	處身於世，為人的態度，做事的原則。
처자 cheoja	^{처 자} **妻子**	**妻子**	現代是指男女結婚后，對女方的稱謂，與丈夫相對應。
처참 cheocham	^{처 참} **悽慘**	**悽慘**	淒涼悲慘的情景。
처처 cheocheo	^{처 처} **處處**	**處處**	在各個地方，在各個方面，在所有地方。
처치 cheochi	^{처 치} **處置**	**處置**	處理，措置。
처형 cheohyeong	^{처 형} **處刑**	**處刑**	依法對罪犯判處相當的刑罰。
척추 cheokchoo	^{척 추} **脊椎**	**脊椎**	脊椎動物體內構成脊柱的椎骨。
천금 cheongeum	^{천 금} **千金**	**千金**	1000 斤黃金；指很多的錢財。

ㅊ

▶韓文	▶韓文漢字	▶中文字	▶意思
천년 cheonnyeon	천 년 **千年**	**千年**	比喻很長久的時間。
천륜 cheolyun	천 륜 **天倫**	**天倫**	自然的倫常關係，如父子、兄弟等；天理，自然的條理次序。自然的道理。
천리 cheoli	천 리 **千里**	**千里**	形容路途的遙遠。
천리 cheoli	천 리 **天理**	**天理**	天道，自然法則。
천만 cheonman	천 만 **千萬**	**千萬**	數目的名稱。在百萬之上，億之下；形容數目極多。
천명 cheonmyeong	천 명 **天命**	**天命**	上天之意旨；由天主宰的命運。
천명 cheonmyeong	천 명 **闡明**	**闡明**	詳細說明。
천문 cheonmoon	천 문 **天文**	**天文**	天空中，日月星辰及風、雲、雨、雪等一切自然現象。
천민 cheonmin	천 민 **賤民**	**賤民**	古代指沒有社會地位的低下層人民。
천박 cheonbak	천 박 **淺薄**	**淺薄**	膚淺。多指人的學識、修養等。
천부 cheonboo	천 부 **天賦**	**天賦**	就是天分，是天所給予的，成長之前就已經具備的成長特性、資質。
천사 cheonsa	천 사 **天使**	**天使**	天神的使者。代表聖潔、良善，正直，上帝旨意的傳達者；現在常用來比喻天真、溫柔、可愛的人。
천생 cheonsaeng	천 생 **天生**	**天生**	自然生成，與生俱來。

韓文	韓文漢字	中文字	意思
천수 cheonsoo	천 수 **天壽**	**天壽**	猶言天年。
천식 cheonsig	천 식 **喘息**	**喘息**	呼吸困難或呼吸急促的樣子。
천애 cheonae	천 애 **天涯**	**天涯**	指非常遙遠的地方。
천연 cheonyeon	천 연 **天然**	**天然**	自然賦予的，生來具備的。
천운 cheonwoon	천 운 **天運**	**天運**	即宇宙各種自然現象無心運行而自動；天命。自然的氣數。
천은 cheoneun	천 은 **天恩**	**天恩**	上天的恩賜；帝王的恩遇。
천재 cheonjae	천 재 **天才**	**天才**	天賦優越、卓絕的才能。
천재 cheonjae	천 재 **天災**	**天災**	天降的災禍；自然災害。
천적 cheonjeog	천 적 **天敵**	**天敵**	指自然界中某種動物專門捕食或危害另一種動物。
천진난만 cheonjin nanman	천 진 난 만 **天眞爛漫**	**天真爛漫**	形容性情率真，毫不假飾。
천차만별 cheoncha manbyeol	천 차 만 별 **千差萬別**	**千差萬別**	形容事物各不相同。有許多差別。
천추 cheonchoo	천 추 **千秋**	**千秋**	千年、千載。比喻長久的時間。
천편일률 cheonpyeon ilyul	천 편 일 률 **千篇一律**	**千篇一律**	文章的形式或內容毫無變化。

▲韓文	▲韓文漢字	▲中文字	▲意思
천하 cheonha	천 하 **天下**	**天下**	普天之下。全世界。
천후 cheonhoo	천 후 **天候**	**天候**	在一定的時間內（期間較短），某一地區的大氣物理狀態。如氣溫、氣壓、溼度、風、降水等。
철두철미 cheolddu cheolmi	철 두 철 미 **徹頭徹尾**	**徹頭徹尾**	從頭到尾，完完全全。
철로 cheolo	철 로 **鐵路**	**鐵路**	是供火車等交通工具行駛的軌道線路。
철벽 cheolbyeok	철 벽 **鐵壁**	**鐵壁**	鐵做的牆壁。比喻城壁極堅固。
철사 cheolssa	철 사 **鐵絲**	**鐵絲**	用鐵製成的線狀物品，有粗細多種。
철야 cheorya	철 야 **徹夜**	**徹夜**	通宵，一整夜。
철저 cheoljjeo	철 저 **徹底**	**徹底**	完全，貫通到底。
철창 cheolchang	철 창 **鐵窓**	**鐵窗**	裝有鐵柵欄的窗戶。
철탑 cheoltab	철 탑 **鐵塔**	**鐵塔**	鋼鐵建造的高塔；架設高壓電線。
철통 cheoltong	철 통 **鐵桶**	**鐵桶**	鐵製的桶子。
철퇴 cheoltwae	철 퇴 **撤退**	**撤退**	放棄陣地或遷離已占領的地區。
철퇴 cheoltwae	철 퇴 **鐵槌**	**鐵鎚**	鐵製的鎚子。

韓文	韓文漢字	中文字	意思
철학 cheolhag	철 학 哲學	哲學	是研究普遍的、基本問題的學科，包括存在、知識、價值、理智、心靈、語言等領域。
철회 cheolhwae	철 회 撤回	撤回	召回派出去的；收回發出去的。
첨가 cheomga	첨 가 添加	添加	添入，增加。
첨단 cheomdan	첨 단 尖端	尖端	物體尖銳的末端；頂點；科學技術上指發展水準最高的。
첨예 cheomyae	첨 예 尖銳	尖銳	指尖而鋒利；言論激烈。
첩경 cheop ggyeong	첩 경 捷徑	捷徑	便捷的近路。
첩보 cheopbbo	첩 보 諜報	諜報	刺探到的關於敵方軍事、政治、經濟等的情報人員。
청결 cheonggyeol	청 결 清潔	清潔	潔淨無塵。潔淨沒有汙染；清廉。廉潔。純正。
청구 cheonggoo	청 구 請求	請求	懇切要求。指提出要求，希望得到滿足。
청년 cheongnyeon	청 년 青年	青年	年紀在中年以下，少年以上的人。
청동 cheongdong	청 동 青銅	青銅	是純銅（紫銅）加入鋅與鎳以外的金屬所產生的合金，如加入錫、鉛或鋁的銅合金，古時青銅器埋在土裡後顏色因氧化而青灰，故命名為青銅。
청량 cheonglyang	청 량 清涼	清涼	形容清涼舒爽的感覺。

ㅊ

Track
29

▲韓文	▲韓文漢字	▲中文字	▲意思
청렴 cheonglyeom	청 렴 清廉	清廉	清正廉潔，不貪汙。
청백 cheongbaeg	청 백 清白	清白	指品行端正無污點及廉潔自律等。
청빈 cheongbin	청 빈 清貧	清貧	生活清寒貧苦。
청색 cheongsaeg	청 색 青色	青色	指介於綠色和藍色之間的顏色。
청소 cheongso	청 소 清掃	清掃	清理打掃。
청소년 cheong sonyeon	청 소 년 青少年	青少年	年齡約在 12 至 18 歲，介於兒童、 成人間的青春期階段。
청순 cheongsoon	청 순 清純	清純	指清正純潔、思想幹淨，多用來形 容年輕女性，指人很清雅、純真、 不雜、善良。
청자 cheongja	청 자 青瓷	青瓷	不繪畫只塗上淡青色釉的瓷器。
청정 cheongjeong	청 정 清淨	清淨	心境潔淨，不受外擾；清潔純淨。
청중 cheongjoong	청 중 聽眾	聽眾	聽講演、音樂或廣播的人。聆聽演 說、演唱或廣播的大眾。
청천 cheongcheon	청 천 青天	青天	晴朗無雲的天空。
청청백백 cheongcheong baekbaeg	청 청 백 백 清清白白	清清白白	釋義為品行純潔，沒有污點，特指 廉潔。

韓文	韓文漢字	中文字	意思
청초 cheongcho	청 초 清楚	清楚	清秀齊整。清潔整齊。
청춘 cheongchoon	청 춘 靑春	靑春	指青年時期。
청탁 cheongtag	청 탁 請託	請託	以某事相託付。
체격 chegyeog	체 격 體格	體格	指人體外表的形態結構。
체결 chegyeol	체 결 締結	締結	訂立，建立（條約、同盟、邦交等）。
체계 chegae	체 계 體系	體系	若干有關事物或思想意識互相聯繫而構成的一個整體。
체납 chenap	체 납 滯納	滯納	超過規定期限繳納（稅款、保險費等）。
체력 cheryeog	체 력 體力	體力	人體活動時所能付出的力量；身體能持續工作的能力，對疾病的抵抗力。
체류 cheryu	체 류 滯留	滯留	（事物）停滯；停留。
체면 chemyeon	체 면 體面	體面	當個體的作為受到其所處的時空的認可或嘉許時內心的感受。
체벌 chebeol	체 벌 體罰	體罰	使人身體感到痛苦的懲罰。如鞭打、罰站等。
체온 cheon	체 온 體溫	體溫	身體的溫度。人類正常的體溫維持在攝氏 36 度至 37 度。
체육 cheyug	체 육 體育	體育	以鍛鍊體能、增進健康為主的教育。

韓文	韓文漢字	中文字	意思
체조 chejo	체 조 體操	體操	鍛鍊身體的人為運動。
체중 chejoong	체 중 體重	體重	身體的重量。
체질 chejil	체 질 體質	體質	身體素質。人體健康狀況和對外界的適應能力。
체포 chepo	체 포 逮捕	逮捕	對於現行犯、準現行犯或通緝犯加以緝拿，並拘束其行動自由，而進行偵查或處罰。
체험 cheheom	체 험 體驗	體驗	親身體會、感受。
초 cho	초 酢	酢	調味用的酸味液體。
초 cho	초 秒	秒	計算時間的單位。60 秒等於一分。
초고 chogo	초 고 草稿	草稿	未成定稿或未謄清的文稿，也指初步完成的畫作。
초과 chogwa	초 과 超過	超過	超出、高於；在品質、功績、道德或技術等方面超出。
초급 chogeub	초 급 初級	初級	學問、技術等在最初階段的。
초기 chogi	초 기 初期	初期	早期；開始時期。
초능력 choneung nyeog	초 능 력 超能力	超能力	超出人類體能的限制，現科學不能做出合理解釋的超自然，令人不可思議的能力。
초등 chodeung	초 등 初等	初等	淺顯易懂的原理或技能。基礎；最初步的等次。

韓文	韓文漢字	中文字	意思
초목 chomog	草木 (초 목)	草木	指草本植物和木本植物。
초부 choboo	樵夫 (초 부)	樵夫	採伐木柴的人。
초심 chosim	初心 (초 심)	初心	最初的心意。
초안 choan	草案 (초 안)	草案	指未正式確定的或只是公佈試行的法令、規章、條例等。
초원 chowon	草原 (초 원)	草原	雨量較少，僅生長耐旱短草的平原。多位於熱帶及沙漠之間。泛指長滿青草的原野。
초월 chowol	超越 (초 월)	超越	贏過別的事物。
초음파 choeumpa	超音波 (초 음 파)	超音波	是指任何聲波或振動，其頻率超過人類耳朵可以聽到的最高閾值20kHz（千赫）。超音波由於其高頻特性而被廣泛應用於醫學、工業、情報等眾多領域。
초자연 chojayeon	超自然 (초 자 연)	超自然	超自然現象。超於自然世界以外的另一種存在，不能以理性或科學加以說明證實。如上帝、鬼神等。
초점 chojjeom	焦點 (초 점)	焦點	平行光射於球面鏡或透鏡，反射或折射後所集聚的點；比喻問題的關鍵或爭論、注意力的集中點。
초조 chojo	焦燥 (초 조)	焦燥	焦急而煩躁。坐立不安的樣子。
초지 choji	初志 (초 지)	初志	最初的志願。
초췌 chochwae	憔悴 (초 췌)	憔悴	衰弱疲憊失神的樣子。

韓文	韓文漢字	中文字	意思
초치 chochi	초 치 招致	招致	招收，網羅，招聘。
초판 chopan	초 판 初版	初版	印刷業的術語，泛指印刷物（例如書籍）的第一個版本。
촉각 chokggak	촉 각 觸角	觸角	昆蟲、節足或軟體動物的感覺器官。生於頭部兩側、複眼近旁的觸角窩內，具有觸覺、嗅覺及聽覺的機能，呈絲狀、鞭狀或羽狀。
촉각 chokggag	촉 각 觸覺	觸覺	皮膚、毛髮與物體接觸時的感覺。
촉감 chokggam	촉 감 觸感	觸感	因接觸而引起反應。
촉진 chokjjin	촉 진 促進	促進	促使發展前進。推動使發展。
촉탁 choktag	촉 탁 囑託	囑託	託人辦事；託付。
촌 chon	촌 村	村	鄉野人民聚居的地方；現今的一種行政區劃。
촌락 cholag	촌 락 村落	村落	主要指大的聚落或多個聚落形成的群體，常用作現代意義上的人口集中分佈的區域。
총계 chonggae	총 계 總計	總計	統括計算。
총괄 chonggwal	총 괄 總括	總括	概括，歸結，綜合。
총리 chongni	총 리 總理	總理	內閣制國家的行政首長；總管掌理。

韓文	韓文漢字	中文字	意思
총명 chongmyeong	^{총 명} 聰明	聰明	形容人智力發達，記憶與理解力強。聰敏、聰穎。形容人智力發達，記憶與理解力強。
총아 chonga	^{총 아} 寵兒	寵兒	指嬌生慣養的孩子，通常指慣壞了的、受到特殊優待或照顧的人；特別受寵、吃香的人或物。
총애 chongae	^{총 애} 寵愛	寵愛	特別偏愛、疼愛。
총칭 chongching	^{총 칭} 總稱	總稱	總合稱呼。
총화 chonghwa	^{총 화} 總和	總和	指的是加起來的總量或全部內容。
최근 chwaegeun	^{최 근} 最近	最近	指說話前後不久的日子。
최다 chwaeda	^{최 다} 最多	最多	表示在數量上排名第一的事物。
최면 chwaemyeon	^{최 면} 催眠	催眠	個體接受暗示誘導，集中意識於某點而進入昏睡的精神狀態。
최종 chwaejong	^{최 종} 最終	最終	指最後。末了。表明結果的產生，下定義，做結論。
최초 chwaecho	^{최 초} 最初	最初	最早的時期；開始的時候。
최후 chwaehoo	^{최 후} 最後	最後	在時間或次序上在所有其他的後面。
추가 chooga	^{추 가} 追加	追加	在原定的數額以外再增加。
추격 choogyeog	^{추 격} 追擊	追擊	追蹤攻擊。

韓文	韓文漢字	中文字	意思
추구 choogoo	^{추 구} 追求	追求	盡力尋找、探索。
추도 choodo	^{추 도} 追悼	追悼	對死者追思悼念。表示哀悼之情。
추락 choorag	^{추 락} 墜落	墜落	從高處落下。
추리 choori	^{추 리} 推理	推理	一種邏輯的思考方式。由已知或假定的前提來推求結論，或出已知的答案結果，反求其因。凡由因求果、由果溯因、由現象歸其原理、以原理說明現象等，演繹、歸納、類比的思考活動，皆稱「推理」。
추모 choomo	^{추 모} 追慕	追慕	追念仰慕。
추문 choomoon	^{추 문} 醜聞	醜聞	指有關人的陰私、醜事的傳言或消息。
추상 choosang	^{추 상} 抽象	抽象	從許多事物中，捨棄個別的、非本質的屬性，抽出共同的、本質的屬性，叫抽象。相對於具體而言。
추세 choosae	^{추 세} 趨勢	趨勢	時勢的傾向。事物或局勢發展的動向。
추수 choosoo	^{추 수} 秋收	秋收	秋季農作物的收成。
추악 chooag	^{추 악} 醜惡	醜惡	泛稱事物的醜陋惡劣。
추억 chooeok	^{추 억} 追憶	追憶	回憶從前。
추이 chooi	^{추 이} 推移	推移	移動、變化或發展。

韓文	韓文漢字	中文字	意思
추정 choojeong	推定	推定	推測假定。
추진 choojin	推進	推進	推動事業、工作使之向目的前進。
추천 choocheon	推薦	推薦	介紹好的人或事物希望被任用或接受。
추첨 choocheom	抽籤	抽籤	在神廟抽取有籤號的竹籤以蔔吉凶；遇事難以決定時，為求公平而依人數做籤，以抽取決定的方式。
추측 choocheug	推測	推測	推究揣測。指根據已經知道的事物來想象不知道的事情。
추태 chootae	醜態	醜態	不雅觀、有失身分體面的態度。
추파 choopa	秋波	秋波	秋天澄淨的水波；借指女子明亮清澈的眼睛或眼神。
추풍낙엽 choopoongnagyeop	秋風落葉	秋風落葉	秋風掃盡了落葉。比喻一掃而光，不復存在。
추행 choohaeng	醜行	醜行	惡劣的行為。醜惡行為。
축복 chookbbog	祝福	祝福	原指求神賜福，後用於泛指祝人平安、幸福。
축소 chooksso	縮小	縮小	是指規模、數量、範圍或數目上減少，由大變小。
축출 chookchool	逐出	逐出	驅逐、趕出。
축하 chooka	祝賀	祝賀	致送恭賀之意。慶祝賀喜。

Track 30

韓文	韓文漢字	中文字	意思
춘몽 choonmong	춘 몽 春夢	春夢	春天作的夢。因春天好睡，夢境容易忘失，故以春夢比喻短促易逝的事。
춘추 choonchoo	춘 추 春秋	春秋	春季與秋季；光陰、歲月；中國史書。
춘하추동 choonha choodong	춘 하 추 동 春夏秋冬	春夏秋冬	指四季或一年。
출가 choolga	출 가 出嫁	出嫁	女子嫁人。
출구 choolgoo	출 구 出口	出口	把貨物運往國外或外地；流體流出之通道或孔口。
출국 choolgoog	출 국 出國	出國	到國外去。
출근 choolgeun	출 근 出勤	出勤	按規定時間到工作場所工作。
출납 choolab	출 납 出納	出納	一種帳實兼管的工作。出納主要負責企業票據、貨幣資金，以及有價證券等的收付、保管、核算工作。
출동 choolddong	출 동 出動	出動	人員出發開始行動。
출마 choolma	출 마 出馬	出馬	原指將士騎馬出陣交戰；今泛指出頭做事。
출발 choolbal	출 발 出發	出發	離開原地到別處去。
출생 choolssaeng	출 생 出生	出生	降生，誕生。
출석 choolseog	출 석 出席	出席	泛指參加會議或開某會時列於坐席。

282

韓文	韓文漢字	中文字	意思
출세 choolsae	出世	出世	謂出仕做官；立身成名。
출옥 choorog	出獄	出獄	入獄者因為服刑結束，刑滿釋放等原因，而重新獲得進入社會的條件。
출입 choorib	出入	出入	出外與入內；收入與支出。
출자 chooljja	出資	出資	提供資金。
출전 chooljjeon	出戰	出戰	出外作戰或出陣作戰。出兵打仗。跟進攻的敵人作戰。
출제 chooljae	出題	出題	（考試等）出考試題目。命題。
출중 chooljoong	出衆	出眾	高出一般人；超過眾人。
출처 choolcheo	出處	出處	詞語、典故等的來源和根據。
출판 choolpan	出版	出版	印成圖書報刊，以供出售或散布。
출항 choolhang	出航	出航	船離開港口或飛機駛離機場出去航行。
출항 choolhang	出港	出港	船舶駛出港口。
출현 choolhyeon	出現	出現	顯露出來。
출혈 choolhyeol	出血	出血	血液自血管或心臟外流。

ㅊ

韓文	韓文漢字	中文字	意思
충고 choonggo	^{충 고} 忠告	忠告	盡心盡力規勸。
충돌 choongdol	^{충 돌} 衝突	衝突	因意見不同而起爭執。
충동 choongdong	^{충 동} 衝動	衝動	因情緒激動而出現未經理性思考的行為或心理活動;沖擊撼動。
충만 choongman	^{충 만} 充滿	充滿	填滿,裝滿。
충분 choongboon	^{충 분} 充分	充分	足夠,完全。
충성 choongseong	^{충 성} 忠誠	忠誠	真心誠意,無二心。
충실 choongsil	^{충 실} 充實	充實	豐富充足。
충심 choongsim	^{충 심} 衷心	衷心	指發自內心的;真心的、無保留的、忠實的、熱情。
충전 choongjeon	^{충 전} 充電	充電	指給蓄電池等設備補充電量的過程;補充能量(包括補充知識、內心的愉悅、和某人的感情甜蜜度、自己的精氣神兒等)。
충족 choongjok	^{충 족} 充足	充足	數量多,完全滿足需要。
충혈 choonghyeol	^{충 혈} 充血	充血	局部組織或器官,因小動脈、小靜脈以及毛細血管擴張而充滿血液。
취객 chwigaeg	^{취 객} 醉客	醉客	喝醉酒的人。

韓文	韓文漢字	中文字	意思
취득 chwideug	^{취 득} **取得**	**取得**	得到，獲得。
취소 chwiso	^{취 소} **取消**	**取消**	停止計劃；使原有的制度、規章、資格、權利等失去效力；刪除或消去。
취약 chwiyag	^{취 약} **脆弱**	**脆弱**	東西易碎易折經受不起挫折。不堅固的。
취업 chwieob	^{취 업} **就業**	**就業**	得到工作機會。
취임 chwiim	^{취 임} **就任**	**就任**	指的是赴任、就職或擔任職務。
취직 chwijig	^{취 직} **就職**	**就職**	任職。就業。找到工作。
취침 chwichim	^{취 침} **就寢**	**就寢**	上床睡覺，睡眠。
취한 chwihan	^{취 한} **醉漢**	**醉漢**	喝醉了酒的男子。
측량 cheungnyang	^{측 량} **測量**	**測量**	使用儀器或量具以測定速度、長度等數值，或有關地形、地物之高下、大小等狀態。
측면 cheungmyeon	^{측 면} **側面**	**側面**	旁邊的一面；指構成總體的某一個方面。
측은 cheugeun	^{측 은} **惻隱**	**惻隱**	見人遭遇不幸，而生不忍、同情之心。
측정 cheukjjeong	^{측 정} **測定**	**測定**	是指使用測量儀器和工具，通過測量和計算，得到一系列測量數據。
층층 cheung cheung	^{층 층} **層層**	**層層**	一層又一層。

ㅊ

▲韓文	▲韓文漢字	▲中文字	▲意思
치 chi	齒 齒	齒	人和動物嘴裡咀嚼的器官。
치료 chiryo	치료 治療	治療	用藥物、手術等消除疾病。
치명 chimyeong	치명 致命	致命	可使生命喪失的；獻出生命。拼死。
치사 chisa	치사 致謝	致謝	向人表示謝意。
치사 chisa	치사 致死	致死	導致死亡。
치안 chian	치안 治安	治安	泛指國家社會秩序的安寧。
치욕 chiyog	치욕 恥辱	恥辱	羞恥侮辱。
치정 chijeong	치정 癡情	癡情	形容癡迷的愛情。
치하 chiha	치하 致賀	致賀	道賀。致意慶賀。
친가 chinga	친가 親家	親家	因婚姻關係而結成的親戚。
친근 chingeun	친근 親近	親近	（雙方）親密，關係密切。（一方對 一方）親密地接近。
친목 chinmog	친목 親睦	親睦	親近和愛。
친밀 chinmil	친밀 親密	親密	親近密切。

ㅊ

韓文	韓文漢字	中文字	意思
친선 chinseon	친 선 親善	親善	親近友善。
친애 chinae	친 애 親愛	親愛	親近喜愛。
친우 chinoo	친 우 親友	親友	親密的朋友。
친절 chinjeol	친 절 親切	親切	和善熱誠。
친척 chincheog	친 척 親戚	親戚	和自己有血親和姻親的人。
칠 chil	칠 七	七	介於6與8之間的自然數。大寫作「柒」，阿拉伯數字作「7」。
칠기 chilgi	칠 기 漆器	漆器	塗漆的器物。
칠석 chilsseok	칠 석 七夕	七夕	農曆7月7日的夜晚。相傳為天上牛郎織女一年一度相會的時刻，後世以此日為情人節。
칠흑 chilheuk	칠 흑 漆黑	漆黑	黑暗沒有亮光。
침 chim	침 針	針	用來引線縫紉、刺繡或編結的工具。
침구 chimgoo	침 구 鍼灸	鍼灸	一種用特製的金屬針或燃燒的艾絨，刺激經脈穴道的治病方法。
침략 chimnyag	침 략 侵略	侵略	一國侵犯破壞另一國的主權、領土完整及政治獨立，或任何不符合聯合國憲章的行為。
침범 chimbeom	침 범 侵犯	侵犯	非法干涉別人，損害其權益。

▶韓文	▶韓文漢字	▶中文字	▶意思
침입 chimib	침 입 侵入	侵入	用武力強行進入境內；（外來的或有害的事物）進入內部。
침통 chimtong	침 통 沈痛	沉痛	深刻而令人痛心。深切的悲痛。
침투 chimtoo	침 투 浸透	浸透	液體滲透；比喻飽含（某種思想感情等）。
칭송 chingsong	칭 송 稱頌	稱頌	讚美頌揚。
칭찬 chingchan	칭 찬 稱讚	稱讚	是指人們對某件事的讚揚，即對某件事的認同的基礎上覺得它做得好。

☀ 生活用品、藥物的說法

筷子 **젓가락** cheot.ga.rak	湯匙 **숟가락** sut.ga.rak	刀子 **나이프** na.i.peu	叉子 **포크** po.keu	杯子 **컵** keop
毛巾 **수건** su.geon	雨傘 **우산** u.san	眼鏡 **안경** an.gyeong	隱形眼鏡 **콘택트렌즈** kon.taek. teu.ren.jeu	手機 **핸드폰** haen.deu.pon
煙灰缸 **재떨이** chae.tteo.ri	鏡子 **거울** keo.ul	紙 **종이** chong.i	鉛筆 **연필** yeon.pil	原子筆 **볼펜** pol.pen
橡皮擦 **지우개** chi.u.gae	剪刀 **가위** ga.wi	衛生紙 **화장지** hwa.jang.ji	衛生棉 **생리대** saeng.ri.dae	藥 **약** yak

ㅋ行
k

쾌감 (快感) /韓文+漢字 　·**快感**/中文字
kwaegam
是指愉快或舒服的感覺。

ㅋ
ㅌ

▶韓文	▶韓文漢字	▶中文字	▶意思
쾌락 kwaerag	쾌 락 **快樂**	**快樂**	感到活著很幸福或滿意。一種感受良好時的情緒反應。
쾌속 kwaesog	쾌 속 **快速**	**快速**	指速度快，迅速。

ㅌ行
t

타 (他) /韓文+漢字　·**他**/中文字
ta
別的，另外的。

他

▶韓文	▶韓文漢字	▶中文字	▶意思
타격 tagyeog	타 격 **打擊**	**打擊**	敲打。
타국 tagoog	타 국 **他國**	**他國**	別國、其他的國家。
타기 tagi	타 기 **唾棄**	**唾棄**	吐唾於地，輕視鄙棄。
타당 tadang	타 당 **妥當**	**妥當**	穩妥適當。
타도 tado	타 도 **打倒**	**打倒**	擊打使橫躺下來；攻擊使垮臺。推翻。
타락 tarag	타 락 **墮落**	**墮落**	行為不正，亦指人品趨於下流。

韓文	韓文漢字	中文字	意思
타산 tasan	^{타 산} **打算**	打算	考慮思量、預先籌畫。
타자 taja	^{타 자} **打者**	打者	棒球比賽中，進攻方上場擔任打擊任務的球員稱為擊球員，通常簡稱為「打者」。
타자 taja	^{타 자} **打字**	打字	用打字機把文字打在紙上。
타조 tajo	^{타 조} **駝鳥**	駝鳥	為鴕鳥科唯一的物種，是非洲一種體形巨大，不會飛但奔跑得很快的鳥，也是世界上現存體型最大的鳥類。高可達 2.5 米，全身有黑白色的羽毛。
타종 tajong	^{타 종} **打鐘**	打鐘	學校、機關團體等表示上、下課或上、下班的信號。
타파 tapa	^{타 파} **打破**	打破	使物體破壞、損傷；突破原有的限制和約束。
타향 tahyang	^{타 향} **他鄉**	他鄉	異鄉，家鄉以外的地方。
타협 tahyeob	^{타 협} **妥協**	妥協	彼此退讓部分的意見、原則等，以避免爭端或衝突。
탁구 takggoo	^{탁 구} **卓球**	桌球	使用球拍擊球，球桌上有長條形小網的球類運動。也稱為「乒乓」、「乒乓球」。
탁월 tagwol	^{탁 월} **卓越**	卓越	非常優秀，超出常人。
탁음 tageum	^{탁 음} **濁音**	濁音	語音學中，將發音時聲帶振動的音稱為濁音。
탄광 tangwang	^{탄 광} **炭鑛**	炭礦	煤礦是指富含煤炭資源的地方，通常也指採用地下採掘或露天採掘方式生產煤炭的工廠。
탄도 tando	^{탄 도} **彈道**	彈道	是指彈丸或其它發射體質心運動的軌跡。

韓文	韓文漢字	中文字	意思
탄두 tandoo	탄 두 彈頭	彈頭	飛彈炮彈及槍彈等的前端部位。子彈經擊發之後，只有彈頭向外射出，產生殺傷及破壞作用。
탄력 talyeog	탄 력 彈力	彈力	物體受外力作用產生形變時，本身所具有的恢復原狀的力量。
탄복 tanbok	탄 복 歎服	歎服	讚歎佩服。
탄생 tansaeng	탄 생 誕生	誕生	指出生，降生；也用於比喻新事物的出現。成立、創辦。
탄성 tanseong	탄 성 彈性	彈性	物體受外力作用，會改變其形體，而當外力除去後，即恢復其原狀，此種性質，稱為「彈性」。
탄식 tansig	탄 식 嘆息	嘆息	又叫嘆氣、唉聲嘆氣，主要形容人失望、失落時的心情，多伴隨無可奈何之意。
탄신 tansin	탄 신 誕辰	誕辰	生日。
탄압 tanab	탄 압 彈壓	彈壓	控制；制服；鎮壓。
탄약 tanyag	탄 약 彈藥	彈藥	槍彈、炮彈、炸彈、火藥等具有殺傷力，或其他特殊作用的爆炸物的統稱。
탄핵 tanhaeg	탄 핵 彈劾	彈劾	監察機關或民意機關，糾舉違法失職的官員，並追究其法律責任的行動，稱為「彈劾」。
탄환 tanhwan	탄 환 彈丸	彈丸	彈弓所用的鐵丸或泥丸；槍彈的彈頭。
탈당 talddang	탈 당 脫黨	脫黨	脫離所屬的政黨。
탈락 talag	탈 락 脫落	脫落	掉落。指從附著的物體上掉下來。

韓文	韓文漢字	中文字	意思
탈모 talmo	脫毛	脫毛	脫去毛髮。
탈모 talmo	脫帽	脫帽	脫下帽子；降服。甘拜下方。
탈색 talssaeg	脫色	脫色	顏色脫落、變淡。也作「退色」；用化學方法去掉物質原來的色素。
탈의 tari	脫衣	脫衣	脫掉衣服。
탈자 taljja	脫字	脫字	書刊中脫漏的字。
탈취 talchwi	奪取	奪取	使用力量強行取得。
탈피 talpi	脫皮	脫皮	皮膚脫離掉落。
탐닉 tamnig	耽溺	耽溺	沉溺入迷。
탐색 tamsaeg	探索	探索	指研究未知事物的精神，或指對事物進行搜查的行為，或指多方尋求答案的過程。
탐험 tamheom	探險	探險	到不為人知或危險的地方去冒險探索。
탑승 tapsseung	搭乘	搭乘	乘坐交通工具。
탕약 tangyak	湯藥	湯藥	指的是用水煎服的中藥。
태교 taegyo	胎教	胎教	孕婦謹言慎行，心情舒暢，給胎兒以良好教育，叫做胎教。

韓文	韓文漢字	中文字	意思
태국 taegook	태국 泰國	泰國	東南亞國家。在中南半島中部。舊名暹羅。面積 5140 萬平方公里。人口 6040 萬（1995 年）。首都曼谷。中部有湄南河平原，餘為山地和低緩高原。
태극 taegeug	태극 太極	太極	其一為卦畫，就是以 S 形分割左右為一白一黑的圓形圖；其二說的是卦象形成前，混而為一的狀態，即是天地未分的「渾沌」。之後，產生了「陽」直線、「陰」斷線的符號，合稱「兩儀」，分別稱之陽爻、陰爻。
태기 taegi	태기 胎氣	胎氣	妊娠期孕婦出現惡心、嘔吐和腿部腫脹等反應。
태도 taedo	태도 態度	態度	對人或事的看法在其言行中的表現。
태만 taeman	태만 怠慢	怠慢	怠惰放蕩。
태산 taesan	태산 泰山	泰山	山名。起於山東省膠州灣西南，橫亙省境中部，盡於運河東岸。主峰在泰安縣北，為五嶽中的東嶽。
태세 taesae	태세 態勢	態勢	狀態、形勢和陣勢。
태아 taea	태아 胎兒	胎兒	是指妊娠 8 周以後的胎體。妊娠 4～8 週娩出的胎體為胚胎。胚胎期重要器官逐漸形成，在胎兒期各器官進一步發育成熟。
태양 taeyang	태양 太陽	太陽	日的通稱。
태자 taeja	태자 太子	太子	一般是指皇帝冊立的「皇太子」，簡稱「太子」。

韓文	韓文漢字	中文字	意思
태평양 taepyeong yang	태 평 양 太平洋	太平洋	地球上四大洋中最大最深和島嶼最多的洋。在亞洲、澳洲、南極洲和南、北美洲之間。
태풍 taepoong	태 풍 颱風	颱風	發生在西太平洋上由強烈熱帶性低氣壓或熱帶氣旋所引起的暴風，其強度達到一定標準時即為颱風。
토로 toro	토 로 吐露	吐露	說出實情或真心話。
토론 toron	토 론 討論	討論	相互探討研究，以尋求結論。
토목 tomog	토 목 土木	土木	建築工程。
토벌 tobeol	토 벌 討伐	討伐	指征伐，出兵攻打。
토산 tosan	토 산 土産	土産	當地產的物品。
토양 toyang	토 양 土壤	土壤	覆蓋在地殼最外圍的一層土質，由土粒與腐植質混合而成。
토인 toin	토 인 土人	土人	指土著。本地人；文化不發達地區的人。
토지 toji	토 지 土地	土地	田地；土壤；地球的純陸地部分。
통계 tonggae	통 계 統計	統計	總括計算。總括計算。
통고 tonggo	통 고 通告	通告	機關或團體對全體成員的告示公文。
통곡 tonggok	통 곡 痛哭	痛哭	大聲哭泣；盡情地哭。

韓文	韓文漢字	中文字	意思
통과 tonggwa	통 과 **通過**	**通過**	指通行。穿過；議案等經過法定人數的同意而成立。
통관 tonggwan	통 관 **通關**	**通關**	是指進出口貨物和轉運貨物，進出入一國海關關境或國境必須辦理的海關規定手續。只有在辦理海關申報、查驗、征稅、放行等手續後，貨物才能放行，放行完畢叫通關。
통보 tongbo	통 보 **通報**	**通報**	通知，傳達。
통상 tongsang	통 상 **通常**	**通常**	平常，普通。
통상 tongsang	통 상 **通商**	**通商**	與外國互相貿易。
통석 tongseog	통 석 **痛惜**	**痛惜**	心痛惋惜哀痛。
통속 tongsog	통 속 **通俗**	**通俗**	淺顯易懂，適合大眾品味或水準的。
통용 tongyong	통 용 **通用**	**通用**	沒有時、地、人的限制，可以共同使用。
통일 tongil	통 일 **統一**	**統一**	將零散、分離的事物統合為一體；一致的、沒有差別的。
통절 tongjeol	통 절 **痛切**	**痛切**	極其懇切；悲痛而深切。
통지 tongji	통 지 **通知**	**通知**	把事項告訴人知道；通知事項的文書或口信。
통찰 tongchal	통 찰 **洞察**	**洞察**	深入、徹底的觀察。

韓文	韓文漢字	中文字	意思
통치 tongchi	통 치 統治	統治	政府為維持國家的生存與發展，運用國權，以支配領土和國民的行為。
통쾌 tongkwae	통 쾌 痛快	痛快	心情舒暢。
통한 tonghan	통 한 痛恨	痛恨	怨恨到了極點。
통할 tonghal	통 할 統轄	統轄	統理管轄。
통행 tonghaeng	통 행 通行	通行	（行人、車馬等）在交通線上通過；一般通用、流通。廣泛流行。
통혼 tonghon	통 혼 通婚	通婚	不同的家庭或種族間，以婚姻結成姻親關係。
통화 tonghwa	통 화 通貨	通貨	作為交易媒介正在流通的某些東西，如硬幣、政府紙幣、銀行券。
통화 tonghwa	통 화 通話	通話	在電話中交談。
퇴각 twaegag	퇴 각 退却	退卻	軍隊在作戰中向後撤退。
퇴거 twaegeo	퇴 거 退去	退去	撤離；離開。
퇴로 twaero	퇴 로 退路	退路	倒退回去的道路。
퇴보 twaebo	퇴 보 退步	退步	倒退落後。比原來差。
퇴비 twaebi	퇴 비 堆肥	堆肥	利用各種植物殘體（作物秸稈、雜草、樹葉、泥炭、垃圾以及其它廢棄物等）為主要原料，混合人畜糞尿經堆制腐解而成的有機肥料。

韓文	韓文漢字	中文字	意思
퇴색 twaesaeg	퇴색 **褪色**	褪色	顏色脫落或變淡。
퇴장 twaejang	퇴장 **退場**	退場	表演者或觀眾，因表演終了，而退離表演場所。離開演出、比賽等場所。
퇴조 twaejo	퇴조 **退潮**	退潮	在海洋潮汐週期中，海面的水位由高至低逐漸下降的期間。
퇴폐 twaepae	퇴폐 **頹廢**	頹廢	泛指自我放縱，無視於道德與社會觀感。意志消沉，精神萎靡。
퇴피 twaepi	퇴피 **退避**	退避	退後躲避。
퇴학 twaehag	퇴학 **退學**	退學	學生因故中止學習，也指學校不許嚴重違反校規或成績不及格達一定比例學生繼續在校就讀。
퇴화 twaehwa	퇴화 **退化**	退化	生物體的一部分器官變小，機能減退、甚至完全消失；泛指事物由優變劣，由好變壞。
투고 toogo	투고 **投稿**	投稿	是作者將自己享有著作權的未發表作品投寄給報刊雜誌社、廣播電視臺或出版社並希望被採用的行為。
투과 toogwa	투과 **透過**	透過	穿透：穿過。
투구 toogoo	투구 **投球**	投球	（棒球）投球；投出的球。
투기 toogi	투기 **投機**	投機	投機指利用市場出現的價差進行買賣從中獲得利潤的交易行為。
투명 toomyeong	투명 **透明**	透明	光線可以穿過，通澈明亮；完全的、清楚的。
투수 toosoo	투수 **投手**	投手	棒球或壘球比賽中，負責投球供進攻方打擊手打擊的球員，通常被視為主宰比賽勝負的靈魂人物。

ㅌ

韓文	韓文漢字	中文字	意思
투숙 toosoog	投宿	投宿	前往住宿。臨時住宿。
투시 toosi	透視	透視	利用愛克斯射線透過人體在螢幕上所形成的影像觀察人體內部；比喻清楚地看到事物的本質。
투우 toowoo	鬥牛	鬥牛	是指牛與人、牛與牛間在鬥牛場進行打鬥的一項競技活動。
투입 tooib	投入	投入	擲入、丟入；放進去（資本、勞力等）。
투자 tooja	投資	投資	以資本、財物或勞務，直接或間接投入某種企業的經營，以企圖獲利的行為。
투쟁 toojaeng	鬥爭	鬥爭	泛指雙方互不相讓，力求取勝。
투지 tooji	鬥志	鬥志	鬥爭的意志。奮發進取的意志。
투척 toocheog	投擲	投擲	拋，丟。
투철 toocheol	透徹	透徹	清澈。顯明通徹。詳盡而深入。
투표 toopyo	投票	投票	選舉或表決時，根據多數票決定事物的方式；選舉或表決時將個人意見表達在選票上，再投進票箱。
투항 toohang	投降	投降	停止抵抗，向對方降順。
특혜 teukae	特惠	特惠	給予特別優惠待遇的。

ㅍ 行
p

중국어와 뜻이 같은 한국어

파견 (派遣) 韓文+漢字
pagyeon

· 派遣 中文字

以賦予或給予正式證件或授權的證明文件的
方式委派；派往某特定目的地。

▲韓文	▲韓文漢字	▲中文字	▲意思
파괴 pagwae	파 괴 **破壞**	**破壞**	毀壞、損害。
파급 pageub	파 급 **波及**	**波及**	水波擴散，及於四周。比喻有所影響、牽累。
파기 pagi	파 기 **破棄**	**破棄**	破除。破壞。
파도 pado	파 도 **波濤**	**波濤**	大波浪。
파동 padong	파 동 **波動**	**波動**	起伏不定；不穩定；物理學上指物質某一點的振動，能漸次傳播到四周，產生週期相同的振動。
파란 paran	파 란 **波瀾**	**波瀾**	波浪、波濤；比喻世事或人心的起伏變化。
파랑 parang	파 랑 **波浪**	**波浪**	水面因各種力量所產生的週期性起伏。
파면 pamyeon	파 면 **罷免**	**罷免**	公民對民選的議員或行政官員，在其法定任期未滿前，用投票方式使其去職。
파멸 pamyeol	파 멸 **破滅**	**破滅**	指希望或幻想消失不見。
파문 pamoon	파 문 **波紋**	**波紋**	水面微浪形成的紋理。
파병 pabyeong	파 병 **派兵**	**派兵**	派遣兵士或軍隊。

韓文	韓文漢字	中文字	意思
파산 pasan	破産	破產	喪失全部財產。
파손 pason	破損	破損	殘破損壞。
파수 pasoo	把守	把守	守衛；看守（重要的地方）。
파악 paag	把握	把握	抓住，掌握。
파죽지세 pajukjjise	破竹之勢	破竹之勢	比喻作戰或工作順利，毫無阻礙。
파직 pajik	罷職	罷職	解除職務。
파초 pacho	芭蕉	芭蕉	芭蕉屬多年生的幾種樹狀的草本植物，葉子很大，果實像香蕉，可以吃。
파탄 patan	破綻	破綻	衣被靴帽等的裂縫。（韓語另外還有「關係破裂」之意）。
판결 pangyeol	判決	判決	法院依據法律對訴訟案件所做的裁斷。
판권 panggwon	版權	版權	一種法律權力用以保護著作人之智慧財產權不被他人不當的複製。
판단 pandan	判斷	判斷	做為動詞指的是心理的活動，當人對外在客觀情境或己身內在狀態進行評估或衡量。
판도 pando	版圖	版圖	指國家的疆域。
판매 panmae	販賣	販賣	買進貨品後再售出，從中賺取差價；銷售商品。

韓文	韓文漢字	中文字	意思
판정 panjeong	^{판 정} 判定	判定	分辨斷定。通常依照客觀事實加以斷定。
패가 paega	^{패 가} 敗家	敗家	揮霍浪費；使家業敗落。
패권 paeggwon	^{패 권} 覇權	覇權	強權。指強勢國家向外擴張勢力所造成的威權。
패기 paegi	^{패 기} 覇氣	覇氣	霸者的強悍氣勢。
패류 paeryu	^{패 류} 貝類	貝類	具有貝殼的軟體動物。
패망 paemang	^{패 망} 敗亡	敗亡	因失敗而滅亡。
패자 paeja	^{패 자} 覇者	覇者	以武力、權力稱霸的諸侯盟主。
팽창 paengchang	^{팽 창} 膨脹	膨脹	物體由原體積而擴大或增長；引申為事件、勢力的升高或擴充。
편도선 pyeondoseon	^{편 도 선} 扁桃腺	扁桃腺	口腔及咽頭旁的腺體，屬於淋巴系統，有攔阻細菌的作用。因形如扁桃，故稱之。
편리 pyeoli	^{편 리} 便利	便利	使用或行動起來不感覺困難。
편식 pyeonsig	^{편 식} 偏食	偏食	指只喜歡吃某幾種食物的不良習慣。
편애 pyeonae	^{편 애} 偏愛	偏愛	在眾多的人或事物當中，特別喜愛某一個或某一件。
편이 pyeoni	^{편 이} 便易	便易	簡便；方便容易。

ㅍ

▶韓文	▶韓文漢字	▶中文字	▶意思
편입 pyeonib	^{편 입} 編入	編入	按一定的原則、規則或次序來組織或排列，編排進去。
편자 pyeonja	^{편 자} 編者	編者	文稿的編纂人員；將他人著作彙編成書的人。
편저 pyeonjeo	^{편 저} 編著	編著	編輯著述。將現有的材料及自己研究的成果加以整理寫成書或文章。
편중 pyeonjoong	^{편 중} 偏重	偏重	特別看重。
편집 pyeonjip	^{편 집} 編輯	編輯	蒐集資料，加以鑑別、選擇、分類、整理、排列和組織。
편차 pyeoncha	^{편 차} 偏差	偏差	統計數據與代表值（通常為算術平均）的差，稱為「偏差」。
편찬 pyeonchan	^{편 찬} 編纂	編纂	猶編輯。編寫纂集成書等。
편취 pyeonchwi	^{편 취} 騙取	騙取	用手段欺騙而獲取。
편파 pyeonpa	^{편 파} 偏頗	偏頗	偏向於一方，有失公正。
평가 pyeonggga	^{평 가} 評價	評價	評估人、事、物的優劣、善惡美醜、或合不合理，稱為「評價」。
평균 pyeonggyun	^{평 균} 平均	平均	輕重相等，分量一致；把總數按份兒均勻計算。
평등 pyeongdeung	^{평 등} 平等	平等	彼此同等、相等。社會主體在社會關係、生活中處同等的地位，具有相同的發展機會權利。
평론 pyeongnon	^{평 론} 評論	評論	針對於事物進行主觀或客觀的自我印象闡述。

韓文	韓文漢字	中文字	意思
평민 pyeongmin	평 민 平民	平民	指普通市民、公民，沒有任何特權或官職的自由人。（區別於貴族或特權階級）。
평범 pyeongbeom	평 범 平凡	平凡	平常，不出色。
평상 pyeongsang	평 상 平常	平常	普通，無特異；平時。往常。
평생 pyeongsaeng	평 생 平生	平生	平素。平時。平常。
평시 pyeongsi	평 시 平時	平時	平常時候，平日，平素。太平時日，和平時期。
평안 pyeongan	평 안 平安	平安	就是沒有事故，沒有危險；平穩安全；也指心境平靜安定等。
평야 pyeongya	평 야 平野	平野	平坦而空曠的原野。
평온 pyeongon	평 온 平穩	平穩	平靜安穩，沒有任何驚險或波動。
평이 pyeongi	평 이 平易	平易	文字淺顯易懂。
평일 pyeongil	평 일 平日	平日	平時；平常的日子（區別於特定的日子，如假日、節日等）。
평정 pyeongjeong	평 정 平靜	平靜	形容平和安靜。安寧。沒有騷擾動蕩；鎮靜、冷靜。
평탄 pyeongtan	평 탄 平坦	平坦	沒有高低凹凸；沒有曲折，沒有困難阻礙，很順利。
평판 pyeongpan	평 판 評判	評判	判定勝負或優劣的定論、判斷、意見。

ㅍ

韓文	韓文漢字	中文字	意思
평행 pyeonghaeng	평 행 **平行**	平行	兩個平面或一個平面內的兩條直線或一條直線與一個平面始終不能相交，叫做平行；同時進行的。
폐결핵 paegyeolhaeg	폐 결 핵 **肺結核**	肺結核	為結核桿菌感染引起的疾病。結核通常造成肺部感染，也會感染身體的其他部分。
폐교 paegyo	폐 교 **廢校**	廢校	是指以公共行政或法律手段迫使學校停止辦學的行為。
폐기 paegi	폐 기 **廢棄**	廢棄	因失去利用價值而捨棄；廢除、拋棄不用。
폐병 paebbyeong	폐 병 **肺病**	肺病	肺臟疾病的通稱。
폐쇄 paeswae	폐 쇄 **閉鎖**	閉鎖	封閉。關閉。阻塞。
폐수 paesoo	폐 수 **廢水**	廢水	即受外物污染，主要是人為污染的水。
폐습 paeseub	폐 습 **弊習**	弊習	是指壞習氣。
폐암 paeam	폐 암 **肺癌**	肺癌	它是一種生長於支氣管或肺泡的惡性腫瘤。肇因於肺部組織細胞不受控制地生長。如不治療，腫瘤細胞會轉移至鄰近組織或身體的其他地方。
폐인 paein	폐 인 **廢人**	廢人	殘廢的人。
폐장 paejang	폐 장 **肺臟**	肺臟	人和高等動物的呼吸器官。人的肺在胸腔內，左右各一，和支氣管相連。
폐지 paeji	폐 지 **廢止**	廢止	使法律上無效，宣佈在法律上不再生效；取消。廢棄不用。

韓文	韓文漢字	中文字	意思
폐품 paepoom	폐 품 廢品	廢品	質量不合格，不能使用的成品。
폐풍 paepoong	폐 풍 弊風	弊風	不良的習尚。
폐하 paeha	폐 하 陛下	陛下	對帝王的尊稱。
폐해 paehae	폐 해 弊害	弊害	弊病。惡劣影響。
폐허 paeheo	폐 허 廢墟	廢墟	建築物荒廢後的遺跡。
폐회 paehwae	폐 회 閉會	閉會	會議結束。
포경 pogyeong	포 경 捕鯨	捕鯨	獵取鯨類以充當食物和提取油脂的行為。
포고 pogo	포 고 佈告	佈告	正式宣告；指官方或群眾團體張貼的告示。
포괄 pogwal	포 괄 包括	包括	表示包含；總括。
포교 pogyo	포 교 布教	布教	傳佈教義。
포기 pogi	포 기 抛棄	抛棄	丟棄，扔掉不要。
포대 podae	포 대 布袋	布袋	布製的袋子。
포도 podo	포 도 葡萄	葡萄	植物名。葡萄科葡萄屬，落葉大藤本。葉掌狀分裂，具長柄，互生，心狀圓形。花色黃綠，呈圓錐形。果實也稱為「葡萄」。

ㅍ

韓文	韓文漢字	中文字	意思
포로 poro	^{포 로} 捕虜	捕虜	指被俘者。
포말 pomal	^{포 말} 泡沫	泡沫	聚在一起的許多小泡；引申意思是比喻某一事物所存在的表面上繁榮、興旺而實際上虛浮不實的成分。
포물선 pomoolseon	^{포 물 선} 抛物線	抛物線	抛擲物體落地時所循的曲線，有一定點與一定直線，聯結其等距的諸點，則成抛物線。
포병 pobyeong	^{포 병} 砲兵	砲兵	是以火炮、火箭炮和戰役戰術導彈為基本裝備，遂行地面火力突擊任務的兵種。
포부 poboo	^{포 부} 抱負	抱負	心中有所懷抱。指志向、理想、願望。
포성 poseong	^{포 성} 砲聲	砲聲	大炮發炮時的聲響。
포수 posoo	^{포 수} 砲手	砲手	指專門負責，炮彈發射之人。
포수 posoo	^{포 수} 捕手	捕手	棒球比賽中，在本壘後方的守備隊員。
포용 poyong	^{포 용} 包容	包容	指容納。收容；寬容大度。
포위 powi	^{포 위} 包圍	包圍	由四面八方圍住。
포유 poyoo	^{포 유} 哺乳	哺乳	指的是女性以乳房餵食嬰兒母乳的行為。
포장 pojang	^{포 장} 包裝	包裝	把商品包裹起來或裝進盒子、瓶子等。
포장 pojang	^{포 장} 褒獎	褒獎	讚揚獎勵。

韓文	韓文漢字	中文字	意思
포착 pochag	捕捉	捕捉	追捕捉拿。
포탄 potan	砲彈	砲彈	用炮發射的彈藥。
포학 pohag	暴虐	暴虐	指兇惡殘酷。
포함 poham	包含	包含	包括。裡邊含有。
포화 pohwa	砲火	砲火	指戰場上發射的炮彈與炮彈爆炸後發出的火焰。
포획 pohwaeg	捕獲	捕獲	捕捉而有所獲得。捉到。拿獲。
포효 pohyo	咆哮	咆哮	野獸怒吼；形容人在激怒時的吼叫。
폭군 pokggoon	暴君	暴君	專制無道的君主。殘酷地或野蠻地行使專制權力的統治者。
폭도 pokddo	暴徒	暴徒	用強暴手段迫害別人、擾亂社會秩序的壞人。
폭동 pokddong	暴動	暴動	群眾共同實施的不法暴力行為，所用的方式有威脅、打鬥、破壞等，嚴重破壞社會秩序及安寧。
폭락 pongnag	暴落	暴落	急劇下降。
폭력 pongnyeog	暴力	暴力	指基於故意侵犯或傷害他人的心理，而使用激烈且富有強制性力量之行為，包括有形物理或無形心理。
폭로 pongno	暴露	暴露	是指露在外面，無所遮蔽；顯露（隱蔽的事物、缺陷、矛盾、問題等）。

ㅍ

▶韓文	▶韓文漢字	▶中文字	▶意思
폭리 pongli	폭 리 暴利	暴利	以不正當手段，在短時間內取得的巨額利潤。
폭발 pokbbal	폭 발 暴發	暴發	急起，突然而猛烈發生。
폭식 pokssik	폭 식 暴食	暴食	飲食過度。
폭우 pogoo	폭 우 暴雨	暴雨	急而猛烈的雨。
폭정 pokjjeong	폭 정 暴政	暴政	專制政權所施行的殘暴凶惡的措施。
폭죽 pokjjook	폭 죽 爆竹	爆竹	古時以火燃竹，劈啪作響，用以驅鬼。今則用紙捲裹火藥做成，點燃引線就會炸裂，發出巨大聲響，常在喜慶時燃放。
폭탄 poktan	폭 탄 爆彈	爆彈	炸彈。
폭투 poktoo	폭 투 暴投	暴投	是棒球裡投手的一項數據，指的是比賽中投手所投出的球太高、太低、或離本壘板太遠，使得捕手於正常蹲捕時無法接住球，也讓壘上的跑者進壘，甚至得分。
폭행 pokaeng	폭 행 暴行	暴行	凶狠殘暴的舉動。
표결 pyogyeol	표 결 表決	表決	會議時，對議案舉行投票以決定議案是否成立。
표류 pyoryoo	표 류 漂流	漂流	漂浮流動；漂泊，行蹤無定。
표면 pyomyeon	표 면 表面	表面	物體跟外界接觸的部分；事物的外在現象或非實質的部分。

韓文	韓文漢字	中文字	意思
표명 pyomyeong	表明	表明	清楚的表達自己意見、情感或事情的真相。
표방 pyobang	標榜	標榜	表揚，稱讚。誇耀，稱揚。
표본 pyobon	標本	標本	經過處理，可長久保存原貌的動、植、礦物等；在某一類事物中可以作為代表的事物。猶標準、典型。
표시 pyosi	表示	表示	用言行表現出；事物本身顯出某種意義或者憑藉某種事物顯出某種意義。
표시 pyosi	標示	標示	標明，揭示。
표어 pyoeo	標語	標語	或口號，是在政治、社會、商業、軍事或是宗教等範疇上所使用的一句容易記憶的格言或者宣傳句子，主要用作反覆表達一個概念或者目標。
표적 pyojeog	標的	標的	箭靶子；引申為目標或目的。
표절 pyojeol	剽竊	剽竊	偷取他人的作品以為己有。
표정 pyojeong	表情	表情	表現在面部或姿態上的思想感情。
표제 pyojae	標題	標題	標明文章或作品內容的簡短語句。
표준 pyojoon	標準	標準	衡量事物的依據或準則。
표식 pyosig	標識	標識	立標指示位置；同標誌，表明特徵的記號或事物。

ㅍ

韓文	韓文漢字	中文字	意思
표현 pyohyeon	표 현 **表現**	**表現**	表示出來。顯現出來;表示出來的行為、作風或言論等。
품격 poomggyeog	품 격 **品格**	**品格**	品性;性格。為個人情感、思想與行動整體表現之一致而獨特的現象。
품성 poomseong	품 성 **品性**	**品性**	人的品德與個性。
품성 poomseong	품 성 **稟性**	**稟性**	就是人的本性,是指一個人與生俱來的天生的資質。個人先天具有的性情、素質。
품종 poomjong	품 종 **品種**	**品種**	產品的種類;通過人工選擇,在生態和形態上具有共同遺傳特徵的生物體。
품질 poomjil	품 질 **品質**	**品質**	指物品的質量。物品的質量指物品滿足用戶需要的標準。
품행 poomhaeng	품 행 **品行**	**品行**	人的品格和德行。
풍격 poonggyeog	풍 격 **風格**	**風格**	由言行或態度表現出來的風度、品格;文學或美術作品中,充分表現作者才性或時代特性,而形成的藝術格式。
풍경 poonggyeong	풍 경 **風景**	**風景**	指的是供觀賞的自然風光、景物,包括自然景觀和人文景觀。
풍금 poonggeum	풍 금 **風琴**	**風琴**	一種可產生持續樂音並用琴鍵演奏的大型樂器。
풍년 poongnyeon	풍 년 **豐年**	**豐年**	農田收成富足的年頭。
풍랑 poongnang	풍 랑 **風浪**	**風浪**	泛指水面的風與浪。
풍력 poongnyeog	풍 력 **風力**	**風力**	指從風得到的機械力。

韓文	韓文漢字	中文字	意思
풍류 poongnyoo	^{풍 류} 風流	風流	流風餘韻；風雅灑脫，才華出眾，自成一派，不拘禮法。
풍만 poongman	^{풍 만} 豐滿	豐滿	豐富充足；形容女子身材碩美勻稱。
풍미 poongmi	^{풍 미} 風味	風味	果實或食物的香氣、滋味等，引起食用者感官上的優劣反應，稱為「風味」。
풍미 poongmi	^{풍 미} 風靡	風靡	形容事物很風行，像風吹倒草木一樣。比喻流行、轟動。
풍부 poongboo	^{풍 부} 豐富	豐富	充裕富厚。
풍상 poongsang	^{풍 상} 風霜	風霜	風和霜；比喻旅途上或生活中所經歷的艱難困苦。
풍선 poongseon	^{풍 선} 風扇	風扇	指熱天藉以生風取涼的用具。
풍설 poongseol	^{풍 설} 風雪	風雪	指風和雪同時襲來，形容天氣十分惡劣。
풍성 poongseong	^{풍 성} 豐盛	豐盛	豐富而繁多。
풍속 poongsok	^{풍 속} 風俗	風俗	是指在地區社會文化中長期形成之風尚、禮節、習慣以及禁忌等的總和。
풍수 poongsoo	^{풍 수} 風水	風水	命相學上指房屋或墳地的方向及周圍的地脈、山勢、水流等地理形勢。
풍운 poongoon	^{풍 운} 風雲	風雲	泛指天氣；比喻動盪變化的情勢；比喻時勢。謂英雄豪傑憑藉時勢的好契機。
풍자 poongja	^{풍 자} 諷刺	諷刺	指用比喻、誇張等手法對人或事進行揭露、批評。

▶韓文	▶韓文漢字	▶中文字	▶意思
풍족 poongjok	풍 족 豐足	豐足	指豐富充足。
풍채 poongchae	풍 채 風采	風采	意為風度、神采。多指美好的儀表舉止。
풍취 poongchwi	풍 취 風趣	風趣	風格，意趣。
풍토 poongto	풍 토 風土	風土	指一個地方特有的自然環境（土地、山川、氣候、物產等）和風俗、習慣的總稱。
풍파 poongpa	풍 파 風波	風波	風浪、波浪；比喻人事的糾紛或不和。
풍향 poonghyang	풍 향 風向	風向	是指風吹過來的方向；比喻時勢變化的趨向。
피부 piboo	피 부 皮膚	皮膚	是包住脊椎動物的軟層，是組織之一。在人體是最大的器官。
피서 piseo	피 서 避暑	避暑	夏季遷居到清涼的地方，以避開暑氣。
피해 pihae	피 해 被害	被害	是指受傷害。
피혁 pihyeog	피 혁 皮革	皮革	是指經鞣製等製革過程處理的動物皮膚，是一種服裝和工藝材料。
필 pil	필 筆	筆	寫字、畫圖的用具。
필경 pilgyeong	필 경 畢竟	畢竟	終歸、到底。表示經過各種過程，最終所得的結論。
필기 pilgi	필 기 筆記	筆記	用筆記錄。亦指聽課、聽報告、讀書等所作的記錄。

韓文	韓文漢字	中文字	意思
필담 pilddam	^{필 담} **筆談**	筆談	兩人對面在紙上寫字交換意見，代替談話。
필명 pilmyeong	^{필 명} **筆名**	筆名	有些作家發表文章時，基於某種理由不以真實姓名發表而採用的化名。
필생 pilssaeng	^{필 생} **畢生**	畢生	畢生即一生、終生、今生今世或全部的人生。
필수 pilssoo	^{필 수} **必須**	必須	表示事理上的必要和情理上的必要。
필승 pilsseung	^{필 승} **必勝**	必勝	一定獲勝。
필적 piljjeog	^{필 적} **匹敵**	匹敵	雙方地位平等、力量相當。
필적 piljjeog	^{필 적} **筆跡**	筆跡	文字書寫的架構或習慣筆法。指各個人所寫的字所特有的形體特點。
필통 piltong	^{필 통} **筆筒**	筆筒	擱放毛筆的專用器物。

MEMO

하급（下級）／韓文＋漢字 ・下級／中文字
hageub

同一組織系統中等級低的組織或人員。

下級

▶韓文	▶韓文漢字	▶中文字	▶意思
하례 harae	하 례 **賀禮**	**賀禮**	祝賀時贈送的禮金或禮物。
하마 hama	하 마 **河馬**	**河馬**	哺乳動物。身體肥大，皮膚裸露，黑褐色，尾短，尾端有少數剛毛。頭大，嘴闊，耳小，犬齒發達。前、後肢都短，有4趾，略有蹼，大部分時間生活在水中。群居，性溫和。善於游泳。
하산 hasan	하 산 **下山**	**下山**	從山上走向山下。
하선 haseon	하 선 **下船**	**下船**	離船登岸。
하순 hasoon	하 순 **下旬**	**下旬**	每個月的最後10天。
하오 hao	하 오 **下午**	**下午**	與上午相對，指從正午12點到半夜12點的一段時間，一般也指從正午12點後到日落的一段時間。
하옥 haog	하 옥 **下獄**	**下獄**	關進牢獄。
하자 haja	하 자 **瑕疵**	**瑕疵**	比喻人的過失或事物的缺點。
하지 haji	하 지 **夏至**	**夏至**	24節氣之一，一般在每年的6月21～22日。
하차 hacha	하 차 **下車**	**下車**	從車上下來。

韓文	韓文漢字	中文字	意思
하천 hacheon	하 천 河川	河川	大小河流的統稱。
하체 hachae	하 체 下體	下體	指身體的下半部；外生殖器。
하학 hahak	하 학 下學	下學	學校一天或半天課業完畢，學生回家。
학과 hakggwa	학 과 學科	學科	依學問內容、性質所劃分的科別。如數學、物理、化學等；知識理論的科目，相對於術科而言。
학교 hakggyo	학 교 學校	學校	專門進行教育的機構。
학기 hakggi	학 기 學期	學期	學校把一學年分為上下兩期，稱為「學期」。
학대 hakddae	학 대 虐待	虐待	用殘暴狠毒的手段對待某人或某事物。是一個人以脅迫的方式控制另一個人的一種行為模式。
학력 hangnyeog	학 력 學歷	學歷	指的是一個人學習的經歷，通常指在學校內畢業。
학문 hangmun	학 문 學問	學問	學習所得的知識。
학비 hakbbi	학 비 學費	學費	學校規定的學生在校學習應繳納的費用。
학사 hakssa	학 사 學士	學士	學士學位是大專學歷，通常需要 4 年的學歷；讀書人或研習學問的人。
학살 hakssal	학 살 虐殺	虐殺	指虐待人而致死。非常殘忍地，帶有虐待手段的殺害。
학생 hakssaeng	학 생 學生	學生	一般指正在學校、學堂或其他學習地方受教育的人。

ㅎ

韓文	韓文漢字	中文字	意思
학술 haksool	_{학 술} **學術**	學術	一切學問的總稱。有系統的、較專門的學問。
학습 hakseub	_{학 습} **學習**	學習	是透過外界教授或從自身經驗提高能力的過程。
학위 hagwi	_{학 위} **學位**	學位	授予個人的一種學術稱號或學術性榮譽稱號，表示其受教育的程度或在某一學科領域裡已經達到的水平，或是表彰其在某一領域中所做出的傑出貢獻。
학자 hakjja	_{학 자} **學者**	學者	做學問的人。求學的人；學問淵博而有所成就的人。
학파 hakpa	_{학 파} **學派**	學派	學問或學術派別。
한가 hanga	_{한 가} **閒暇**	閒暇	沒有事的時候。
한국 hangoog	_{한 국} **韓國**	韓國	東亞國家。在朝鮮半島南半部。與中國隔黃海相望。面積 9.9 萬平方公里。人口 4300 多萬 (1991 年)。首都漢城。地形多為平原和丘陵。溫帶季風氣候。新興工業國。加工工業發達，對外貿易重要。
한담 handam	_{한 담} **閒談**	閒談	指沒有一定中心地談無關緊要的話。
한도 hando	_{한 도} **限度**	限度	事物的一定的範圍、程度等；規定的最高或最低的數量或程度。
한랭 halaeng	_{한 랭} **寒冷**	寒冷	是指溫度低，讓人感到涼。
한류 halyu	_{한 류} **寒流**	寒流	從高緯度流向低緯度的洋流。寒流的水溫比它所到區域的水溫低，能使經過的地方氣溫下降、少雨。
한정 hanjeong	_{한 정} **限定**	限定	在數量、範圍等方面加以規定、限制。指定範圍、限度，不許超過。

韓文	韓文漢字	中文字	意思
함대 hamdae	함 대 艦隊	艦隊	承擔某一戰略海區作戰任務的海軍兵力。
함락 hamnak	함 락 陷落	陷落	淪陷，被攻下。
함정 hamjeong	함 정 陷穽	陷阱	為捉捕野獸而掘的坑穴；害人的計謀。
함축 hamchoog	함 축 含蓄	含蓄	藏於內而不表露於外；詞意未盡，耐人尋味。常用來形容創作的技巧。
합격 hapggyeog	합 격 合格	合格	指符合標準，符合要求。
합계 hapggae	합 계 合計	合計	合在一起計算。總計。
합리 hamni	합 리 合理	合理	合乎道理或事理。
합법 hapbbeob	합 법 合法	合法	指符合法律規定。與「違法」相對。
합의 habi	합 의 合意	合意	當事人雙方意見一致。
합작 hapjjag	합 작 合作	合作	在共同的目的下，一起努力工作。
합주 hapjjoo	합 주 合奏	合奏	是一種多人多種樂器按照不同聲部同合一首曲子的演奏方式，而展現出整體性的聲樂效果。
합창 hapchang	합 창 合唱	合唱	指一種集體性的歌唱藝術。
항거 hanggeo	항 거 抗拒	抗拒	抵抗拒絕。

ㅎ

韓文	韓文漢字	中文字	意思
항공 hanggong	航空	航空	駕駛飛機、飛船等飛行器在空中飛行。
항구 hanggoo	港口	港口	在河、海岸邊設置碼頭，便於船隻停泊、乘客上下和貨物裝卸的地方。
항로 hanglo	航路	航路	船隻、飛機航行的路線。
항명 hangmyeong	抗命	抗命	違抗長上等的命令。
항문 hangmoon	肛門	肛門	動物的消化道後端開口。人類肛門位於直腸末端，由肛管及肛口組成，行使排糞功能。
항의 hangi	抗議	抗議	指對某言論、行為或措施表示強烈反對的行為，在社會與政治學上常指群體性的反對行為。
항쟁 hangjaeng	抗爭	抗爭	對不滿意的措施或意見，極力抗拒，爭取對方同意自己的要求。
항해 hanghae	航海	航海	泛指艦船在海洋上航行。
해결 haegyeol	解決	解決	疏解紛亂，或使問題有了結果。
해고 haego	解雇	解雇	停止雇用。停止任用，解除約僱的關係。
해군 haegoon	海軍	海軍	擔負海上作戰任務，保衛國家海域的軍隊。通常由艦艇、海軍飛機、水兵、海軍陸戰隊等組成。
해금 haegeum	解禁	解禁	解除禁令。
해난 haenan	海難	海難	船舶在海上遭遇自然災害或其他意外事故所造成的危難。

韓文	韓文漢字	中文字	意思
해답 haedab	^{해 답} 解答	解答	解釋回答。通過數學演算或其他類似的推理而得出的答案。
해독 haedog	^{해 독} 解毒	解毒	解除毒素。
해동 haedong	^{해 동} 解凍	解凍	冰凍的東西融化。
해발 haebal	^{해 발} 海拔	海拔	陸地或山岳等高出平均海平面的垂直距離。
해부 haeboo	^{해 부} 解剖	解剖	是指將人或動物、植物的身體切割開，以觀察其內部的器官和組織；對事物作深入的分析研究。
해산 haesan	^{해 산} 解散	解散	集合的人分散開；一種口令。為疏散群集的人群時所使用；以強制力消除已結合的團體。
해상 haesang	^{해 상} 海上	海上	指海邊，海面上。
해수 haesoo	^{해 수} 咳嗽	咳嗽	喉部或氣管的黏膜受痰或氣體的刺激，引起反射作用，把氣體用力排出。
해안 haean	^{해 안} 海岸	海岸	是在水面和陸地接觸處，經波浪、潮汐、海流等作用下形成的濱水地帶。
해약 haeyag	^{해 약} 解約	解約	解除原先的約定；指雙方當事人，協商解除依據法律條文而簽署的約定協議（或合同）。
해양 haeyang	^{해 양} 海洋	海洋	是地球上最廣闊的水體的總稱。
해외 haewae	^{해 외} 海外	海外	四海之外，隔著海的外國。今特指國外。
해임 haeim	^{해 임} 解任	解任	解除職務。

ㅎ

韓文	韓文漢字	中文字	意思
해저 haejeo	海底	海底	海洋的底部。
해적 haejeog	海賊	海賊	海上的盜賊。
해전 haejeon	海戰	海戰	敵對雙方在海上進行的戰役或戰鬥。
해제 haejae	解除	解除	消除；法律上指除去所成立的關係，而恢復原來的狀態。
해조 haejo	海藻	海藻	海帶、紫菜、裙帶菜、石花菜等海洋藻類的總稱。
해충 haechoong	害蟲	害蟲	有害的蟲類。如傳染疾病的蒼蠅、蚊子、危害農作物、樹木的蝗蟲、棉蚜等。
해탈 haetal	解脫	解脫	指解除煩惱，擺脫束縛，從而獲得身心自由。
해태 haetae	海苔	海苔	海中的苔類植物。
해협 haehyeob	海峽	海峽	夾在兩塊陸地之間，且兩端與大海相連的狹長水道。
핵심 haekssim	核心	核心	中心，主要的部分。
행군 haenggoon	行軍	行軍	軍事部隊基於作戰、訓練及行政等要求所進行的地面徒步行動。
행동 haengdong	行動	行動	為達到某種目的而進行的活動。
행복 haengbog	幸福	幸福	指生活、境遇圓滿愉快。

韓文	韓文漢字	中文字	意思
행성 haengseong	행성 行星	行星	按軌道環繞恆星運行，且能清除軌道鄰近區域中的物質的天體。本身不發光，能反射恆星的光。
행운 haengwoon	행운 幸運	幸運	好的運氣。
행위 haengwi	행위 行爲	行為	由個人內在的意志控制而具體表現在外的舉止動作。
행인 haengin	행인 行人	行人	在路上行走的人；出外打仗或遠遊的人；使者的通稱。
행진 haengjin	행진 行進	行進	向前行走（多用於隊伍）。
향기 hyanggi	향기 香氣	香氣	芬芳的氣味。
향락 hyangnag	향락 享樂	享樂	享受快樂、安樂。
향수 hyangsoo	향수 香水	香水	一種把香料溶在酒精裡做成的化妝品。
향토 hyangto	향토 鄉土	鄉土	家鄉的土地。借指家鄉。
허구 heogoo	허구 虛構	虛構	憑空捏造；憑空幻想，藝術中想像的產物。
허다 heoda	허다 許多	許多	很多。
허식 heosig	허식 虛飾	虛飾	虛假不實。浮誇、粉飾。
허실 heosil	허실 虛實	虛實	虛假和真實。

ㅎ

韓文	韓文漢字	中文字	意思
허약 heoyag	허 약 **虛弱**	**虛弱**	衰微，沒有力氣的；國勢兵力薄弱。
허영 heoyeong	허 영 **虛榮**	**虛榮**	不切實際的榮譽。今多用以比喻貪戀浮名及富貴。
허위 heowi	허 위 **虛僞**	**虛偽**	虛假不真實。
허탈 heotal	허 탈 **虛脫**	**虛脫**	一種心臟和血液迴圈突然衰竭的現象。通常因大量失血、脫水、中毒、患傳染病所引起。主要症狀為脈搏微弱，體溫及血壓下降，冷汗不止，面色蒼白，休克等；又泛指精神不濟，悵然若失，體力衰疲。
헌법 heonbbeob	헌 법 **憲法**	**憲法**	國家的根本法。又稱憲章或憲制文件、基本法，是一個主權國家、政治實體或地區、自治地區、聯邦制國家的聯邦州或國際組織及其成員的最基本法律。
헌병 heonbyeong	헌 병 **憲兵**	**憲兵**	是多國在軍隊中設立的一個特殊部隊、兵種或軍種，意在維護和貫徹國家憲法，該部隊通常的任務不是與敵人作戰，而是維繫軍紀、執行軍法、約束其他軍人行為舉止，即軍事警察。
헌신 heonsin	헌 신 **獻身**	**獻身**	貢獻自己的心力或生命於某種事業或對象。
헌화 heonhwa	헌 화 **獻花**	**獻花**	呈獻鮮花給賓客或特定的對象，以表示敬意或愛意。
험악 heomag	험 악 **險惡**	**險惡**	比喻情勢或世情奸險凶惡。
험준 heomjoon	험 준 **險峻**	**險峻**	陡峭險惡的山勢。
혁명 hyeongmyeong	혁 명 **革命**	**革命**	以武力推翻舊的政權或秩序，另外建立新的政權或秩序；泛指一切劇烈的改變，可適用於任何方面。

韓文	韓文漢字	中文字	意思
혁신 hyeokssin	혁 신 **革新**	革新	革除舊的制度、組織、方法、習慣等，創造新的。
현관 hyeongwan	현 관 **玄關**	玄關	住宅入門處與正廳之間的空間。
현금 hyeongeum	현 금 **現金**	現金	現款，現在就有或立即可付的錢。
현대 hyeondae	현 대 **現代**	現代	當代、目前我們所處的時代；歷史上時代的區分之一。
현상 hyeonsang	현 상 **現狀**	現狀	目前的狀態。
현상 hyeonsang	현 상 **現象**	現象	現象是事物表現出來的，能被人感覺到的一切事實情況；哲學的知識論上指我們認識外在事物，由於有主觀的先天概念加入其中，故所認識者只是現象，而非物的自體。
현상 hyeonsang	현 상 **懸賞**	懸賞	現在多用在緝捕嫌犯、尋找失物等。用出錢等獎賞的辦法公開徵求別人幫忙。
현실 hyeonsil	현 실 **現實**	現實	存在於眼前的事實及狀況。
현장 hyeonjang	현 장 **現場**	現場	發生案件或事故的場所及當時的狀況；也指接從事生產、工作、試驗的場所。
현재 hyeonjae	현 재 **現在**	現在	現今，目前。
현저 hyeonjeo	현 저 **顯著**	顯著	非常明白、明顯。
현존 hyeonjon	현 존 **現存**	現存	現今仍保留或留存。

韓文	韓文漢字	中文字	意思
현황 hyeonhwang	現況	現況	目前的狀況。
혈관 hyeolgwan	血管	血管	血管是指血液流過的一系列管道。
혈기 hyeolgi	血氣	血氣	血液和氣息。指人和動物體內維持生命活動的兩種要素。指元氣，精力；因一時衝動所生的勇氣。
혈색 hyeolssaeg	血色	血色	暗赤或鮮紅的顏色；皮膚紅潤的色澤。
혈압 hyeorab	血壓	血壓	指血液自心臟流到血管，血流衝擊動脈血管壁所形成的壓力，這種壓力主要來自心臟的壓縮作用，與動脈彈性回循的力量，靠著這種力量血液才能循環全身，以供應生命所需。
혈액 hyeoraeg	血液	血液	高等動物血管系統中循環流動的液體。主要由血漿、血球細胞和血小板組成，紅色，有黏性及鹹味。
혈육 hyeoryoog	血肉	血肉	血液和肌肉；指父母兄弟子女等骨肉至親。
혈통 hyeoltong	血統	血統	由血緣形成的親屬系統。凡屬於同一祖先者為同一血統。
혐오 hyeomo	嫌惡	嫌惡	厭惡，討厭。
혐의 hyeomi	嫌疑	嫌疑	被懷疑與某事相牽連。
협곡 hyeopggog	峽谷	峽谷	是指谷坡陡峻、深度大於寬度的山谷。
협동 hyeopddong	協同	協同	兩人以上合力共同做事。

韓文	韓文漢字	中文字	意思
협력 hyeomnyeog	협력 協力	協力	合力；共同努力。
협박 hyeopbbag	협박 脅迫	脅迫	強行威逼。指受他人故意之危害預先告知，使己心生恐怖，進而為原本所不欲從事之意思表示。
협상 hyeopssang	협상 協商	協商	為了取得一致意見而共同商量。
협소 hyeopsso	협소 狹小	狹小	狹隘窄小；心胸狹窄、見識短淺。
협의 hyeobi	협의 協議	協議	共同計議。協商；經過談判、協商而制定的共同承認、共同遵守的檔案。
협정 hyeopjjeong	협정 協定	協定	經過協商訂立共同遵守條款的文件。經過談判而達成的安排。
협조 hyeopjjo	협조 協調	協調	協議調和，使意見一致。
형광 hyeonggwang	형광 螢光	螢光	螢火蟲發出的光；某些物體受電磁波或帶電粒子照射，吸收能量而放出電磁輻射的過程及現象。螢光物質發光現象。
형기 hyeonggi	형기 刑期	刑期	根據判決應服徒刑的期限。
형벌 hyeongbeol	형벌 刑罰	刑罰	刑罰是對觸犯法律行為之處罰。
형법 hyeongbbeob	형법 刑法	刑法	是與犯罪有關聯的法律，其目的在於保護生命、身體、財產、等相關法益，並懲罰違反規範且破壞或威脅這些法的行為。
형사 hyeongsa	형사 刑事	刑事	行為觸犯刑法或依其他法律應處以刑罰的法律事件，相對於民事的法律案件而言。

▲韓文	▲韓文漢字	▲中文字	▲意思
형상 hyeongsang	형 상 形狀	形狀	表示眼睛看得到的特定事物或物質的一種存在或表現形式,如長方形、正方形,也指形相、外貌。
형세 hyeongsae	형 세 形勢	形勢	權勢、權力。指人事上的強弱盛衰之勢;局勢、情況。事物的發展狀況。
형식 hyeongsig	형 식 形式	形式	指事物的外表;也指辦事的方法。
형용 hyeongyong	형 용 形容	形容	指對事物的形象或性質加以描述。把事物的形象或性質比喻成其他事物來描述。
형제 hyeongjae	형 제 兄弟	兄弟	男子同胞先出生的為兄,後出生的為弟;對姻親之間同輩男子的稱呼;泛指意氣相投的男性之間的朋友。
형형색색 hyeonghyeong saeksaek	형 형 색 색 形形色色	形形色色	指各式各樣,種類很多。
혜성 haeseong	혜 성 彗星	彗星	俗稱掃把星,是由冰構成的太陽系小天體。當其朝向太陽接近時,會被加熱並且開始釋氣,展示出可見的大氣層,也就是彗髮,有時也會有彗尾。這些現象是由太陽輻射和太陽風共同對彗核作用造成的。
호각 hogak	호 각 號角	號角	樂器名。屬管樂器。古代常以獸角製成,發聲響亮,可以傳到遠處,常被用來傳達訊息與命令。後演變成喇叭一類的銅管樂器。
호감 hogam	호 감 好感	好感	指對人對事滿意或喜歡的情緒。
호걸 hogeol	호 걸 豪傑	豪傑	才智勇力出眾的人。
호경기 hogyeonggi	호 경 기 好景氣	好景氣	市場銷售狀況良好。

韓文	韓文漢字	中文字	意思
호구 hogoo	^{호 구} 戶口	戶口	是住戶和人口的總稱，計家為戶，計人為口。
호구 hogoo	^{호 구} 糊口	糊口	填飽肚子。過日子。比喻勉強維持生活。
호기심 hogisim	^{호 기 심} 好奇心	好奇心	喜歡注意新奇事物的心理。
호두 hodoo	^{호 두} 胡桃	胡桃	落葉喬木，羽狀複葉，小葉橢圓形，核果球形，外果皮平滑，內果皮堅硬，有皺紋。木材堅韌，可以做器物，果仁可吃，亦可榨油及入藥。
호랑 horang	^{호 랑} 虎狼	虎狼	虎與狼；比喻凶殘、無情的人。
호령 horyeong	^{호 령} 號令	號令	發布的號召或命令。
호반 hoban	^{호 반} 湖畔	湖畔	湖邊。
호색 hosaeg	^{호 색} 好色	好色	喜愛、貪戀美色；美色。
호송 hosong	^{호 송} 護送	護送	謂陪同保護前往某地，使人員、物資等不受沿途的侵害。
호수 hosoo	^{호 수} 湖水	湖水	湖裡的水。
호신 hosin	^{호 신} 護身	護身	保護身體。
호연지기 hoyeonjigi	^{호 연 지 기} 浩然之氣	浩然之氣	一種存於人的精神中的一股剛正之氣，人間正氣。

ㅎ

韓文	韓文漢字	中文字	意思
호외 howae	號外	號外	是指臨時編印的報紙刊物。
호우 howoo	豪雨	豪雨	降水量多且來勢盛大的雨。通常指一日內降雨量達 130 公釐以上，並且在當日內曾出現每小時 15 公釐以上的降雨率者。
호위 howi	護衛	護衛	保護防衛。防護使之不受危險；保衛人員。
호의 hoi	好意	好意	善良的心意。
호인 hoin	好人	好人	是指有善心，寬厚待人的人。
호적 hojeog	戶籍	戶籍	政府登記各戶人數、職業、籍貫等的簿冊。內容記載人口的姓名、出生別、出生年月日、籍貫、職業、教育程度，及出生、死亡、結婚、離婚、收養、認領等事項。
호전 hojeon	好轉	好轉	事物的情況變好。
호평 hopyeong	好評	好評	正面的評價。
호혜 hohae	互惠	互惠	互相給予對方利益和恩惠。
호화 hohwa	豪華	豪華	富麗堂皇；鋪張奢侈。
호흡 hoheub	呼吸	呼吸	生物體與外界環境進行氣體交換的過程，吸入氧，呼出二氧化碳。
혹서 hoksseo	酷暑	酷暑	指夏季的天氣到了非常炎熱的盛暑階段。盛暑。

韓文	韓文漢字	中文字	意思
혹자 hokjja	^{혹 자} 或者	或者	表示有選擇、也許可行的情況。
혹한 hokan	^{혹 한} 酷寒	酷寒	極度的寒冷。
혼 hon	^혼 魂	魂	迷信的人指附在人體上主宰人，又可離開肉體而獨立存在的實體；指精神或情緒。
혼기 hongi	^{혼 기} 婚期	婚期	結婚儀式舉行的日期。
혼란 holan	^{혼 란} 混亂	混亂	雜亂沒有次序。
혼례 holae	^{혼 례} 婚禮	婚禮	男女結婚時公開舉行的儀式。
혼미 honmi	^{혼 미} 昏迷	昏迷	因大腦功能嚴重紊亂而長時間失去知覺、意識；昏暗糊塗，愚昧不明事理。
혼백 honbaeg	^{혼 백} 魂魄	魂魄	附於人體的精神靈氣。
혼사 honsa	^{혼 사} 婚事	婚事	結婚的一切事宜。
혼수 honsoo	^{혼 수} 昏睡	昏睡	（失去知覺而）昏昏沉沉地睡；不易叫醒的深度睡眠狀態。
혼신 honsin	^{혼 신} 渾身	渾身	全身。
혼약 honyag	^{혼 약} 婚約	婚約	婚約是指男女雙方為結婚所作的事先約定。成立婚約的行為稱訂婚。
혼인 honin	^{혼 인} 婚姻	婚姻	二人因結婚而產生互為配偶的關係。

ㅎ

▲韓文	▲韓文漢字	▲中文字	▲意思
혼전 honjeon	혼 전 **混戰**	混戰	混亂地交戰。無確定對象或目標交戰。
홍차 hongcha	홍 차 **紅茶**	紅茶	茶葉的一類。經萎凋、揉捻、發酵、乾燥、烘焙等工序製成。沏時茶色紅艷，具特別的香氣和滋味。
화가 hwaga	화 가 **畫家**	畫家	通常指以繪畫為職業的人或者畫畫特別優秀的人。
화교 hwagyo	화 교 **華僑**	華僑	凡是具有中國血統而居住國外的人，都被認為是華僑。
화구 hwagoo	화 구 **畫具**	畫具	繪畫的器具，如畫筆、色盤、畫板、畫架等。
화급 hwageub	화 급 **火急**	火急	形容極其緊急。
화기 hwagi	화 기 **和氣**	和氣	態度溫和可親。
화단 hwadan	화 단 **花壇**	花壇	種植花草的高臺，四周砌磚石，用來點綴庭園。
화려 hwaryeo	화 려 **華麗**	華麗	豪華美麗。美麗而有光彩。
화력 hwaryeog	화 력 **火力**	火力	燃燒煤炭等所產生的能量。
화목 hwamog	화 목 **和睦**	和睦	彼此相處親愛和善、融洽友好。
화물 hwamool	화 물 **貨物**	貨物	泛指各種買賣的商品。
화병 hwabyeong	화 병 **花瓶**	花瓶	蓄水養花的瓶子。

화분 hwaboon	<small>화 분</small> 花盆	花盆	種花的盆子。
화상 hwasang	<small>화 상</small> 火傷	火傷	因接觸火焰的高溫而造成的燒傷。
화상 hwasang	<small>화 상</small> 畫像	畫像	描繪人物的形像。（韓語還有「電視螢幕、銀屏或感光紙顯現出來的影像」之意）
화석 hwaseog	<small>화 석</small> 化石	化石	化石是存留在古代地層中的古生物遺體、遺物或遺蹟。
화성 hwaseong	<small>화 성</small> 火星	火星	是離太陽第 4 近的行星，也是太陽系中僅次於水星的第 2 小的行星，為太陽系裡 4 顆類地行星之一。
화실 hwasil	<small>화 실</small> 畫室	畫室	繪畫專用的工作室。
화씨 hwassi	<small>화 씨</small> 華氏	華氏	華氏溫標是一種溫標，符號為°F。華氏溫標的定義是：在標準大氣壓下，冰的熔點為 32 °F，水的沸點為 212 °F，中間有 180 等分，每等分為華氏 1 度。
화약 hwayag	<small>화 약</small> 火藥	火藥	由硝酸鉀、木炭和硫磺機械混合而成。是在適當的外界能量作用下，自身能進行迅速而有規律的燃燒，同時生成大量高溫燃氣的物質。
화원 hwawon	<small>화 원</small> 花園	花園	指種植花木供遊玩休息的場所。
화의 hwai	<small>화 의</small> 和議	和議	與對方達成的和平協議。
화장 hwajang	<small>화 장</small> 化粧	化妝	用脂粉等妝飾品修飾容顏。
화장 hwajang	<small>화 장</small> 火葬	火葬	用火焚化死者遺體後，將骨灰置於容器中，再予以埋葬或存放。

ㅎ

화재 hwajae	火災 (화 재)	火災	因失火而造成的災害。
화제 hwajae	話題 (화 제)	話題	指談話的題目；談論的主題。
화초 hwacho	花草 (화 초)	花草	可供觀賞的花和草。
화폐 hwapae	貨幣 (화 폐)	貨幣	經濟學的貨幣定義：貨幣是任何一種被普遍接受為交易媒介、支付工具、價值儲藏和計算單位的物品。
화필 hwapil	畫筆 (화 필)	畫筆	畫畫專用筆，有毛筆和硬刷。
화학 hwahag	化學 (화 학)	化學	是一門研究物質的性質、組成、結構、以及變化規律的物理的子學科。
화해 hwahae	和解 (화 해)	和解	停止爭端，歸於和平；法律上指訴訟當事人為處理和結束訴訟，而達成的解決爭議問題的妥協或協議。
화환 hwahwan	花環 (화 환)	花環	鮮花或人造花紮成的輪圈，用於慶弔儀式。
화훼 hwahwae	花卉 (화 훼)	花卉	花草。通常分木本花卉、草本花卉和觀賞草類等。
확대 hwakddae	擴大 (확 대)	擴大	增大面積或範圍。
확립 hwangnib	確立 (확 립)	確立	指牢固地建立或樹立制度、組織、計畫、思想等。
확보 hwakbbo	確保 (확 보)	確保	切實保持或保證。
확산 hwakssan	擴散 (확 산)	擴散	擴大散布；物理學上指分子、原子因不同位置的濃度差或溫度差，而引起的物質移動現象。一般由濃度較高的區域向較低的區域擴散，直至各部分的濃度均勻平衡為止。

확신 hwakssin	確信 確信	確信	確實相信；也可意為堅定的信心。
확실 hwakssil	確實 確實	確實	真實可靠；真正、實在。
확인 hwagin	確認 確認	確認	肯定的答覆或承認。
확장 hwakjjang	擴張 擴張	擴張	擴大伸張。多指勢力、範圍、野心等。
확정 hwakjjeong	確定 確定	確定	明確而肯定。
확증 hwakjeung	確證 確證	確證	確鑿的證據。
확충 hwakchoong	擴充 擴充	擴充	擴大設備、組織等，使其充實；擴大增加。
환각 hwangag	幻覺 幻覺	幻覺	在沒有外在刺激的情況下而出現的不正常的知覺。
환경 hwangyeong	環境 環境	環境	泛指地表上影響人類及其他生物賴以生活、生存的空間、資源以及其他有關事物的綜合。
환관 hwangwan	宦官 宦官	宦官	太監。舊時宮中侍奉君王及其家屬的官員，由閹割後的男子充任。
환담 hwandam	歡談 歡談	歡談	彼此相處極為愉快。
환락 hwalag	歡樂 歡樂	歡樂	形容內心十分開心、高興。
환멸 hwanmyeol	幻滅 幻滅	幻滅	希望、理想等像幻境一樣地消失。

ㅎ

韓文	韓文漢字	中文字	意思
환산 hwansan	환 산 **換算**	**換算**	把某種單位的數量折合成另一種單位的數量。
환상 hwansang	환 상 **幻想**	**幻想**	空虛而不切實際的想法。
환송 hwansong	환 송 **歡送**	**歡送**	高興誠懇的送別。
환영 hwanyeong	환 영 **幻影**	**幻影**	虛幻而不真實的影像。
환영 hwanyeong	환 영 **歡迎**	**歡迎**	高興地迎接、款待來訪者。
환자 hwanja	환 자 **患者**	**患者**	又稱病人、病者和病患，是指醫療服務的接受者，大多用來指罹患疾病、或身體受到創傷，而需要醫生和護理人員進行治療的人。
환호 hwanho	환 호 **歡呼**	**歡呼**	歡樂地大聲喊叫。
환희 hwanhi	환 희 **歡喜**	**歡喜**	快樂。高興。喜歡。喜愛。
활달 hwalddal	활 달 **闊達**	**闊達**	猶豁達。氣量大，不拘泥於小事。
활동 hwalddong	활 동 **活動**	**活動**	指物體、人的運動。
활력 hwalyeog	활 력 **活力**	**活力**	旺盛的生命力；朝氣蓬勃、剛勁有力。
활발 hwalbal	활 발 **活潑**	**活潑**	富有生氣和活力。

韓文	韓文漢字	中文字	意思
활약 hwaryag	活躍	活躍	個性、行動十分積極、踴躍。氣氛、情緒蓬勃而熱烈。
활용 hwaryong	活用	活用	靈活運用。有效地利用。正確地使用。
황공 hwanggong	惶恐	惶恐	恐懼不安的樣子。
황금 hwanggeum	黃金	黃金	黃金是一種和合金。製造首飾乃用不含鐵質類的金屬。金的質地純淨，擁有嬌人的特性，是最受人們歡迎的金屬；比喻寶貴。
황당 hwangdang	荒唐	荒唐	誇大不實的話或荒謬無理的事情。
황량 hwanglyang	荒涼	荒涼	形容景況荒蕪而冷清。
황망 hwangmang	慌忙	慌忙	匆忙急迫的樣子。
황색 hwangsaeg	黃色	黃色	黃的顏色。
황실 hwangsil	皇室	皇室	皇帝的家族。
황야 hwangya	荒野	荒野	荒涼而人煙罕至的野外。
황제 hwangjae	皇帝	皇帝	是君主制國家元首的頭銜之一，意指帝國的最高統治者，通常做為最高位階的君主頭銜，凌駕在王與封爵之上。
황천 hwangcheon	黃泉	黃泉	稱人死後所居住的地方。

韓文	韓文漢字	中文字	意思
황태자 hwangtaeja	皇太子	皇太子	皇帝所選定的繼承皇位的皇子。一般為皇帝的嫡長子。
황폐 hwangpae	荒廢	荒廢	荒蕪廢棄。
황혼 hwanghon	黃昏	黃昏	太陽將落，天快黑的時候。
황후 hwanghoo	皇后	皇后	是世界歷史上帝國最高統治者（皇帝）正配的稱號。
회개 hwaegae	悔改	悔改	悔過，改正。
회고 hwaego	懷古	懷古	追念古人古事。
회관 hwaegwan	會館	會館	同鄉或同業等的人在各城市設立的連絡機構，主要以館址的房舍供同鄉、同業聚會或寄寓。
회담 hwaedam	會談	會談	聚會商談。雙方或多方共同商談或談話。
회답 hwaedab	回答	回答	口頭或書面的答復；對問題、呼喚、呼籲或號召的答復；對意見、爭論或反對意見的答辯。
회복 hwaebog	恢復	恢復	傷病或疲勞之後身體復原；使變成原來的樣子。
회비 hwaebi	會費	會費	為支付開支，對一個團體的成員徵收的金額。
회상 hwaesang	回想	回想	回憶，想過去的事。
회색 hoesaeg	灰色	灰色	淺黑色，介於黑、白之間的顏色；比喻色彩不鮮明或消沉悲觀、黯淡鬱郁。

韓文	韓文漢字	中文字	意思
회수 hwaesu	회 수 回收	回收	將物品收回。
회신 hwaesin	회 신 回信	回信	回覆對方的來信。
회원 hwaewon	회 원 會員	會員	某些團體或組織的成員。
회의 hwaei	회 의 會議	會議	集合二人以上相與議事，並遵循一定的議程，所舉行的一種集會。
회의 hwaei	회 의 懷疑	懷疑	心中存有疑惑。
회장 hwaejang	회 장 會場	會場	指聚會或集會的場地。
회충 hwaechoong	회 충 蛔蟲	蛔蟲	在人或其他動物腸中寄生的一種線形長蟲。能損害人、畜健康，並能引起多種疾病。
회포 hwaepo	회 포 懷抱	懷抱	抱在懷裡；指胸襟。抱負。
회피 hwaepi	회 피 回避	迴避	因有所顧忌而避開、躲避；審判人員、檢察人員、偵察人員以及其他有關人員不參加與本人有利害關係或其他關係的案件的審判、檢察或偵察。
회한 hwaehan	회 한 悔恨	悔恨	是指對過去的事後悔怨恨。悔恨也是一種情感傾向，悔恨某些過往的人或事。
회화 hwaehwa	회 화 會話	會話	指聚談；複數人的對話。
회화 hwaehwa	회 화 繪畫	繪畫	造形藝術的一種。用色彩和線條在紙、布、牆壁或其他平面上繪寫事物形象。

韓文	韓文漢字	中文字	意思
획득 hwaekddeuk	獲得 획 득	獲得	得到；取得。
횡사 hwaengsa	橫死 횡 사	橫死	非正常死亡。指因自殺、被害或意外事故等原因而死亡。
횡선 hwaengseon	橫線 횡 선	橫線	成水平的線條。
횡재 hwaengjae	橫財 횡 재	橫財	意外獲得的財富，多指用非法手段取得的財物。
횡행 hwaenghaeng	橫行 횡 행	橫行	像螃蟹一樣橫著走路；不循正道而行；比喻行為蠻橫，不講道理。
효과 hyoggwa	效果 효 과	效果	是由某種動因或原因所產生的結果。
효녀 hyonyeo	孝女 효 녀	孝女	有孝行的女子。
효능 hyoneung	效能 효 능	效能	事物所蘊藏的有利的作用。
효도 hyodo	孝道 효 도	孝道	孝順父母，敬事親長的精神與行為。
효력 hyoryeog	效力 효 력	效力	效果；功效；效驗。
효심 hyosim	孝心 효 심	孝心	孝順父母尊長的心意。
효용 hyoyong	效用 효 용	效用	功效與作用；發揮作用。
효율 hyoyul	效率 효 율	效率	所付出之能力與所獲得之功效的比率。

韓文	韓文漢字	中文字	意思
효자 hyoja	^{효 자} **孝子**	孝子	孝順父母的兒子。
후각 hoogag	^{후 각} **臭覺**	臭覺	空氣中的氣味分子刺激鼻腔內的嗅細胞，從而產生辨別香臭的官能。
후대 hoodae	^{후 대} **厚待**	厚待	給以優厚的待遇、優待。
후덕 hoodeok	^{후 덕} **厚德**	厚德	如大德。
후두 hoodoo	^{후 두} **喉頭**	喉頭	人類的發聲器官。位於呼吸道的前端部分。由硬骨、軟骨和軟組織構成，形似圓筒。上通咽頭，下接氣管，兼有通氣和發音的功能。
후문 hoomoon	^{후 문} **後門**	後門	房屋後面的門。
후보 hoobo	^{후 보} **候補**	候補	預備或等待遞補缺額的。
후사 hoosa	^{후 사} **後事**	後事	死後的事；後來的事；將來的事。
후사 hoosa	^{후 사} **厚謝**	厚謝	重重地感謝。
후세 hoosae	^{후 세} **後世**	後世	未來的世代、子孫。
후예 hooye	^{후 예} **後裔**	後裔	後世子孫。
후유증 hooyujjeung	^{후 유 증} **後遺症**	後遺症	疾病痊癒或症狀消退之後所遺留下來的一些症狀；比喻因辦事或處理問題不周全而留下的問題。

ㅎ

韓文	韓文漢字	中文字	意思
후의 hooi	^{후 의} 厚意	厚意	深厚的情意。
후임 hooim	^{후 임} 後任	後任	繼任某一職務的人。
후처 hoocheo	^{후 처} 後妻	後妻	繼娶的妻子。
후퇴 hootwae	^{후 퇴} 後退	後退	從某一固定的、確定的前方、居高點或位置退下來，或退到更遠的線上或位置上。
후환 hoohwan	^{후 환} 後患	後患	因某事處理不善，而之後可能引發令人擔憂的事情。
후회 hoohwae	^{후 회} 後悔	後悔	事後懊悔。
훈계 hoongae	^{훈 계} 訓戒	訓戒	教導勸誡。
훈련 hoolyeon	^{훈 련} 訓練	訓練	經由計畫性、條理性的指導，使受訓者反覆練習後，具有某些專長或技能的教育方法。
훼방 hwaebang	^{훼 방} 毀謗	毀謗	指以言語相攻擊或嘲諷醜化，汙衊，故意捏造事實，以詆譭和破壞他人名譽。
훼손 hwaeson	^{훼 손} 毀損	毀損	損傷、損壞；對權力、名譽及價值的損害。
휴대 hyudae	^{휴 대} 携帶	攜帶	提拿佩帶。
휴면 hyumyeon	^{휴 면} 休眠	休眠	某些生物為了適應不良的自然環境，而使生命活動降低到幾乎停頓的狀態。如蛇等冷血動物到冬天即不吃不動，植物的芽或種子，到冬天即停止生長。

韓文	韓文漢字	中文字	意思
휴식 hyusig	휴 식 **休息**	休息	暫時停止工作或活動。常帶有放鬆身心，以待復原的意思。
휴양 hyuyang	휴 양 **休養**	休養	休息調養。
휴업 hyueob	휴 업 **休業**	休業	停止營業。
휴전 hyujeon	휴 전 **休戰**	休戰	交戰雙方暫時停止軍事行動。
휴진 hyujin	휴 진 **休診**	休診	醫生暫停診療、看病
휴학 hyuhag	휴 학 **休學**	休學	指學生因故不能繼續修業，向學校申請後，保留學籍，以待日後復學。
흉금 hyunggeum	흉 금 **胸襟**	胸襟	指心情、志趣、抱負、胸臆等。猶胸懷。指心裏頭。
흉기 hyunggi	흉 기 **兇器**	兇器	足以殺傷人的器具。行兇時所用的器具。
흑색 heugsaeg	흑 색 **黑色**	黑色	黑的顏色。和白色正相反。
흑심 heuksim	흑 심 **黑心**	黑心	（心腸）陰險狠毒。
흑인 heugin	흑 인 **黑人**	黑人	黑色人種。
흑판 heukpan	흑 판 **黑板**	黑板	用木頭或玻璃等製成的可以在上面用粉筆寫字的黑色等平板。
흡수 heupssoo	흡 수 **吸收**	吸收	物體把外界物質吸到內部。

韓文	韓文漢字	中文字	意思
흥망 heungmang	흥 망 興亡	興亡	興盛和衰亡。多指國家局勢的變遷。
흥분 heungboon	흥 분 興奮	興奮	精神振奮，情緒激動。
흥성 heungseong	흥 성 興盛	興盛	昌隆繁盛，蓬勃。
희곡 higog	희 곡 戲曲	戲曲	戲劇。中國傳統的舞臺表演藝術形式。是文學、音樂、舞蹈、美術、武術、雜技以及人物扮演等多種藝術的綜合。
희극 higeug	희 극 喜劇	喜劇	戲劇的一種類型，大眾一般解作笑劇或趣劇，以誇張的手法、巧妙的結構、詼諧的台詞及對喜劇性格的刻畫，從而引人對醜的、滑稽的予以嘲笑，對正常的人生和美好的理想予以肯定。
희랍 hirap	희 랍 希臘	希臘	國名。位於巴爾幹半島南部。被稱作西方文明的搖籃。
희롱 hirong	희 롱 戲弄	戲弄	愚弄他人，藉以取笑。
희망 himang	희 망 希望	希望	期望達到的某種目的或出現的某種情況。
희박 hibag	희 박 希薄	稀薄	（空氣、煙霧等）密度小、不濃厚；稀少，淡薄。
희보 hibo	희 보 喜報	喜報	寫成或印成的報喜的東西。
희색 hisaeg	희 색 喜色	喜色	歡喜的神色。

韓文	韓文漢字	中文字	意思
희생 hisaeng	희생 犧牲	犧牲	為了某種目的，而付出自己的生命或權益；古代為祭祀宰殺的牲畜。
희한 hihan	희 한 希罕	稀罕	稀奇少有。

☀ 人物及親友的說法

我	我們	父親	母親
저 / 나 jeo/na	**우리** u.ri	**아버지** a.beo.ji	**어머니** eo.meo.ni
哥哥（妹妹使用）	哥哥（弟弟使用）	姊姊（妹妹使用）	姊姊（弟弟使用）
오빠 o.ppa.	**형** hyeong	**언니** eon.ni	**누나** nu.na
爺爺	奶奶	叔叔，大叔	阿姨，大嬸
할아버지 ha.la.beo.ji	**할머니** hal.meo.ni	**아저씨** a.jeo.ssi	**아줌마** a.jum.ma
情人	男人	女人	大人
연인 yeo.nin	**남자** nam.ja	**여자** yeo.ja	**어른** eo.leun
小孩	朋友	夫妻	兄弟
아이 a.i	**친구** chin.gu	**부부** pu.bu	**형제** hyeong.je

我要住宿登記。

★ **체크인 해 주세요 .**

che keu in hae ju se yo

我有預約。

★ **예약했어요 .**

ye ya kae sseo yo

我已經預約好了，叫○○。

★ **예약한 ○○입니다 .**

ye ya kan ○○ im ni da

您貴姓大名。

★ **성함이 뭐예요 ?**

seong ha mi mwo ye yo

一晚多少錢？

★ **일박에 얼마예요 ?**

il ba ge eol ma ye yo

有附早餐嗎？

★ **아침식사 포함돼 있어요 ?**

a chim sik sa po ham dwae i sseo yo

早餐幾點開始呢？

★ **아침식사는 몇 시부터해요 ?**

a chim sik sa neun myeot si bu teo hae yo

幾點退房呢？

★ **체크아웃은 몇 시예요 ?**

che keu a u seun myeot si ye yo

我要退房。

★ **체크아웃해 주세요 .**

che keu a u tae ju se yo

 享受飯店服務的說法

可以幫我保管貴重物品嗎？

★ **귀중품을 맡길 수 있을까요 ?**

gwi jung pu meur mat gir su i sseul kka yo

我想要寄放行李。

★ **짐을 맡기고 싶은데요 .**

ji meur mat gi go si peun de yo

我要叫醒服務。

★ **모닝콜 부탁해요 .**

mo ning kor bu ta kae yo

請借我加濕器。

★ **가습기 좀 빌려 주세요 .**

ga seup gi jom bil lyeo ju se yo

請借我熨斗。

★ **다리미 빌려 주세요 .**

da ri mi bil lyeo ju se yo

有會說中文的人嗎？

★ **중국어 할 줄 아는 사람 있어요 ?**

jung gu geo har jur a neun sa ram i sseo yo

附近有便利商店嗎？

★ **근처에 편의점이 있어요 ?**

geun cheo e pyeo ni jeo mi i sseo yo

可以使用網路嗎？

★ **인터넷 돼요 ?**

in teo net dwae yo

附近有好吃的餐廳嗎？

★ **근처에 맛있는 음식점이 있어요 ?**

geun cheo e ma si neun eum sik jeo mi i sseo yo

幫我叫計程車。

★ **택시를 불러 주세요 .**

taek si reur bul leo ju se yo

緊急出口在哪裡？

★ **비상구는 어디예요 ?**

bi sang gu neun eo di ye yo

☀ 預約餐廳

我們有 3 個人，有位子嗎？

★ **세명인데 , 자리가 있어요 ?**

se myeong in de ja ri ga i sseo yo

要等多久？

★ **어느 정도 기다려야 돼요 ?**

eo neu jeong do gi da ryeo ya dwae yo

我要窗邊的座位。

★ **창가 자리가 좋은데요 .**
chang ga ja ri ga jo eun de yo

有個室的嗎？

★ **방이 있어요 ?**
bang i i sseo yo

套餐要多少錢？

★ **코스는 얼마예요 ?**
ko seu neun eol ma ye yo

開始叫菜囉

你好。

★ **안녕하세요 .**
an nyeong ha se yo

歡迎光臨。

★ **어서 오세요 .**
eo seo o se yo

有不辣的料理嗎？

★ **맵지않은 거 있어요 ?**
maep ji aneun geo i sseo yo

有的。

★ **네 , 있어요 .**
ne i sseo yo

347

麻煩我要點菜。

★ **주문을 부탁합니다 .**

ju mu neur bu ta kam ni da

不要太辣。

★ **덜 맵게 해주세요 .**

deor maep ge hae ju se yo

給我熱毛巾。

★ **물수건 주세요 .**

mul su geon ju se yo

給我筷子。

★ **젓가락을 주세요 .**

jeot ga ra geur ju se yo

給我一套筷子湯匙組。

★ **갓가락하고 수저 주세요 .**

jeot ga ra ka go su jeo ju se yo

☀ **我要點這個**

服務生。

★ **저기요 .**

jeo gi yo

我想點菜。

★ **여기 주문 받으세요 .**

yeo gi ju mun ba deu se yo

我想點菜。

★ 주문 할께요 .

ju mun hal kke yo

給我看菜單。

★ 메뉴를 보여 주세요 .

me nyu reur bo yeo ju se yo

有什麼推薦的？

★ 잘하는 게 뭐죠 ?

jal ha neun ge mwo jo

我想吃韓國料理。

★ 한국요리가 먹고 싶어요 .

han gung yo ri ga meok go si peo yo

我想吃道地的烤肉跟泡菜。

★ 전통적인 불고기와 김치를 먹고 싶어요 .

jeon tong je gin bul go gi wa gim chi reur meok go si peo yo

什麼最好吃？

★ 뭐가 제일 맛있어요 ?

mwo ga je ir ma si sseo yo

什麼好吃？

★ 뭐가 맛있어요 ?

mwo ga ma si sseo yo

這是什麼料理？

★ 이건 무슨 요리예요 ?

i geon mu seun yo ri ye yo

一樣的東西，給我們兩個。

★ **같은 걸로 둘 주세요 .**

ga teun geol lo dur ju se yo

給我這個。

★ **이걸로 주세요 .**

i geol lo ju se yo

給我跟那個一樣的東西。

★ **저것과 같은 걸로 주세요 .**

jeo geot gwa ga teun geol lo ju se yo

韓國烤肉 3 人份。

★ **불고기 3 인분 주세요 .**

bul go gi sa min bun ju se yo

我要 C 定食。

★ **저는 정식 C 로 할게요 .**

jeo neun jeong sig C ro hal ge yo

我不要太辣。

★ **덜 맵게 해주세요 .**

deor maep ge hae ju se yo

您咖啡要什麼時候用呢？

★ **커피는 언제 드시겠어요 ?**

keo pi neun eon je deu si ge sseo yo

麻煩餐前（餐後）幫我送上。

★ **식사전 (식사후에) 주세요 .**

sik sa jeon (sik sa hu e) ju se yo

這附近有地鐵車站嗎？

★ **근처에 지하철역은 있어요 ?**

geun cheo e ji ha cheor yeo geun i sseo yo

給我一張開往明洞的車票。

★ **명동행 표 한 장 주세요 .**

myeong dong haeng pyo han jang ju se yo

往釜山的是幾點？

★ **부산 가는 열차 몇시에 있어요 ?**

bu san ga neun yeol cha myeot si e i sseo yo

給我一般座位兩張。

★ **일반석을 두 장 주세요 .**

il ban seo geur du jang ju se yo

到釜山還要多久？

★ **부산까지 얼마나 걸려요 ?**

bu san kka ji eol ma na geol lyeo yo

我要禁煙座位。

★ **금연석으로 부탁해요 .**

geum yeon seo geu ro bu ta kae yo

開往首爾的列車有幾點的呢？

★ **서울행 열차는 몇 시에 있어요 ?**

seo ul haeng yeol cha neun myeot si e i sseo yo

請退我錢。

★ **환불해 주세요 .**

hwan bul hae ju se yo

新版 韓國語

還沒學 就會

중국어와 뜻이 같은 한자어

4000字

隨時學，隨時牛！

和中文意思一模一樣的韓文漢字大全！

山田社韓語 06　　【25K+QR 碼線上音檔】

發行人	林德勝
著者	金龍範、林賢敬
出版發行	山田社文化事業有限公司
	地址　臺北市大安區安和路一段112巷17號7樓
	電話　02-2755-7622　02-2755-7628
	傳真　02-2700-1887
郵政劃撥	19867160號　大原文化事業有限公司
總經銷	聯合發行股份有限公司
	地址　新北市新店區寶橋路235巷6弄6號2樓
	電話　02-2917-8022
	傳真　02-2915-6275
印刷	上鎰數位科技印刷有限公司
法律顧問	林長振法律事務所　林長振律師
定價	新台幣360元
初版	2024年 11 月

朗讀QR Code ▾